中公文庫

見えざる貌

刑事の挑戦・一之瀬拓真

堂場瞬一

中央公論新社

目次

登場人物紹介

一之瀬拓真《いちのせたくま》…………千代田署刑事課の刑事
藤島一成《ふじしまかずなり》…………千代田署刑事課の刑事。一之瀬の教育係
宇佐美《うさみ》…………千代田署刑事課長
戸津《とつ》…………半蔵門署刑事課長
若杉《わかすぎ》…………半蔵門署刑事課の刑事。一之瀬の同期
刈谷《かりや》…………警視庁捜査一課管理官

有間礼香《ありまれいか》…………一人目の被害者
村井明穂《むらいあきほ》…………二人目の被害者
春木杏奈《はるきあんな》…………芸新社所属のタレント
小池由貴《こいけゆき》…………芸新社社員。杏奈のマネージャー
溝内恭彦《みぞうちやすひこ》…………杏奈の初代マネージャー
水野勇作《みずのゆうさく》…………芸新社社長
加納亜佐美《かのうあさみ》…………会社員

深雪《みゆき》…………一之瀬の恋人
城田《しろた》…………一之瀬の同期。福島県に特別派遣中

見えざる貌

刑事の挑戦・一之瀬拓真

〈1〉

今年は新人が入ってくるのだろうか、と一之瀬拓真《いちのせたくま》はぼんやりと考えた。毎朝恒例のお茶を用意する儀式が、いい加減面倒になっている。刑事課最年少の仕事と決まっているにしても、そろそろ解放されたかった。去年の春、千代田署《ちよだ》の刑事課に異動してきて既《すで》に一年近く。新人が入ってくるとしたら四月だろうが、今のところ、何の音沙汰もない。先輩たちに聞けることでもなかった。特に、いつもコンビを組んでいる藤島《ふじしま》には——聞けばからかわれるのは明らかだったから。「もう手下が欲しくなったのか?」と。

それにしても……このお茶の習慣そのものをやめてしまえばいいのに、と思う。だいたい、どうして緑茶なのだろう。最近は、自分でコーヒーを買ってから出勤してくる先輩たちも多い。だったら、コーヒーサーバーを置いておく方が効率的だ。その準備はするから、後は好き勝手《かって》に飲んでもらえばいい。

「ちょっと聞いてくれ」

お茶を配り終えたところで、課長の宇佐美《うさみ》が声を上げる。一之瀬は慌てて立ち上がりかけたが、他《ほか》の刑事が座ったままなのに気づいて、急いでまた腰を下ろした。それを見た宇佐美が、一瞬だけ苦笑する。

「昨夜《ゆうべ》、半蔵門《はんぞうもん》署管内で、またジョギング中のランナーが襲われる事件が発生した」

一之瀬は、ぴしりと背筋が伸びるのを感じた。また――そう、これは二度目なのだ。ちょうど一週間前の水曜日にも、半蔵門署管内で、女性ランナーが背後から襲われる事件が起きている。

「現場は北の丸公園……千鳥《ちどり》ヶ淵《ふち》交差点から東へ二百メートルほどの地点だ」

一之瀬は素早くデスクの引き出しを開け、千代田区の地図を取り出した。千鳥ヶ淵交差点といえば皇居の北西角に当たるのだが、夜になると暗く、人気《ひとけ》も少なくなるはずだ。

「被害者は、村井明穂《むらいあきほ》、二十五歳。住所は江東区東陽《とうよう》……最寄り駅は東西線の東陽町だな。職業、会社員。勤務先は襲撃現場のすぐ近くだ」

皇居ランは大流行で、一之瀬も仕事が終わって帰る頃に、皇居の周辺を多くの人が走っている光景によく出くわす。時には、マラソンのスタート地点並みに混み合っているぐらいだ。それだけに、二件の事件には違和感がある。あれだけ多くの人が走っている中で襲撃……犯人は、見られるのを覚悟の上で犯行に及んだのだろうか。

「被害者は、一人で走っている最中に、いきなり後ろから殴《なぐ》られたようだな。素手ではなく、何か凶器……棒状のものだったらしい」宇佐美が手帳に視線を落とした。「犯人は、千鳥ヶ淵交差点方向に逃げ去ったと見られるが、目撃者はいない」

「あの辺には、立ち番の警官も多いと思いますがねえ」藤島が疑問の声を上げた。「不審者はすぐに引っかかりそうだけど」

「おそらく、犯人もランナーを装ってたんじゃないですかね。それだったら、誰も不思議には思わないでしょう」年上の部下の疑問に、宇佐美が敬語で答える。

「凶器を持ったままで？」藤島はまだ疑わしげな口調だった。

「あれですよ……」宇佐美が体の前で不器用に手を動かした。「ランニング用のボディバッグ？　ああいうのを使っている人も多いでしょう。そこへ隠してしまえば、分からないんじゃないかな。小さな凶器、という前提での話ですが」

「怪我《けが》の程度はどうなんですか」刑事課で二番目に若い、岡本《おかもと》が訊ねる。

「後頭部打撲で、二週間の軽傷」

途端に、ほっとした空気が流れる。こういう襲撃方法では、被害者に決定的な打撃を与えられないのではないか。犯人も被害者も走っている。犯人は被害者の背後から近づき、スピードを合わせて、凶器を持った手を振り上げる――正確に相手の頭にヒットさせてからそのまま逃げ切るのは、相当難しいはずだ。

「一之瀬、何やってるんだ」

宇佐美に声をかけられ、一之瀬は右手を上から下へ振り下ろす動作を無意識のうちに繰り返していたことに気づいた。慌てて腕を引っこめ、「すみません」と小声で謝る。

「こんなところで襲撃の練習をするな……いずれにせよ、前回の襲撃事件と共通点が多いな」

「同一犯ですかね」藤島がぽつりと言うと、刑事課の空気がまた引き締まる。隣接署で起きた事件とはいえ、いつこちらに飛び火するか分からないのだ。何しろ皇居ランのコースは、千代田署と半蔵門署の両方に跨《またが》っている。二つの事件は、たまたま半蔵門署管内で起きただけかもしれない。

「その可能性は高いな……というわけで、昨夜、上の方で早々に話が決まった」宇佐美が一つ溜息《ためいき》をつき、刑事たちの顔を見渡した。「半蔵門署と共同で、警戒に当たることになった。今夜からさっそく、やってもらうことになる。制服警官も今までより多く立たせるが、どうしてもカバーしきれない場所が出てくるからな……一般のランナーに紛《まぎ》れて、走りながら警戒に当たる。で、うちの署ではまずは一之瀬、お前からだ」

「俺ですか？」一之瀬は思わず立ち上がった。

「何だ、不満なのか？」宇佐美が睨《にら》みつけてくる。

「いや、そうじゃないですけど……」単に走るのが苦手なだけだ。皇居一周は、確か五キロ。分かりやすい距離なのでランナーに人気だと聞いたことがあるが、自分が五キロ走ることを考えるとうんざりしてしまう。走れないこともないだろうが、警戒しながらとなるとまた事情が違うだろう。仮に銃携行だとしたら……制式拳銃のニューナンブは重さが七百グラム弱で、よく喩《たと》えられるが、軟式野球の金属バット程度の重量がある。距離が伸びるに連れて、重荷になってくるだろう。これに無線などの装備も加わるわけだから、何かあっても犯人に追いつけるかどうか、分からない。しかも、一周——五キロだけで済むはずもない。

「時間は午後七時から十時まで。十時を過ぎると、女性はほとんど走っていないそうだから、この三時間を重点警戒する」

「はあ」

「一周五キロは三十分ぐらいだろうから、三十キロは走れるな」

「え」思わず間抜けな声を出したので顔が赤らんでしまったが、計算上は確かに宇佐美の言う通りである。ただし、そもそも五キロを三十分で走れる自信がない。警察学校時代には散々走らされたものだが、タイムはどれぐらいだったか……覚えていないぐらい、苦手意識が強かった。

「馬鹿、本気にするな」宇佐美が声を上げて笑った。「とにかく、目を光らせておくことだ。三時間で何周できるか分からないが、走ることが目的じゃないからな。他のランナーに自然に溶けこむのが大事だ」

「分かりました」一之瀬はゆっくりと腰を下ろした。まだ走ってもいないのに、下半身に強張《こわば》りを感じるようだった。だいたい、二月の夜に皇居の周りを走るだけでも大変だろう。寒さ対策はどうすればいいのか……走るための準備がまったくないことに気づいて愕然《がくぜん》とする。神田淡路町《かんだあわじちょう》辺りのスポーツ用品店街に行けば、ウエアはいくらでも揃《そろ》うだろうが、経費で落としていいのだろうか。

「よし。この警戒は毎日行うが、一之瀬のように体力のない人間もいるから、三日に一回でローテーションを回す。それと、走らない人間も、念のために順番で署に待機。今日の夕方五時から半蔵門署で打ち合わせを行うので、全員出席してくれ」

こんな仕事、ありなのだろうか。走りながら警戒するなら、体力自慢の機動隊員にでもやらせておけばいいのに。あの連中なら、重い装備一式を身に着《つ》けたままでも、スピードに乗って走れるだろう。

――しかし、何という嫌な事件だろう。通り魔事件の捜査は何かと厄介なのだ。

昨年刑事課に上がった直後に大きな事件があったが、その後は比較的平穏だった。管内に住宅街や大きな繁華街を持たない千代田署では、殺人などの凶悪事件の発生数は非常に少ない。こんなものだろうと思って、盗犯担当の手伝い――ひったくりや置き引きは多い――などをしながら一年が過ぎようとしていたのだが、まさかこんな仕事が回ってくるとは。ずっと暇だったのだから、もう少し体を鍛えておけばよかった、と一之瀬は仕事を始める前から後悔し始めていた。

刑事課の隣にある会議室で、一之瀬は千代田区の地図を大きく広げた。皇居周辺の街並みはだいたい頭に入っているが、夜がどんな様子かは、はっきりとは分からない。ただ、地図を見た限り、千代田署管内には襲撃ポイントは少なそうな気がする。千代田署が管轄するのは主に皇居の東側だ。まず警視庁前——東京の治安の本丸付近で、こんな事件が起きるとは思えない。千代田署の西側を走る内堀《うちぼり》通りは夜遅くまで車の数が減らず、しかも一直線で見通しがいいので、犯人が襲撃場所に選ぶとは考えにくかった。襲った後に、逃げこむ場所がないのだ。まさか、皇居前広場に逃げるわけにもいかないだろうし……日比《ひび》谷《や》通りをずっと北進して、大手町《おおてまち》から気象庁辺りまで行っても状況は同じである。左手はずっとお濠《ほり》で、右側は交通量の多い道路——犯人にとって、この辺りで犯行に及ぶメリットは少ないはずだ。皇居の東側を警戒するには、交差点ごとに制服警官を配置すれば済むのではないか。

「どうだ。警備計画は立ったか?」

藤島がコーヒーカップを二つ持って戻って来た。一つをテーブルに置き、自分は立ったまま啜《すす》り始める。

「どうも、すみません」ひょいと頭を下げてカップを引き寄せる。

「で、危険そうなポイントは?」

「夜の様子がよく分からないんですけど……半蔵門署管内の方が危険だと思います。今回の襲撃ポイントとか、千鳥ヶ淵公園の辺りとか」

千鳥ヶ淵公園は、長さ四百五十メートル、幅二十メートルと、公園というより道路のように細長い造りである。鬱蒼《うっそう》と木々が生い茂っているので、夜は相当暗くなるのが想像できた。ここへ引っ張りこまれたら、簡単には気づかれないだろう。

「なるほど。しかし、うちの管内にも危険な場所はあるぞ」

「どこですか？」

「桜田門《さくらだもん》だよ」

「まさか……本部の真ん前じゃないですか」

「それが盲点なんだな」藤島が椅子《いす》を引いて腰かけ、地図を引き寄せた。「皇居ランは左回りが基本なんだが、警備派出所の手前を左へ折れると、お濠を渡ってすぐに桜田門をくぐる……それですぐ右へ折れると、コースを少しだけショートカットできるそうだ。内堀通りをそのまま行くよりも走りやすいから、こっちのルートを通る人も少なくないらしい。そこが、夜になると真っ暗なんだ。まるで東京じゃないみたいにな」

「何でそんなこと、知ってるんですか？」

「ちょいと情報収集しただけだよ。うちの署で、皇居の周りを走っている人間が何人いるか、知ってるか？　最近は、ランニングクラブもできてるんだぞ。何と、揃いのTシャツまであるそうだ」

「知りませんでした」自分が勤める署内の事情でも、知らないことはいくらでもあるのだ、と思い知る。

「ま、走ってるのは、生活安全課や警務課の暇な連中だけどな。昼休みの時間に、一周して帰って来るそうだ」

「それじゃ、昼飯を食べてる暇もないじゃないですか」

「連中は、一周軽く二十分以下で走るんだよ」藤島がにやりと笑った。「警察官だから飯は五分で食べるし、シャワーを浴びる時間も十分ある。お前さんもランニングクラブに入って、少し体を鍛えたらどうだ」

「その時間は、だいたい署にいないじゃないですか」

刑事の基本は外回り。何か事情がない限り、朝、一度署に顔を出してから、夕方まで聞き込みなどに出かけていることが多い。

「ま、そうだな。しかし今回の件は、体を鍛えるチャンスにもなるんだから、精々頑張ってくれ」

「イッセイさんは走らないんですか」藤島は苗字で呼ばれるのを嫌う。本名は一成《かずなり》なのだが、身近な人間には「イッセイさん」と呼ばせている。

「何で俺が走らなくちゃいけないんだよ。五十近くになって、そんなきついことはしたくないね」藤島の表情が強張る。

「六十歳で走ってる人だって、たくさんいますよ」

「阿呆《あほ》、還暦の人たちと一緒にするな」

ちょっと考えただけでも、彼の理屈は明らかにおかしいのだが、一之瀬は首をすくめて反論を呑《の》みこんだ。

「それと、今晩の予定は中止だな」

「ああ……そうですね」面倒臭い今回の仕事で、唯一のメリットである。藤島はしばらく前から、「家に遊びに来い」としつこく誘っていたのだ。何となく気乗りしないで、のらりくらりと返事を引き延ばしてきたのだが、とうとう断り切れなくなって、今夜訪ねる約束になっていた。藤島の家は松戸《まつど》で、一之瀬が住む下北沢《しもきたざわ》とは千代田線で一本なのだが、遠いのは間違いない。だいたい最近は、上司の家に遊びに行くなどというのは流行らないのだし。

「ま、それは改めてだな」

「そうですね」

「おい、気合いを抜くなよ」突然藤島の口調が真剣になった。

「別に抜いてませんけど」

「だったら、この事件がどれぐらい悪質で重要なものか、分かってるんだな?」

「それは……」一之瀬は口をつぐんだ。正直、面倒臭さが先に立ってしまい、事件の意味まで考えている暇がなかった。

「被害者は二人とも軽傷だったけど、これは通り魔なんだぞ。通り魔っていうのは、あらゆる暴力絡みの犯罪で一番悪質なんだ。普通に街を歩いていて襲われるのがどれだけ怖いか、考えればすぐに分かるだろう。喩えは悪いけど、爆弾テロと一緒だよ」

「……そうですね」

「だけどこれは、ただの通り魔じゃない。ランニングする人を狙《ねら》った犯行だ。犯人には必ず、何らかの意図があるはずだから、それが分かれば逮捕につながる」

「今回は、捜査じゃなくて警備じゃないですか」一之瀬は反論した。

「そうだよ。だからまずは足腰を鍛えて、せいぜい一生懸命走るんだな」藤島が鼻を鳴らした。「犯行現場に居合わせたのに、犯人を逃がしたら懲戒ものだぞ。それに、半蔵門署と合同で捜査することを忘れるな。今のところはあくまで向こうの事件だけど、遠慮《えんりょ》することはないぞ。こっちで捕まえて、手柄を横取りしてやればいい」

「もしかしたら、本当の狙いはそれですか？」一之瀬は眉《まゆ》を上げた。千代田署と半蔵門署は、長年いがみ合っている。どちらの署も、日本の中枢を守るのは自分たちだ、という意識が強過ぎるのだ。千代田署は皇居、半蔵門署は国会議事堂——一之瀬から見れば、馬鹿馬鹿しい意地の張り合いなのだが。

「奴らと競《せ》り合いになった時は、絶対に負けたら駄目だ。連中を悔しがらせてやるいいチャンスだぞ」

「……分かりました」

分かっていない。依然として、こんな意地の張り合いは、無駄だと思っている。それを口に出せないのが、下っ端の辛《つら》さだ。

〈2〉

半蔵門署は、内堀通りの半蔵門交差点のすぐ近く、新宿《しんじゅく》通りに面して建っている。千代田署と同じぐらい古い庁舎で、茶色い煉瓦を多用した造りのせいか、一見してマンションのように見える――八〇年代に建てられたマンションには、この手の外観が多いのだ。千代田署とは直線距離にして二キロぐらいしか離れていないのだが、周辺の街の様子はずいぶん違う。新宿通り沿いには会社が多いのだが、一歩裏道に入ると小さなマンションが建ち並んでいて、生活の臭いが濃厚だった。

会議室に入った瞬間、一之瀬は刺々《とげとげ》しい空気を敏感に感じ取った。大きなテーブルの窓側に座った半蔵門署の連中は、何故か申し合わせたように腕組みをしている。むき出しの敵意……いや、違う。この事件を重視して緊張しているのだ、と一之瀬は解釈した。

最初にセレモニー――双方の刑事課長の挨拶《あいさつ》や事件の概要の説明が続き、一之瀬は必死にメモを取り続けた。昨夜の一件については既に頭に叩《たた》きこんでいたが、一週間前の事件に関しては、記憶からほぼ抜け落ちていたからである。

一件目の事件が起きたのは、二月八日、水曜日。発生時刻は午後九時頃で、場所は昨夜の事件現場のすぐ近くだった。半蔵門署の連中は、最初の事件の後に真面目に警戒していなかったのだろうか、と一之瀬は呆《あき》れた。顔に泥を塗られたようなものなのに。

被害者は、有間礼香《ありまれいか》、二十九歳。やはりOLで、神田にあるランナー向けの施設で着替え、午後八時半頃に走り出していた。礼香は本格的なランナーで、週に三回、皇居を二周する。調子が良ければさらに一周追加して十五キロ。事件が起きたのは、一周目を走り終え、二週目に入ってすぐだった。現場の直前が少しだけ上り坂になっているのだが、そこを走り抜けて、再びスピードに乗ろうとした瞬間の出来事である。背後から頭に一撃を受け、その場に転倒。頭を強打して気を失ってしまった。殴られた怪我よりも、転倒してアスファルトに額をぶつけた怪我の方がひどかった。気づいた時にはもう、救急車に乗せられていて、犯人の後ろ姿さえ見ていない。

「というわけで、一つ間違ったら非常に重大な事態になっていた可能性もある」半蔵門署の刑事課長、戸津《とつ》が、よく響く声で言った。タフさを強調したがるタイプなのか、ネクタイを緩《ゆる》め、ワイシャツの袖《そで》を太い二の腕のところまでまくり上げている。ごつごつとした顔つきには、笑いが似合いそうもなかった。

「犯人の手がかりは？」宇佐美が訊ねる。

「残念ながら、まったく分からない」

「昨日の被害者——村井明穂も見ていない？」

「ああ、他に目撃者もいない」

「いくらでもいそうなものだけどな」宇佐美の口調には、いくらか揶揄《やゆ》するようなニュアンスがあった——目撃者探しを真面目にやっていないのではないか、と疑っている。

この二人は同期だ、と一之瀬は聞いている。分かりやすいライバル関係だが……同期の絆《きずな》を利用して捜査をスムーズに進めようというよりは、事あらば互いの足を引っ張ろうとする腹黒い意図が見え見えだった。これは先が思いやられるな……と一之瀬は憂鬱《ゆううつ》になった。指揮官同士がいがみ合っていると、現場の捜査員にも悪影響が出るだろう。一之瀬自身は、半蔵門署に対して特定の感情は抱いていないので、変な空気に巻きこまれて敵視されるのは嫌だった。

「どうなんだ？　走っている人は多いんだろう？」宇佐美がさらに突っこむ。

「それはそうだが、マラソンのスタート地点じゃないんだから。数珠《じゅず》つなぎになって走ってるわけじゃない」言い訳するように戸津が言った。

「聞き込みは？」

「今のところ、思わしくない」

「夜が中心だな」

「ああ。皇居周辺は、昼と夜でまったく顔が違うし」

「定期的に走っている人は多いと思うが……あれはどうなんだ？　ランピットとか言うのか？」

「あるいはランステーション」

「そういうところの利用者名簿をチェックして――」

「もちろん、やってる」むっとしながら戸津が反論した。「ただ、人数が多いからな。利用者全員に話を聴くには、どうしても時間がかかる」

「何だったら、そっちにも手を貸すが」

「そこまで切羽詰まっていない」

「そうか？」宇佐美が唇を歪《ゆが》めるようにして言った。「二度目の事件が起きたんだから、切羽詰まってないとは言えないと思うがね」

　勘弁してくれ……一之瀬は首を振った。こういう、一触即発の空気は大嫌いなのだ。自分はあくまで、平和主義でいきたい。

「とにかく、だ」剣呑《けんのん》な雰囲気《ふんいき》を断ち切るように、戸津が咳払《せきばら》いをする。「三度目の事件は、絶対に防がなければならない。そういうわけで、今まで以上の厳重な警戒が必要になってくる」

その後は事務的な話に戻ったので、一之瀬はほっとした。二件の事件の詳細をメモを見ながら整理し、今後の方針について頭に叩きこむ。制服警官の大きな役目が、犯行に対する「抑止」であるとすれば、自分たちの仕事はあくまで犯人を捕まえることである。普通のランナーを装い、いざ事件が起きたらすぐに現場に直行——作戦としては少し無理があるな、と思った。二人の私服警官が皇居周辺のコースを回っていると、距離は最大で二・五キロ開いてしまう。いざ何かあって駆けつけようとしても、その間に犯人は逃げてしまうだろう。本格的にやるなら、もっと多くの私服刑事を投入すべきではないか……この作戦は、「警戒しました」というアリバイ作りのように、一之瀬には思えた。

会議が終わり、一息ついた。走り出すまで、あと一時間と少し。軽く何か腹に入れておこうか、と考えて立ち上がった。千代田署の近くまで戻って……と考えてドアに向かいかけた瞬間、誰かが目の前に立ちはだかる。相手の顔を見ようとすると、自然に視線が上がってしまった。百七十八センチある一之瀬よりも少し背の高い男が目の前に立っている。こちらを見下ろす格好で、かすかに嘲《あざけ》りの表情を浮かべていた。おいおい、勘弁してくれよ……一之瀬は横に動いて脇をすり抜けようとしたが、相手もすっと動いてまた正面に立った。半蔵門署の奴なのだろうが——若杉《わかすぎ》？　そうだ、同期の若杉だ。一瞬顔が分からなかった自分の方がどうかしている、と一之瀬は呆れた。百八十二センチの長身に、筋肉質の体形。目つきは狂暴で、常に人を見下すような態度を取っていた。それは確かに……警察学校での成績は常に上位、というかトップクラスだったのだから、同期のリーダーだという意識もあるだろう。体力、それに警察官としての適性は、図抜けていたと言っていい。しかし一之瀬とはあまり接点がなかった。

「お前、走るのか」若杉が訊ねる。

「そうみたいだな」

「大丈夫なのか？　長距離、苦手だろう」心配しているわけではなく、馬鹿にするような口調だった。

「仕事だからやるしかないだろう」

「いいけど、足を引っ張らないでくれよ」

「何で俺がお前の足を引っ張るんだよ」さすがにむっとして、一之瀬は反論した。

「途中で倒れたりしたら、仕事の邪魔になるだろうが」

「そんなことはない」

「なら、いいけどさ……」若杉が急に声を潜めた。「別に、お前らの手助けがなくても犯人は捕まえるからな」

「俺だって、好きでやってるわけじゃない」一之瀬は呆れて首を振った。戸津課長の受け売りか？　そう言えばこの男は、署対抗の柔剣道大会でも異常に張り切っていた、と思い出す。長身で手足が長いせいか、柔道では関節技が得意で……そんなことはどうでもいい。別に並んで一緒に走るわけではないのだから。

「ま、せいぜい頑張ってくれよ」若杉が薄い笑みを浮かべた。

「頑張るも何も、仕事だから」

「気合い、入ってないなあ」呆れたように両手を広げる。

「これでも、それなりに気合いは入ってるんだけどね」

「分かりにくい男だね、お前は」若杉の笑みが少しだけ大きくなる。「じゃ、よろしくな。どこかで会ったら声でもかけてくれ」

「そんなことしてると、犯人に気づかれるぞ」

「刑事じゃない振りぐらいしてくれよ。演技だ、演技」肩をすくめて、若杉が踵《きびす》を返す。背筋をぴんと伸ばして大股に歩いて行く姿は、自信に溢《あふ》れていた。

「何だい、あいつは」

背後から藤島に声をかけられ、一之瀬ははっとして振り向いた。

「ああ……同期なんです」

「やけに自信たっぷりじゃないか」

「それは、しょうがないんですよ。あいつ、高校の時には確か長距離の選手だったんで」

次第に思い出してきた。それを話した時の、若杉の自慢気な顔つきも。

「へえ、マラソンでもやってたのかね？」

「いや、確か五千です」

「今は、五千は長距離って言わないだろう。スピード重視の中距離だ」

「イッセイさん、陸上も詳しいんですか？」

「阿呆、そんな情報は新聞を隅から隅まで読んでれば、嫌でも頭に入ってくるんだよ。お前さん、新聞はちゃんと読んでるんだろうな」

「はあ、まあ」

「ネットで自分の好きな情報ばかり見てたら、世界が狭くなる一方だぞ」

「それはそうですけど……」何でここで責められなければならないんだ……理由が分からず、一之瀬の口調はつい弱々しくなった。

「どうもあいつ、お前さんとは気が合わないみたいだな」

「いや、どうですかね……あまり話したことがないんで」同期のつき合いにも濃淡はある。

「そうか。でもあいつは、できそうだな」藤島が顎《あご》を撫《な》でた。「そういうのはだいたい、見た目で分かる。気をつけないと、置いて行かれるぞ」

「せいぜいダッシュで頑張ります」むっとして一之瀬は答えた。

「それは違うだろうが」藤島がにやりと笑う。「何も、タイムを競うわけじゃないんだから。目的はあくまで――」

「犯人を捕まえること、ですよね」

「分かってるなら結構だ」

藤島が素早くうなずく。しかしこのやり方には、疑問を感じざるを得ない。上の連中は、何を考えているのだろう。


一人で千代田署へ戻る最中、実家へ電話をかけた。

「何、いきなり」一人暮らししている母親は、いつものように迷惑そうな口調だった。

「いや、あのさ……」どぎまぎしてしまう自分もいつもと同じだ。「家に、高校の時の運動着、あったよね」

「さあ、どうかしら。あるかもしれないけど、あなたの物を管理してるわけじゃないから」

「そうか……」ウエアは揃えるつもりだったが、こんなことが続くなら、何着も必要になる。実家から持って来ようかと思ったのだが、この分では簡単に見つからないかもしれない。以前自分が使っていた部屋を探せばいいのだが、それも面倒な感じがした。

「何でいきなり、そんな物が必要になったの?」

一之瀬は曖昧《あいまい》に事情を話した。仕事で走る必要があって、ウエアがいる――話し終えた瞬間、母親が爆笑した。

「何、警視庁って目が節穴の人たちの集まりなの？」

「それはちょっと……失礼じゃないかな」

「あなた、高校の時の五千メートルのタイム、覚えてる？」

「いや」

「タイムなしよ」

「え？」

「時間切れで。体育の時間内に走り終わらなかったんだって。あり得ないでしょう」

「そんなこと、話したかな」打ち切りの記憶は急に甦《よみがえ》ったが、母親に話した覚えはない。そんなことを話せば、母親に自分を馬鹿にする材料を与えるだけだ。

「先生から聞いたのよ。進路指導の時に」

「天野《あまの》？」クソ、あり得ない。もう一つあり得ないのは、私立文系コースだった自分たちの担任が、体育の教諭だったことだ。これでは進路指導もクソもない。

「先生を呼び捨てにしないの」母親がぴしゃりと言った。「困ったもんですねって……大恥かいたわよ、私は」

「別に、足が遅くたって……」

「そんなあんたが、今や警視庁の刑事なんだから、笑えるわよね。とにかく、走るのは駄目よ。一之瀬拓真に走らせたら、どんな仕事だって上手《うま》くいかないから」

「そこまで言わなくても」周りを歩く人たちに聞こえているわけもないのに、大勢の中で罵《のの》られているような気分になった。耳が熱い。

「言われたくなかったら、もっと走りこみをしなさい」

言って、母親は電話を切ってしまった。何なんだよ、走りこみって……一之瀬は唇を引き結び、無意識のうちに歩く速度を上げていた。


〈3〉

基本、自分は文科系の人間なのだと、一之瀬は改めて実感した。学生時代に打ちこんだのはスポーツではなくバンド活動だったし。その頃の感覚は警察官になった後も残っていて、体を動かす仕事となると、「面倒だ」という気持ちが先に動く。
今は——真新しいランニングウエアに身を包んで、少しだけ気恥ずかしい気分だった。特に下半身。足全体を圧迫するタイツにショートパンツという格好で、これだけ見たら、フルマラソンを何度も走っている本格的な市民ランナーのようである。上も締めつけのきつい長袖《ながそで》のTシャツと、「保温性抜群」とスポーツ用品店の店員に勧められた薄手のウインドブレーカー。何というか、いかにも「格好から入った」感じである。

それにしても……午後七時の皇居周辺は、本当にランナーで埋め尽《つ》くされているのだと実感する。それこそ老若男女勢揃い、という感じだった。ウエアは人それぞれで、自分の格好もそれほどおかしくない、と一之瀬はほっとした。

千代田署にほど近い、祝田橋《いわいだばし》交差点をスタート地点にする。ゆっくりと柔軟体操をして体――特にアキレス腱と膝《ひざ》――を解《ほぐ》してやり、午後七時ジャストに走り出す。長い距離を走るのは久しぶりで、やはり緊張した。警察学校にいる時にはよく走らされたのだが、それももう、何年も前である。最近は明らかに運動不足だった。

冷たい空気が、刺さるように肺に満ちた。昼間曇っていたせいか、気温はぐっと下がっている。これは気をつけないと、と一之瀬は気を引き締めた。体が温まるまでは、できるだけスピードを抑えなければいけない。いくらストレッチをしても、急な動きで筋肉や関節に大きな負荷がかかったら、怪我しかねない。

首を捻《ひね》り、後方にそびえる警視庁本部の建物をちらりと見てから走り出す。濠を渡ると、すぐに皇居外苑《がいえん》。左側に広々とした芝生の広場、右手に高層ビルを見ながら、都心部を走り抜けるルートだ。とにかくスピードを抑えるように気をつけながら走り続ける。すぐに、何人ものランナーに追い抜かれてしまったが、そのうち一人は明らかに六十歳ぐらいの女性だった。蛍光ピンクのウエアとキャップが異常に目立つのは、事故防止のためでもあるのだろう。足もほとんど上がっていないすり足のような走法なのに、スピードはしっかり出ていた。これは追いつけないな……と情けない気分になったが、競走をしているわけではないのだと自分に言い聞かせる。あくまで警戒。息が上がらない程度のスピードを保ちながら、周囲に目を配ろう。

そういう走り方をしていると、体がなかなか暖まらない。締めつけのきついウエアは、筋肉の動きをサポートして疲労を軽減する——スポーツ用品店の店員の売り文句だ——というのだが、この程度のスピードで走っている限り、そういう手助けは必要ない感じだ。

早歩きよりも少し早い程度のペースをようやく摑《つか》んだ。さすがに、もう少しスピードが乗った方が走りやすいのだが、そうすると視線が上下にぶれがちで、周囲を見渡している余裕がなくなる。これでいいんだと自分に言い聞かせ、他のランナーを観察した。

女性が多いことに、改めて驚かされる。この人たちは事件のことを知らないのだろうか、と心配になった。八日間に二度も、女性ランナーが襲われる事件が起きれば、用心して走るのを控えそうなものだが……人間は、自分に不都合な情報、気に食わない情報を本能的にシャットアウトしてしまうのかもしれない。それにしたってこれは、身の安全に直接つながる問題なのだが。

しばらく、長い髪をポニーテールに結んだ女性の後ろについていった。スピードは一之瀬と同じぐらいなのだが、いい感じでリズムに乗っている。自分のペースが分かっていて、それをキープしながら走るのがいかにも楽しそうだった。躍動感がはっきりと伝わってくる。しかし、こんな風に女性の背後をずっと追いかけていたら、こちらが通り魔――あるいは変質者だと勘違いされるのではないだろうか。ちょっとスピードを上げて前に出てみようか――と思った瞬間、右側を風が吹き抜けたように感じた。驚いて横を見ると、非常に小柄な男性が、一之瀬を追い抜いたところだった。こちらはまさに本格的なアスリートという感じで、ショートパンツにタンクトップという格好は、本番のレースに挑むマラソン選手のように見える。あとはナンバーカードさえあれば……とにかく速い――追い越されたと思ったら、あっという間にその背中は小さくなった。もしかしたら実業団の選手が自主トレでもしているのかと思ったが、キャップからちらりと覗《のぞ》いた髪がかなり白くなっているのに気づいて、二度驚いた。結構な年なのだろうが、それであのスピードは、どう評価したらいいのだろう。

妙な敗北感を覚えたが、気を取り直して一之瀬もコースを変更し、女性の前に出ようと試みる。しかし思ったよりスピードが上がらず、しばらく並走する格好になってしまった。これはこれで情けない。思い切って腕を振り、足の回転を上げて、ようやく前に出た。ほっとしたのもつかの間、また別の女性が前に立ち塞《ふさ》がる。今度は相当の長身――軽く百七十センチはありそうだ——で、ショートパンツからは細く長い脚がむき出しだ。ヘッドフォンの白いラインが、背中を伝ってウエストバッグの中に消えている。脚が長いのに、ずいぶんゆっくりしたペースだなと思った次の瞬間、一気にスピードが上がった。もしかしたら、次の曲に切りかわったタイミングだったのかもしれない。ミディアムテンポのポップスから、極端に速いブラストビートのデスメタルへ、とか。まさか……ランニングのBGMに、そんな統一性のない曲の入れ方をする人間はいないだろう。

それにしても、やはり女性が多い。半々……いや、むしろ女性の方が多数派か？　何人かで固まって走っているグループが目立つが、一人で走っているランナーも少なくない。これは、何とかしてもっと注意喚起をすべきではないか、と一之瀬は心配になった。そう言えばこの二回の襲撃事件は、新聞記事にもなっていない。何か理由があって広報していないのだろうが、ツイッターなどで拡散されていないのも意外だった。どこかで何かが起きれば、ツイッターであっという間に情報が広がる——一種の監視社会のようでもあり、一之瀬はあまり好きではないが、それでもこういう場合は、情報が拡散した方がいいのではないだろうか。一人一人がもっと用心していれば、事件は避けられたはずだ。

「おい、遅いぞ」

いきなり声をかけられ、鼓動が跳ね上がった。若杉……ちょっかい出してくるなよと思いながらも、一之瀬は走りながら警戒するのは難しいのだと思い知った。どうしても走る方に意識が向いてしまい、周辺に対する注意がおろそかになっている。背後から悪意を持って近づいて来る人間に気づくとは限らない。

「何だよ」

「何だよって、そんなにのろのろ走ってたら、犯人に逃げられちまうぞ」馬鹿にしたように若杉が言った。

「ちゃんと警戒してるよ」

「そりゃどうも。でも、遅過ぎて何だか怪しい感じになってるぞ」

まさか。マイペースでジョギングを楽しんでいる感じを醸《かも》し出せているのではないかと思ったのに……さすがにもう少しスピードを上げないと、怪しい雰囲気になってしまうのだろうか。

「しかし、いい仕事だよな」笑いながら若杉が言った。

「何が」この男は何を考えているのだろう、と一之瀬は啞然《あぜん》とした。

「体も鍛えられるし、一石二鳥だ」

何とも前向きな男だ……自分と同じようなコンプレッション系のウエアの上下。上にはさらにTシャツを着ているのだが、腕、それに足の筋肉が異常に発達しているのが分かった。といっても筋肉隆々という感じではなく、硬いワイヤーを縒《よ》り合わせたような印象がある。見せるための筋肉ではなく、実戦用ということか。

「もうちょっとしっかり走れよ」

言い残して、若杉がスピードを上げる。その背中はあっという間に小さくなった。怒るよりも呆気《あっけ》にとられてしまう。

和田倉門《わだくらもん》を過ぎると景色が変わってくる。それまで、左側は皇居外苑の芝生が目立つだけだったのだが、この先は皇居から少し離れ、濠沿いを走る感じになる。街路樹が整然と植えられているので、歩道の素っ気なさが少しだけ軽減されていた。この辺の街路樹は……間隔も離れているし、木陰というほどの木陰は提供してくれない。襲撃犯がここに隠れていて、いきなりランナーを襲うのはあり得ないだろう。

そういう光景がしばらく続いた後で、ルートは大手町のオフィス街に入る。ビルが主役の街だが、中でひと際目立つのは東京消防庁の建物だ。赤いアンテナがビルの上にそびえ立ち、それが大手町のシンボルの一つにもなっている。そこを通り過ぎると道路は左へカーブして、皇居北側のルートに入っていく。右手に丸紅《まるべに》本社、続いてパレスサイドビルを見ながら走り続けると、この辺でようやくコースの半分を走ったと気づいた。まだ息も上がっていないし、下半身に張りもないが、いったいどれぐらい走れば終わるのだろうと不安になってくる。ちらりと腕時計に視線を落とすと、七時二十分だった。二・五キロ走るのに二十分もかかっているということは……このペースでフルマラソンを走り抜くにはどれぐらいの時間が必要なのだろう。簡単な計算のはずなのにすぐに答えが出てこないのは、頭に十分な酸素が行き渡っていない証拠かもしれない。

さて、問題はここから先だ。国立近代美術館、そして公文書館を過ぎた辺りから、急に人気が少なくなる。左側はずっと濠が続いているから当然なのだが、右側にも北の丸公園が広がっているので、緑の中を走っているようなものだ。街灯も暗く、ランナー以外の人の姿はない。車は通り過ぎるのだが、昼間に比べればずっと数は少ない。首都高環状線の代官町《だいかんちょう》入り口を過ぎると、さらに周囲の雰囲気は暗くなり、一之瀬は嫌な緊張感を覚え始めた。二つの事件の襲撃現場は、まさにこの辺りである。時々、制服警官が立っているのを見るとほっとしたが、通り過ぎてしまえばまた闇が待っている。女性ランナーは、こういう場所を走っていて恐怖を感じないのだろうか。エンドルフィンが分泌されて気分が高揚するランナーズ・ハイの状態——そうなれば、多少の恐怖心は押し流されてしまうのかもしれない。

代官町インターから千鳥ヶ淵交差点までは、二、三百メートルだろうか。しかし、かなり深い闇の中を走って行くためか、それよりもずっと長い距離に感じられた。

千鳥ヶ淵交差点に出た瞬間、街の明るさに目がくらむ。内堀通りも、こちら側は交通量が多く、夕方の渋滞がまだ残っていた。しかしすぐに、第二の闇が迫ってくる。左側にある千鳥ヶ淵公園。何というか……木々が鬱蒼として、森の中を走っているような気分になる。ぼんやりと灯りが灯っているのはトイレだろうが、心もとない感じがした。

一度コースを離れ、公園の中に入ってみる。極端に細長い公園は、花見の季節ともなれば賑《にぎ》わうのだろうが、今は人っ子一人いない。トイレから中年の男性ランナーが出て来たのを見て、どきりとしたほどだった。

半蔵門の交差点を過ぎた辺りで、道路は緩く左へカーブし、同時にかすかな下りになっていく。濠越しに、警視庁や日比谷付近のビル街が明るく浮かび上がっているのが見える光景は美しかったが、今はそういう夜景を味わっている場合ではない。一之瀬は、スピードが上がり過ぎないように気をつけ、一定のペースを保ち続けた。

それにしても人が多い……この近くにもランナー用の施設があるので、そこから出発する人たちにとっては、この付近がスタート地点、ということなのだろう。大勢のランナーに囲まれているとほっとするが、ともすると集団に引っ張られてスピードが上がってしまう。競走じゃないんだからと自分に言い聞かせ、ペースダウンするのは結構大変だった。速く走るのは大変だが、敢《あ》えて遅いペースを保つのも面倒なのだと改めて気づく。

警視庁が右手前方に見えてきた。この辺りはさらに下りがきつくなり、どうしてもスピードが上がってしまう。二人連れの女性ランナーの後を追いながら、一之瀬は左手の桜田門をちらりと見た。ここをショートカットして行くランナーも多いっていう話だったよな……と思い出し、左へ曲がってみる。濠を渡るとすぐに桜田門が目の前に迫ってくるのだが、周辺の暗さに一瞬たじろいだ。特に、桜田門から中に入った瞬間——完全な闇が広がっていて、一瞬脚が止まってしまったほどである。いかにも襲撃ポイントに相応《ふさわ》しい感じだが、ここに監視カメラはしかけられていないのだろうか……ショートカットする人は想像していたよりも多く、暗闇の中とはいえ、犯人は襲撃を躊躇《ちゅうちょ》するのではないか、と一之瀬は想像した。となると、襲撃ポイントはやはり二か所だろうか。代官町インターから千鳥ヶ淵交差点までの二百メートルほどと、千鳥ヶ淵公園沿い。そこを重点的に警戒すればいいのではないだろうか……だったらやはり、千代田署には関係ない事件だ。

いつの間にか汗をかいていた。この時間の気温は三度か四度ぐらいしかないはずだが、五キロも走り続ければ、さすがに汗だくになる。ウインドブレーカーの前を少し開くと、冷たい空気が通り抜ける快感を味わえた。最初の寒ささえ我慢できれば、ウインドブレーカーはいらないかもしれない……いやいや、本気のランニングではないのだから、走る快適さを追求するのは意味がない。

皇居外苑を抜け、再び内堀通りへ。これでようやく一周か……歩道の上に藤島が立っているのが見えた。分厚いウールのコートを着ているのに、寒そうに背中が丸まっている。だらしないよな、と思ったが、これが普通なのだ。本当はダウンジャケットが必要な気温である。

「えらく遅かったな」左腕を突き出して腕時計を確認する。

「まさか、タイムを計ってたんじゃないですよね」

「何言ってるんだ。俺はお前さんのコーチじゃないよ」

「何だ……適当なこと、言わないで下さい」

「お前さんのライバル——若杉はずいぶん張り切ってたみたいだな。だいぶ前にここを通過してったぞ」

「あんなにスピードを出してたら、警戒にならないじゃないですか」

「いやいや、そのスピードに慣れていれば、十分警戒になるだろう。それよりお前さん、本当に苦しそうだな」

「だったら、別の人に走らせて下さいよ」思わず弱音《よわね》が出た。立ち止まったせいか、急に疲労を感じる。腕時計を見ると、七時四十分だった。後半、下りが多かったのでスピードが出た感じがしたのだが、それでもこんなものか、とがっかりする。歩くのより少し速いだけではないか。

「で、警戒ポイントは？」

「やっぱり二か所ですね」実際に走って感じた印象を話す。

「そうか……となると、半蔵門署の管内だな」

「向こうに任せちゃったらどうなんですか？　うちの管内で襲撃しようなんて人間、いないと思いますよ」大手町方向へ真っ直ぐ続く道を見ながら、一之瀬は言った。ここで誰かを襲撃したら、とても逃げ切れないだろう。外苑に逃げこむ、あるいは片側三車線の内堀通りを信号無視して渡る――どちらも大きな危険を伴う。それに、通り魔を計画するような人間は闇を好むのではないだろうか。絶対に人目につかない場所を選んで犯行に及ぶはずだ。「真昼の通り魔」などというのは、やはり例外的な存在である。それこそ、アルコールや薬物の影響で、正常な判断ができなくなったせいとか……今回は違うような気がする。襲撃が二回とも水曜日というのに何か意味があるのかは分からないが、犯人は絶対に人目につかない場所を選んで犯行に及んだはずだ。そういう意味では、判断力はしっかりしているのだろう。

「そういうわけにはいかない」藤島が一言で切り捨てた。

「あの……そういう意地の張り合いって、意味あるんですか？　効率が悪くなるだけじゃないですかね」

「実際に合同捜査してるんだから、上手くいってるじゃないか」

「でもこれ、捜査じゃなくて警戒ですよね？」

「一々細かい男だね、お前さんも」藤島が顔を歪める。「気にするポイントがずれてるんじゃないか？」

「いや、だけど、もっと効率的に……」

「仕事は効率が全てじゃない」

警察の仕事で「遊び」や「弛《たる》み」が必要だっていうのか？　素朴な疑問が芽生えたが、

口にはしなかった。それでなくても、普段から「理屈っぽい」「文句ばかり言っている」と藤島にからかわれているのだから。

「それよりこの件、どうしてニュースにならないんですかね。新聞にでも載れば、走っている人も警戒するでしょう。走るのをやめてくれるのが一番いいですよね」

そう話している間にも、男女五人組のランナーが二人の傍《かたわ》らを駆け抜けて行く。表情は苦しそうなのだが、何故か輝いて見えた。

「マスコミへの発表は控えてるんだ」

「どうしてですか?」

「犯人逮捕が優先だからだ。こっちの動きを犯人に読まれたくないんだよ」

「でも、人を襲ったら、犯人だって、当然警察が捜査しているのは分かりますよね。だったら、新聞に載っても同じじゃないかな」

「お前さんは、とにかく理屈っぽいのが欠点だな。余計なことを考えてる暇があったら、体を動かせ」

「頭はいいんですか?」

「頭も体の一部だろうが」

藤島が本気で苛《いら》ついてきたのが分かった。一年近くつき合ってきて、彼の沸点がどこにあるか、だいたい予想できるようになったので口をつぐむ。普段は軽い調子で話すが、一線を越えると、途端に冷たく硬い男に変わってしまうのだ。

「たらたら走ってたら、次からは俺が自転車で伴走するからな」

冗談じゃない。コーチのつもりか？「失礼します」と言い残して、一之瀬はダッシュした。こんなスピードは、百メートルも続かないだろうが。


参った……翌朝、一之瀬は全身の激しい筋肉痛で目覚めた。下半身の張りが一番ひどかったが、何故か腹筋や背筋までが痛い。走るのが全身運動だということがよく分かった。翌日すぐに痛みが出るのは、まだ若い証拠なのだろうが……藤島をあのコースで走らせてみたい、という欲求がこみ上げてくる。翌日ではなく二日後に筋肉痛で苦しむ姿を見てみたかった。もっとも、一周走れるかどうかも分からないが。

何とかベッドを抜け出し、時間をかけて熱いシャワーを浴びて体の凝《こ》りを解す。本格的な筋肉痛というわけではなかったようで、何とか歩けるまでに復活した。

最近は、毎朝六時半に起きるので、少しは余裕がある。金曜日……不意に、嫌なことに気づく。このローテーションだと、次に自分が走るのは日曜日だ。何が悲しくて、日曜の夜に皇居ランをしなければならないのか。

平日も皇居ランには、ピークが二つある。昼休みの時間帯には、皇居周辺に勤める人たちが走っているようだ。こういう人たちは、皇居ランがブームになるずっと前からランニングに親しんでいるタイプが多い。一方最近増えてきたのが、ナイトランを楽しむ人たちである。こちらには、会社が終わった後、わざわざ遠くから来てでも走ろうという人もいるようだ。何しろ皇居を一周するコースには信号がなく、普通の道路と比べてずっと走りやすい。一部傾斜があるものの、ほぼフラットというのも、ランナーに優しいコースだ――というのは、走るのが楽しくて仕方がない人の話だろう。

昨夜の一之瀬は、二周目の半分――二度目にパレスサイドビルを見た直後にガス欠を起こした。呼吸はともかく、脚が上がらなくなってしまったのだ。何度か立ち止まってストレッチをしたりしたのだが、効果はなし。仕方なく、残りの二時間近くを、ほぼ歩きで通した。途中でまた若杉に追い抜かれたが、あの男は何周したのだろうか。

十キロすら走れなかったのは情けない限りだが、代わりに周りをじっくり観察することはできた。午後七時台の終わり頃から人が増え始め、それから八時半ぐらいまでがピークだった。九時になると急に人が少なくなり、警戒を終了した十時には、ランナーはほとんどいなくなっていた。この時間以降が特に危険というわけではなく、午後十時で閉まるランナー向けの施設が多いから、というのが理由らしい。シャワーを浴びて着替えて……と計算すれば、閉まる三十分前には施設に入っていないとまずいだろう。女性だったら、もう少し時間がかかるはずだ。

それでも、十時になってもまだ走っているランナーはいた。こういう人たちはどうするのだろう。汗臭いまま電車に乗るのか、会社かどこかでシャワーを浴びられるのか、あるいは歩いて帰れる場所に住んでいるのか。東京に住む人たちの生態は様々だ、と思い知らされた一晩になった。

例によって朝食は抜き。刑事になったばかりの頃は、無理してでも朝食を摂《と》るようにしていたのだが、その用意をするにもエネルギーがいる。最近ではすっかり諦《あきら》めて、その分を睡眠に充《あ》て、コーヒー一杯だけ飲んで家を出るようにしていた。そのためにエスプレッソマシンを買い、強烈な苦さで一気に目を覚ますと同時に、砂糖を加えて——量が少ないので砂糖を入れると甘みも強くなる——午前中のエネルギー補給にしている。さすがに、十一時ぐらいになると腹が減って、集中力が欠けてくるのだが。

毎朝決まった日課が続く。シャワーを浴びてからエスプレッソを一杯飲んで、出発。新聞を引き抜いて、下北沢駅まで歩く五分の間に、見出しだけをざっと見ていく。小田急《おだきゅう》線も千代田線も混むので、電車の中で新聞を読むのは至難の業なのだ。

大抵は見出しを読み流しているうちに、駅にたどり着く。今日の一面は、オリンパスの粉飾決算事件、原発事故での東電の賠償問題と、暗いニュースで埋まっていた。南口商店街を抜けたところ、マクドナルドの前で、社会面の二段見出しの記事に気づき、思わず足が止まってしまう。後ろから走って来た高校生が、急停止した一之瀬を避けるようにステップを踏んで追い抜いて行った。一之瀬は、マクドナルドの脇に引っこんで、改めて記事を読んだ。

通り魔？　皇居ランの女性襲われる

人気の皇居ランを楽しむ女性ランナー二人が襲われる事件が二件続けて発生し、警視庁では通り魔事件と見て捜査を始めると同時に、警戒を強めている。

事件が起きたのは、今月8日と15日の、いずれも午後9時過ぎ。千代田区北の丸公園の歩道をジョギング中だった20代の女性が、背後からいきなり殴りつけられ、二人とも頭などに軽傷を負った。警視庁半蔵門署では、通り魔事件と見て調べている。

最近のジョギングブームを受けて皇居ランは人気で、多い日は、一日1万人ほどがランニングを楽しんでいる。

おいおい、話が違うじゃないか。確かに一之瀬は、こういう風に記事になった方がいいと思っていた。それでランナーが用心すれば、事件が起きる可能性は少なくなるだろう、と。しかし、昨夜藤島に話を聞いてからは、やはり事件のことは明るみに出ない方がいい、と考えるようになった。走る人が少なくなれば事件が起きる可能性は低くなるかもしれないが、それでは根本的な解決——犯人逮捕にはつながらない。今のように警戒を続けながら犯人をおびき寄せる作戦が効果的だというのは、理に適《かな》っている。

この記事で、警察の思惑もぶち壊しだろう。二件の通り魔――いずれも軽傷で済んでいるが、相当ショッキングな事件なのは間違いない。噂《うわさ》は一気に広まるはずだ。犯人は闇の中に引っこんでしまうだろう。

「参ったな……」東日《とうにち》新聞か。もしかしたら、と吉崎《よしざき》の顔を思い浮かべる。むさ苦しい風貌と服装のこのサツ回りは、一之瀬たちに何かとちょっかいを出してくる。この記事を書いたのは、一方面担当のあの男に違いない。どこでネタを拾ったのか分からないが……「書くな」とも言えないが、自分の記事が捜査に悪影響を及ぼすぐらいのことは、考えればすぐに分かるだろう。そんなことよりも、取り敢えず目先の出来事は記事にしてしまえ、という短絡的な考えに支配されているのか。だとしたら、考えが甘い。

記事一本で、犯人が逃げてしまうこともあり得るのに。

〈4〉

間の悪いことに、署へ着いた途端、東日の吉崎に出くわした。サツ回りの連中は、十時ぐらいにならないと署に顔を出さないはずなのに、この男は時々、一之瀬たちの出勤時間――午前八時過ぎだ――に署の前に立っていたりする。

今日はいつにも増してむさ苦しい格好だった。明らかに一回り以上サイズが大きいコートを着ているのだが、それがまた、黒の中綿入り――明らかにダウンではない――という、いかにもオッサンが好みそうなものである。最近は、冬のアウターウエアも「細め・短め」で体にフィットした物が流行っているのに……靴も、五千円ぐらいの模造革のものではないか。この男は、ファッション誌を見ることなどないのだろう。それにしても鬱陶《うっとう》しい……耳を覆う長さの髪型は、自分で切っているのではないかと思えるほど滅茶苦茶だった。しかも妙に脂《あぶら》っぽい。今時、こんな人がいるのが信じられなかった。二泊ぐらいできそうなほどの大きなバッグを担いでいるせいで、体が左側に傾いている。

一之瀬の顔を見ると、吉崎がにやりと笑って、丸めた新聞を振ってみせる。

「犯人、どうですか？　捕まりました？」

「ノーコメント」

「昨夜も警戒してたんでしょ？　結構走ってたみたいだけど」

そのまま通り過ぎるつもりが、ぎくりとして思わず立ち止まってしまった。この男は昨夜、俺が走っているのをどこかから見ていたのだろうか……あるいは、途中からほぼ歩きになっていたのを。だとしたら、みっともないことこの上ない。

もしかしたら、自分こそがネタの出所なのかもしれない。俺が走っているのを見て何か怪しいと気づき——何しろ停《と》まったり歩いたり目つきが悪かったりと不審だ——警察の上層部にぶつけて真相を割り出したとか。だとしたら相当の切れ者だが、何だか馬鹿にされた感じも否めない。

「ああいう記事を出されると困るんですよ。それぐらい、分かるでしょう？」

「記事が出たぐらいで捜査が行き詰まったら、逆に困るな。こっちは警察の捜査能力を信用してるんだから」

「そんな、適当な——」

「おい、一之瀬」

まずい、と首を引っこめる。藤島だ。その場で固まっていると、いきなり後頭部を平手で叩かれる。

「記者さんと話しちゃいけないって、何度言ったら分かるんだ」

「別に話してませんよ。話しかけられたから——」

「屁理屈《へりくつ》が多いんだよ、お前さんは」

一之瀬の横に立った藤島が、吉崎に顔を向けた。

「刑事との個別の接触は禁止されてるはずなんだけどね」

「そんなルール、誰が決めたんですか？」

「誰でもいいだろう」藤島が顔を歪める。「とにかく、個別の取材は一切お断りだ。何か質問があるなら、副署長に話をして下さいよ」

「それじゃ、通り一遍の話しか出てこないので」

「そういうのは、我々には何とも言えないなあ」

「で、通り魔の捜査はどうなんですか」藤島の非難は、吉崎には一切通じていないようだった。自分に不都合な話は全てカットしてしまうようなフィルターを、頭の中に持っているのだろうか。

「あんた、そもそも間違ってないか」

「何がですか」吉崎の顔にかすかな動揺が走る。

「記事の中で、半蔵門署って書いてるだろう。うちは千代田署なんだけど」

「だって、合同捜査なんでしょう」

こいつはどこでネタを拾っているのだろう、と一之瀬は本当に心配になってきた。合同捜査は珍しいことではないが、特捜本部級の事件でもない限り、あまり表には出ないものだ。

「主体は向こうだよ。うちで張ってても、何もいいことはないから」

「しかし、ですね……」

「だいたい、うちの管内には危険なポイントなんかないよ。あんた、実際にコースを走ってみたのか？　記者さんは自分の足で稼がないとねえ」

皮肉を吐《は》くと同時ににやりと笑って、藤島が歩き出した。一之瀬も慌てて後に続く。吉崎は追って来なかった。半蔵門署に回るべきかどうか、真剣に考えているのかもしれない。

庁舎に入ると、藤島が短く溜息をついた。

「あの男もしつこいな」

「どこからネタを拾ったんですかね」

「向こうじゃないか？　半蔵門署」藤島が、親指で適当に自分の背後を指した。

「いい迷惑ですよね」

「捜査にとっては、な。でもお前さんは、きちんと警告した方が、ランナーも用心するっていう意見だったんじゃないのか」

「そうかもしれませんけど……案外話は広がらないかもしれませんね」

「そうだな。あれぐらいの記事に、そんなに大きな影響があるわけじゃない。気にしてもしょうがないだろうな」

「ええ」

「それより、意外に元気そうじゃないか」藤島が二、三歩下がり、一之瀬の全身を見た。

「今日は、起き上がれないかと思ってたが」

「案外平気でした。シャワーを浴びて筋肉を解したら、普通に歩けましたよ」

「まあ、若いってことかね」藤島が皮肉に笑う。「あれぐらいで音を上げられたら、困るけど」

「大丈夫ですよ」強がりで胸を張った。実際には、階段を上り下りするのが結構きつい。下北沢駅、それに霞《かすみ》ヶ関《せき》駅でも、階段は一歩一歩踏みしめるように歩くしかなかった。

「それならいいけどな……おい、それより今夜はどうだ？　次の当番は日曜日だろう」

「はあ」また例の誘いか。参ったな……断る理由は何かないだろうか。せっかくの金曜日の夜だし――断れない。というより、やることもない。恋人の深雪《みゆき》は今、学会に出席するためにアメリカに出張中だ。帰国予定は来週なので、今週末はぽっかり空いている。一人でやることと言えばギターの練習ぐらいだが……まあ、仕方ないか。一回行けば、藤島も納得するだろう。

それにしてもこの年代の人は、どうして人を家に誘いたがるのだろう。部下を呼びつけることで、自分の権力を確認したい？　だとしたら無駄、というか馬鹿馬鹿しい限りだ。招かれたからといって、こっちはありがたがるわけでもないのに。

しかし、こういうつき合いも無視すべきではないのだろう。警察官は組織の中で生きていく。その最初は、直属の上司とのつき合いから始まるのだ。

藤島の家は、常磐線《じょうばん》の松戸と北松戸の中間地点――どちらかというと北松戸に近い住宅街にあった。各停しか停まらない北松戸だと通勤のストレスが溜まるから松戸を使っているというのだが、駅から徒歩二十分近くというのも、それはそれできつい。もちろん今日は、一之瀬の歩くスピードが普段より遅いせいもあるのだが。やはり、筋肉に疲れと痛みが巣食っている。

松戸駅前はそれなりに賑やかな繁華街なのだが、国道六号線を渡ると、一戸建ての家が建ち並ぶ住宅街になる。午後七時近くともなると、既にひどく静かだった。一之瀬の実家がある千歳烏山《ちとせからすやま》も同じような住宅街なのだが、東京と千葉の違いなのか、やはり烏山の方が賑やかな感じがする。

「ほら、ここだ」

どこか嬉しそうに藤島が言った。建売住宅なのだろう、左右に似たような家が並んでいる。次に一人で来る時に、見間違えない自信はなかった。玄関前には狭いカーポート、その脇にささやかな庭があるのだが、芝が冬枯れしていて侘《わび》しい感じだった。家そのものは、外壁に白とグレーのタイルを使った、落ち着いた感じである。カーポートには、トヨタ・ハリアーの現行モデルが停まっていた。豪勢なことで……「ラグジュアリーSUV」にカテゴライズされるこの車は、結構な値段のはずだ。

玄関横、庭に面したところがリビングルームだろう。灯りが灯っていて、かすかに料理の匂いが漂ってきたが、一之瀬には馴染《なじ》みの薄い香りだった。

「さ、どうぞ」藤島が、どこか照れ臭そうに言った。

「お邪魔します」

藤島がドアを開けてくれたので、屈むようにしながら頭を下げ、玄関に入る。よくあるタイプ……というわけではないが、建売なのでやはり個性には乏しい。

「いらっしゃい」藤島の妻らしき女性が出迎えてくれた。

「お世話になります」一瞬見ただけで、特徴を頭に叩きこむ。こういうところだけすっかり刑事っぽくなってしまったな、と苦笑した。誰かに会ったら、一発で特徴を頭に叩きこめ、だ。

藤島の妻――朱里《あかり》の特徴は、一言で言えば「若い」だ。藤島からは「同い年だ」と聞かされていたが、どう見ても十歳以上は若い。一瞬言葉を失ってしまった一之瀬を見て、藤島が怪訝《けげん》そうに「どうした」と訊ねた。

「いや……何でもないです。失礼します」一之瀬は靴を脱いだ。最近は、房飾りのついたローファーを何足か、ローテーションで回している。仕事中に靴を脱ぐことも多いので、紐靴だと時間がかかって仕方ないのだ。スーツには合わないのだが、やはりスピード優先である。

ダイニングルームには、既に食事の用意が整っていた。無垢材のテーブルの中央には花、モツァレラチーズとトマトのサラダの皿が、その横に置かれている。色濃いオリーブオイルが彩りを添えていた。

「ちょっと着替えてくるわ」

藤島が別室に消えたので、一之瀬は何となく気まずい思いを味わった。勧められて椅子に座ると、先ほど気づいた料理の香りを一層強く感じる。ビーフシチュー？　いや、それにしては酸味が強いようだ。

「ビールでいいかしら？」

「あ、はい。いただきます」料理はイタリアンなのだろうか。それならワインがいいのだろうが、そもそもワインの味が分からない。

「はい、どうぞ」朱里が瓶ビールとコップをテーブルに置いた。

「藤島さんを待ちます」

「遠慮《えんりょ》しなくていいのよ」

「いや、申し訳ないですから」

「そう？」朱里が軽い笑みを浮かべた。

それにしてもやっぱり若作り――というか実際に若い、と一之瀬は感心した。薄いピンク色のカットソーに細身のジーンズというラフな格好だが、スタイルがいいので様になっている。顎の下で切り揃えた髪もつやつやしていた。化粧は控え目なのだが、それでも顔の血色がいいせいで、表情が明るく見える。何だかイッセイさんには合わないよな……と失礼なことをつい考えてしまった。

藤島が、背広をカーディガンに着替えて戻って来た。大きな「S」が胸に入った、赤いレタードカーディガンである。学生が着そうなもので、藤島もプライベートでは若作りなのだと知り、一之瀬は二度目の衝撃を受けた。

「ま、軽くいこうか」

藤島がビールを注いでくれた。注ぎ返して——こういうのがまた面倒臭い——目で乾杯の合図をして一口呑んだ。今日は酔いの回りが早そうだ、と予感する。疲れている時は、細胞の一つ一つにアルコールが素早く染み入る感じがするのだ。

朱里は次々と料理を出してくれた。イタリアンが多かったが、家庭料理らしく漬物があり、湯葉とシイタケの煮物があり……メインは牛肉の赤ワイン煮だった。家の前にまで漂っていた独特の香りはこれだったのか。それまで相当食べていたにもかかわらず、わずかな酸味を感じさせるその匂いは、一之瀬の食欲を刺激した。

「今日はよく食ってるじゃないか。普段は食が細いのに」藤島がにやにやしながら言った。

「美味《うま》いですから」

「遠慮しないで食べてね」朱里がにこやかに言った。

「これだけ食って、明日一日寝てれば、筋肉痛も治るだろう」

「筋肉痛って？」朱里が無邪気な口調で訊ねる。

「ああ、昨日の夜、皇居周辺で必死のランニングをしてね……」

藤島があっさり説明したので、一之瀬は驚いた。捜査のことをこんなに簡単に家族に話すのだろうか……自分は、深雪にはあまりしゃべらないのだが。

「大変ねえ」

「若いんだから、こういう仕事は優先的に回ってくるんだ」

「あなたも一緒に走ればいいのに」

「俺はいいんだよ」

藤島の顔が一気に赤くなり、一之瀬は笑いをこらえるのに一苦労した。朱里も何とか笑い声を上げずに立ち上がり、新しいビールを取りに行った。それを機に、一之瀬は牛肉の赤ワイン煮に手をつける。香りで予想していたよりもずっと味が深く、適度な酸味が舌を刺激する。肉はとろけるほど柔らかくなっており、繊維の存在がまったく感じられないほどだった。これで食べる白い飯がまた美味い。合間に、きゅうりの糠漬《ぬかづ》けで口中をリフレッシュさせる。

「赤ワイン煮、どう?」

「美味いです。びっくりしました」

「びっくり、は失礼だな」藤島が苦笑する。「うちの料理はどれも美味いんだ」

「イッセイさん、いつもこんなに美味いものばかり食べてて、よく太りませんね」

「無駄な野菜を食べないのが、俺の健康法だ」実際、藤島は野菜嫌いであり、「俺にタンメンを勧めるな」と言われて一之瀬は絶句したことがある。

「また、そんなこと言って。青い野菜も食べないと体に悪いですよ」朱里がやんわりと忠告する。

「そういうのは、食べた気がしなくてね」

しれっとした表情で言って、藤島が大きく切り分けた肉を口に運んだ。幸せそうな表情で咀嚼《そしゃく》する……その瞬間、携帯が鳴り出した。肉を頬張《ほおば》ったまま、藤島が左右を見回す。自分の携帯だと気づき、顔をしかめて立ち上がった。まさか仕事じゃないよな、と一之瀬は不安になったが、次の瞬間、自分の背広のポケットでも携帯が鳴り始めたので、嫌な予感が確信に変わってしまった。間違いない、何か起きたのだ。もしかしたら、またランナーが襲われたのかもしれない。

藤島が電話に出る。顔をしかめて話し始めるのを確認してから、一之瀬も携帯を摑んだ。「刑事課」の名前が浮かんでいる。やっぱりそうか……覚悟し、朱里に向かってうなずきかけてから自分も電話に出た。先輩刑事の岡本からだった。

「今、イッセイさんと一緒か?」

「ええ。飯を食ってます」

「じゃ、切り上げだ。すぐに署に戻ってくれ」

「現場はどこですか」一之瀬は手を伸ばして、ティッシュを一枚抜き取った。口の周りを拭《ふ》き、そのまま丸めて背広のポケットに落としこむ。

「千鳥ヶ淵公園」

やっぱり……あそこは危険地域だと思っていた。自分で走って確信し、今朝の会議でもそのように報告しておいたのだが、その後真面目に警戒していなかったのだろうか。あの辺りには半蔵門と三宅坂に派出所があるし、制服警官とパトカーによる警戒も強化していたが、やはり「穴」はあるということか。

「被害者は？」

「これがちょっと面倒なんだが……春木杏奈《はるきあんな》って知ってるか？」

「いえ」まったく覚えがなかった。「知っていないといけない人ですか？」

「タレントだそうだけど、俺も初耳だ。あまり売れてないのかね……とはいえ、一応芸能人だからな。面倒なことにならないといいんだが」

参ったな……マスコミが騒ぎ始めるのは目に見えていた。吉崎のような一般紙の記者はもちろん、週刊誌やテレビが喜んで飛びつくだろう。そういう連中の方が、扱いにくいのは間違いない。

「怪我の程度はどうなんですか」

「まだ分からない。一報が入ったばかりなんだ」

「すぐ行きます。署じゃなくて、現場直行でいいですね？」

「そうだな」

電話を切ると、藤島もちょうど話し終えたところだった。顔をしかめ、「課長からだ」と短く告げる。すぐにカーディガンを脱ぎ、ダイニングルームを出て行く。

「大変ね」さほど深刻そうでない口調で朱里が言った。

「もう、慣れました」言って、一之瀬はソファに置いておいたダウンジャケットを手にした。これを着て来てよかった……今夜は相当冷えこむらしい。

「よし、行くぞ」ネクタイを締めながら、藤島が戻って来た。既に背広もコートも来ている。朱里に視線を投げて、「駅まで頼む」と短く言った。

「はい」朱里も立ち上がった。すぐに、薄手のダウンジャケットを着て戻って来る。手には車のキー。何とも慣れた仕草で、夜の緊急出動がこれまで何十回もあったであろうことは簡単に想像できる。

刑事の奥さんって大変なんだ……それを目の当たりにできたことだけでも、今夜藤島の家に来た収穫はあったかもしれない。

自分が将来、深雪に面倒をかける場面が簡単に想像できるようになった。

〈5〉

連絡を受けてから一時間後、二人は現場にいた。位置的には、内堀通りの千鳥ヶ淵交差点と半蔵門警備派出所のほぼ中間地点の、千鳥ヶ淵公園の中。一之瀬が懸念していた、まさにその場所だった。千代田署とは、皇居を挟んでほぼ正反対の場所にある。それ故、自分たちには関係ないという意識がどうしても消えない。

現場は既に保存されていた。歩道と公園を分ける柵《さく》を跨ぐ格好で、ブルーシートがテントのように張られている。こういう現場に入る時にはひどく緊張する――一之瀬は、ほぼ一年前、刑事課に上がってきたその日の夜に起きた殺人事件を思い出した。あの時は、狭いブルーシートの中が血の臭いで充満し、吐き気を催したものだが……今回は、血の臭いはほとんどない。それだけで、大した怪我ではなかったのだろうと判断してほっとする。もちろん、被害者がタレントというのは、厄介な捜査を約束する状況だが。

課長の宇佐美が、腕組みしながら鑑識の動きを見守っていた。藤島がそちらに近づくのにつき従い、一之瀬は二人の会話に耳を傾けた。

「ああ、イッセイさん……すみませんね、お休みのところ」宇佐美の表情は渋かった。

「サボってると、よく事件に当たりますねえ」藤島が苦笑する。「……で状況はどうなんですか？」

「公園からいきなり飛び出して来た男に襲われたようです」

「男？」

藤島が怪訝な声で訊ねた。それはそうだ、と一之瀬は一人うなずく。これまでの事件では、被害者は犯人を見ていないし、目撃者も出ていなかった。「男」と言うからには、春木杏奈は犯人を確認したに違いない。あるいは目撃者がいたのか。

「男というだけですよ」宇佐美が首を横に振りながら言った。「後ろ姿を見ただけなんで、それ以上は分からない」

「怪我の程度はどうですか？」

「後頭部を一撃」宇佐美が自分の頭を叩いた。「ただし、運動神経はいい人なんだろうね。気配に気づいたようで、直前で上手く逃げて、直撃は避けられました。少し出血してるけど、大した怪我じゃなくて済んだようです」

「不幸中の幸いですね」藤島の胸が大きく膨《ふく》らみ、すぐに萎《しぼ》んだ。「で、本人は？」

「病院。頭ですから、一応きちんと検査を受けてもらってます」

「犯人はどっちから？」

「公園の中から飛び出して来て、柵を飛び越していきなり斜め後ろから殴りかかった」宇佐美が柵を指さした後、右手を内堀通りの方へ向けた。「そのまま半蔵門の交差点方向へ逃げたようですね」

「それだと結構走りますよね……距離がある」

「犯人もランニング経験者かもしれませんよ」言って宇佐美がうなずいた。

 藤島が腕組みをし、柵を凝視した。犯人があそこを飛び越したとすれば、靴底の跡などが採取できるかもしれない。柵は高さ一メートル以上あり、手や足をつかずに飛び越すのは難しい。一気に飛び越したとしたら、かなり運動神経のいい人間である。そこから犯人像を推測するのは難しいが。

一之瀬はテントの外に出た。途端に厳しい寒風が吹きつけ、思わず首をすくめてしまう。ダウンジャケットが命綱だ。顔を上げ、周囲を見回す。既に分かっていることだが、現場近くの交差点は後方の千鳥ヶ淵、前方の半蔵門の二か所しかない。どちらへもかなり距離がある。全速力で走って逃げられるのは……やはり同じような皇居ランナーが犯人ではないか、と一之瀬は想像した。あるいは人を襲うために、ランニングで体を鍛えているとか？　まさか。

首を振り、他の可能性を検討する。襲撃現場から、いきなり内堀通りを渡る……この辺は片側三車線の広い道路だし、犯行の時間にはまだ交通量も多かったはずで、スムーズには渡れなかっただろう。走る車を無理矢理停めて渡ろうとすれば、それだけで多くのドライバーの記憶に残ってしまう。犯人がそういう危険を冒すとは思えなかった。

車の流れが途切れたタイミングで、一之瀬は道路に飛び出した。車さえ走っていなければ、片側三車線の道路とはいえ、十数秒で走り切れるだろう。問題は中央分離帯だ。かなり背の高い柵で、そこを飛び越すのは実際には大変である。試してみたが、一瞬よじ上るようにしないと越えられない。

ふと、近くにバス停があるのに気づいた。小走りに向かって確認すると、晴海《はるみ》埠頭行きの都バスである。一時間に二本程度と本数は少ないが……時刻表を手帳に書き写し、現場のテントに戻った。宇佐美と藤島は、まだ何か話し合っている。

「課長、襲撃の時間はいつ頃なんですか」宇佐美に訊ねる。

「八時二十二分」宇佐美が一瞬腕時計に視線を落として言った。

一之瀬は思わず眉を上げた。誰かが時計を見ていたわけでもあるまいに、どうしてそこまで正確に分かる？　一之瀬の疑問に気づいたように、宇佐美が薄い笑みを浮かべた。

「被害者は、時計を見るのが癖《くせ》になってるそうなんだ。本格的なランナーは、いつでもタイムを気にするんだろうな。今回も、倒れた直後に咄嗟《とっさ》に腕時計を見てる」

「そうですか……」

「何か気になるのか？」藤島が訊ねる。

「いや、近くにバス停があったので——逃走方法はバスかと思ったんですが、時間が合わないですね」午後八時台のバスは、十二分と五十四分だ。襲撃から三十分も、バス停の前で待ち続けたとは考えられない。

「お前さんは相変わらず、細かいところに引っかかり過ぎる。しかも発想がずれてるぞ」藤島が注意した。「バスじゃなくて、タクシーを使ったと考える方が自然だろうが」

そう言われて、嫌な記憶が蘇《よみがえ》った。去年の殺人事件でも、犯人は犯行直後、現場近くでタクシーを拾って逃走している。タクシーというのは、そんなに頻繁《ひんぱん》に犯罪者を乗せるものだろうか。

「で、課長、この件はどっちが主導するんですか」藤島が訊ねる。

「そりゃ、半蔵門署でしょうね。ここはうちの管内じゃないんだから」

「ま、そうなりますかね」藤島が肩をすくめた。「様子を見ますか。向こうが泣きついてきたら、お手伝いするということで」

「それはないんじゃないかな。奴らは意地でも自分たちでやろうとするでしょう」

捜査でライバル意識を競っても仕方ないのに。もっと穏便に、効率的に捜査を進める方法はないのか、と一之瀬は考えた。もちろん、自分一人が頑張ってもどうにもならないだろうが。

テントの外に出る。少し熱くなっていた頭が冷やされ、両署の争いがますます馬鹿馬鹿しく思えてきた。何とか、こういう下らない抗争に巻きこまれないようにしないと……逃げ出す手を考え始めたが、トラブルは大抵、向こうからやってくる。

今回は、若杉という名のトラブルだった。

昨日と違うスパッツに、蛍光イエローのウインドブレーカー。キャップも被っている。寒くないのかと心配になったが、本人の顔は紅潮していて、むしろ暑さを我慢しているようだった。

「呑気《のんき》に何やってたんだ」

いきなり因縁《いんねん》をつけられ、一之瀬はむっとして唇をきつくひき結んだ。

「お前が休んでる間に、事件が起きたじゃないか」

「ローテーションで警戒してるんだから、その場にいられなかったのは仕方ないじゃないか」一之瀬は思わず反論した。

「普通、こういう凶悪事件が起きたら、自主的に対応するだろうが」

「ああ……お前は自主トレ中だったんだ」

若杉の顔が一層紅潮する。一之瀬に一歩詰め寄ると、上から押し潰《つぶ》そうとするかのように体を前に屈めた。

「自主トレじゃなくて警戒だ」

「言葉は何でも」一之瀬は肩をすくめた。この男は……何というか、前のめりになり過ぎる。そんなに手柄が欲しいのだろうか。自分と同世代の人間にしては珍しく、がつがつした本音《ほんね》を隠そうともしない。

「とにかく、この事件はうちがもらうからな」

「そんなの、一人で決めていいのかよ」

「ここはうちの管内だ」

「好きにすればいいよ。俺は言われたらやるだけだから」

「お前みたいにやる気のない奴は、こんな仕事をしてるべきじゃないな。さっさと転職した方がいいんじゃないか」

馬鹿馬鹿しい……一之瀬は反論の言葉を呑みこんだ。こんなことで言い合っていたら、エネルギーの無駄遣いである。

「じゃあな。俺は忙しいから」

「別に、俺が引き止めたわけじゃないんだけど」

若杉は一之瀬の言葉を無視して走り去った。振り向いてその後ろ姿を見送りながら、本当にトレーニングしているだけではないかと一之瀬は訝《いぶか》った。

「おい、結局うちもやることになりそうだぞ」

藤島に声をかけられ、慌てて振り向く。

「そうなんですか？　管内の事件でもないのに？」

「上がお怒りなんだよ」藤島が親指を立てて見せた。

「上、ですか」署長だろうか、と訝った。今回、合同で警戒するようになったのも、署長同士、それに刑事部の幹部の話し合いで決まったはずだ。

「刑事部の幹部連中がお怒りのようでね。警戒を強化したのに、むざむざ新たな犯行が起きたのはどういうことか、と」

「そんな——完全に防げるものじゃないでしょう」一之瀬は反論した。

「人前でそういうことは絶対に言うなよ」藤島が眉をひそめ、唇の前で人差し指を立てた。

「警察が最初から諦めたら駄目だ」

「それはそうですけど……」

二人が話している間にも、傍らをランナーが走り抜けて行く。テントが歩道にまではみ出しているのだが、それを巧みによけて、スピードを緩めようともしない。野次馬根性よりも走ることが大事か……。

「しかし皆、よく走るねえ」呆れたように藤島が言った。「いつからこんな風になったのかね」

「東京マラソンが始まってからかもしれないですね」一之瀬も同じ疑問を抱き、ずっと考えて一つの結論に達していた。

「ああ、確かにな……あれだけでかいイベントには、刺激を受ける人も多いだろうな。俺は、あんなに長い距離を走ることを考えただけでぞっとするが」

「去年の地震の後からは、もっと増えた気がします」

「なるほど……帰宅難民、ひどかったからな。いざという時に歩いて帰れる体力をつけようってことか」

「そうかもしれません」

「あまりいい話じゃないな」

藤島が両手で顔を擦《こす》る。既にアルコールの影響は完全に抜けたようだ。一之瀬も、酔いは吹っ飛んでしまっている。

「それで、捜査はどうするんですか」

「今のところは、現場で基本的な調査を進める。それには協力するんだ。明日の朝、半蔵門署に集合して、本格的に捜査方針を決めるらしい」

「何だか、特捜本部みたいですね」人が死んだわけではないのに。

「似たようなものだ」藤島がうなずく。「捜査会議までに、できるだけ情報収集……おい、被害者に会いに行くぞ」

「我々でいいんですか？」

「病院の方が手薄になってるんだよ。制服組もついていったけど、もしかしたらややこしいことになるかもしれない」

「というと？」

「お前さん、鈍いね」藤島が不機嫌そうに言った。「相手はタレントさんだぞ？　B級だかC級だか知らないけど、芸能マスコミが放っておかないだろう。そういう連中の交通整理をするのも警察の仕事なんだ」


予想以上の騒ぎに、一之瀬は度肝《どぎも》を抜かれた。

春木杏奈は近くの病院に運びこまれていたのだが、既に事件を嗅《か》ぎつけた報道陣が集まっている。病院側が建物内での取材を拒絶したのだろう、裏側の「救急入口」の前でたむろしていた。テレビカメラなどの機材が大袈裟《おおげさ》で、圧迫感を覚える。

一之瀬たちが入り口に近づいて行くと、テレビカメラのライトがぱっと灯って、昼間の明るさが甦った。俺たちを映してどうするんだ、と反射的に下を向いてしまう。一方横を歩く藤島は、堂々と顔を上げていた。これじゃ、刑事に連行される容疑者みたいだな、と思いながらも、一之瀬は顔を上げられない。報道陣が二人に群がってきたが、藤島は「後で、後で」と繰り返しながら人ごみをかき分けて行く。慣れた態度だった。相手を極度に不快にさせず、なおかつ平然と行くべき場所へ近づいて行く。

自動ドアが開き、ようやく建物の中に入る。背後でドアが閉まったので、一之瀬はほっと吐息を吐いた。報道陣は、やはり建物内での取材は自粛しているようだ。

「イッセイさん、マスコミの扱いに慣れてますね」

「ああ。若い頃、広報課に修業に出されたもんでね」

「そうなんですか？」一年近いつき合いになるのに、初耳だった。

「当時は——二十年以上前だけど——若い刑事にマスコミ慣れさせるのが大事だって考えてた幹部がいたんだろうな。半年しかいなかったから、大した勉強にはならなかったが」

「そうですか？　今みたいな時に、役に立ってるんじゃないですか」

「奴らを黙らせるのに、大層な知恵はいらないよ。決め台詞《ぜりふ》は『後で』だ。そのうち説明してもらえると思えば、大人しくなるから」

「でも、我々が説明するわけじゃないですよね」

「誰かが、だな」藤島がにやりと笑う。「別に卑怯《ひきょう》じゃないだろう。どうせそのうち、広報の連中が出てきて仕切るんだから。あいつらは猛獣遣いみたいなものだから、来たら任せておけばいい」

二人は「救急外来」の看板がかかった部屋の前に立った。ドアは開いており、中で複数の人間が忙しく立ち働いている気配が伝わってくる。廊下にも制服警官が二人立ち、警戒していた。見慣れない顔だから、半蔵門署の人間だろう。藤島が二人に歩み寄り、事情を聴いた。ここに運びこまれてから一時間以上、まだ治療は終わらないという。となると、当初の情報と違って相当の重傷なのだろうか、と一之瀬は訝った。

二人は治療室の中に入った。ドアの横の壁に背中を預けて、半蔵門署の刑事が立っている。昨日の会議で、二つの事件の概要を報告した刑事——三瀬《みつせ》だと気づく。三十歳ぐらいのがっしりした体格の男で、髪を短く刈《か》り上げているせいか、四角い顔の造りが際立つ。二人を見ると、ぎょろりとした目を疑わしげに細めた。藤島が廊下に向かって顎をしゃくり、外へ出るよう促す。

わずかな間を利用して、一之瀬はベッドに腰かけた女性を観察した。既に治療は終わっているようで、頭はネット型の包帯に包まれている。血色はよく、怪我のダメージはそれほどひどくないようだ。傍らに、ダウンジャケットに身をくるんだ小柄な女性——一之瀬と同年代のようだ——が立っている。マネージャー、あるいは事務所の人間なのだろうが、こちらの方がよほど顔色が悪かった。

「何なんですか、千代田署が」廊下に出るなり、三瀬がむっとした口調で言った。

「この件も結局、合同捜査になるみたいだぜ」藤島が言った。

「何でまた——」

藤島が無言で、親指を上に向けて立てた。それで三瀬も事情を理解したのか、怒りを外へ逃がそうとするように肩を二度、上下させる。

「それならしょうがないですね」

「なあ、上はいつも勝手で困るよ」藤島がにやりと笑う。「で、怪我の具合はどうなんだ？」

「軽傷です。頭なんで、一応レントゲンを撮って入念に検査したんですけど、軽い外傷だけですね。三針、縫いました」

「後頭部？」

「そうですね。今までの事件と同じです」

「女優さんが、三針も縫う怪我をしたら大変じゃないか」

「まあ、女優さんって言ってもね」三瀬が唇を歪め、小声で吐き出す。「俺も顔を知らないぐらいだから、どれだけ有名なんですかね」

「女優さんも、一杯いるからねえ」藤島もうなずいた。「で、犯人の目処《めど》は？」

「男っていうぐらいしか分からないみたいですよ」

「服装も？」

「それも、ちょっと」

「時間をかけて聴き出した方がいいだろうな。まだ動転してるだろうし」

「いや、そういうわけでもないんですけど……結構落ち着いてますよ。肝が据わった人ですね。後から来たマネージャーさんの方が慌ててます」

「ああ、そんな感じだねえ」藤島が苦笑した。「で、今晩の予定は？」

「自宅まで送り届けることになってます。さすがに、放り出すわけにはいかないでしょう？　パトカーを手配してます」

「表の報道陣、面倒臭そうだね」

「強行突破しますか？　警察側は合わせて五人いるから、何とかガードできますよ」

「ま、そうするしかないだろうね。襲われた直後だから、落ち着いているように見えても、実際は動転しているかもしれないし」

「一応、本人にも希望を聞きますか？」

「そうだな」藤島がうなずく。「ついでに俺たちもご機嫌伺《うかが》いといこうか」

　それにしても、誰が報道陣に情報を流したのだろう。これまでの二件は、あくまで内密扱いだったが、今朝の東日の記事をきっかけに「解禁」になったのだろうか。広報課の判断だとしたら、理解に苦しむところである。

　三人は揃って治療室に入った。既に杏奈は立ち上がっており、ピンクのウインドブレーカーを羽織っているところだった。三人に気づくと、軽く頭を下げる。恐怖や怒りは感じられず、愛想の良さだけが伝わってきた。藤島がすっと近づき、「怪我の具合はどうですか」と訊ねる。

「大したことはないです」薄い笑みを浮かべた。今はそれが限界なのだろう。

「頭ですから、気をつけないと」

「でも、特に痛みもありませんから。これぐらいで仕事を休むわけにはいきません」

「まだ仕事があるんですか？」

「今日の話じゃないです」杏奈が苦笑する。「これから先……ちょっと大きい仕事が入っているので」

「そうですか……とにかく今夜は、家までお送りします」

「申し訳ありません」杏奈が両手を揃えて腿《もも》のところに置き、さっと頭を下げた。顔を上げた時には、わずかに苦しそうな表情を浮かべていた。

「痛みますか？」藤島が訊ねる。

「一瞬です、一瞬。大丈夫です」杏奈の顔に笑みが戻る。

顔色がいいと思ったのは、きっちり化粧をしているためだと一之瀬は気づいた――決して派手ではないが、すぐに人前に出られるメイク。女優とはこういうものだろうか、と不思議に思った。どこで誰に会うか分からないから、常に完全武装――しかし、ジョギングは完全にプライベートな楽しみのはずだ。気づかれないように、マスクとサングラスで顔を隠していてもおかしくない。いや、マスクをしていたら、走るのは大変かもしれないが。

「外でマスコミが待ち構えてますけど、どうします？　夜なんで、出入り口が一か所しかないんですよ」藤島が心配そうに言った。

「そうですね……」

口ごもったが、決して嫌そうな顔はしていないことに一之瀬は気づいた。

「ガードして、そのまま一直線にパトカーまでお連れすることもできますよ」提案ではあるが、藤島は明らかにそうしたがっていた。トラブル回避優先、ということだろう。

「分かりました。それじゃ、お任せします」

もう一度、今度は慎重にうなずき、杏奈が小さなボディバッグを摑んだ。携帯電話と財布を入れたら一杯になってしまいそうなサイズ。本当は、こういう物すら邪魔なのだ。自分で走ってみて、一之瀬にはよく分かった。走るには手ぶらが一番である。

マネージャーの女性が、自分のバッグ——こちらは巨大なショルダーバッグ——から鏡を取り出した。杏奈が覗きこみ、髪を整えようとして首を横に振る。包帯に覆われた頭では、髪型を気にしてもどうしようもない。本当の髪型は分からないのだが、ショートカットなのは間違いない。包帯からはみ出した部分は完全な黒髪だった。顔つきはほっそりとして顎《とが》は尖っているほどだが、目は大きく、いかにもテレビや映画の画面に映えそうな顔立ちである。しかし一之瀬がまず目を引きつけられたのは、顔よりもその体形だ。あまりにも細い。よく、芸能人はテレビの画面より実際に見た方が細いと言われるが、それを実感できる。ジョギングで激しく自分を追いこみ、この体形を維持しているのだろうか……身長は百六十センチ台半ばぐらい——足下がランニングシューズなのであまり底上げはされていないはずだ——で、体重は四十キロ台前半と見た。一之瀬の目からは、あまり女性的魅力に溢れているようには見えない。テレビの画面に映るとまた別かもしれないが。

「よろしいですか？」藤島が慎重に訊ねた。

「あ、はい、すみません」杏奈が明るい澄んだ声で答える。

「前後を二人ずつで固めますから、真っ直ぐ歩いて下さいね」藤島が指示する。

「分かりました」杏奈がうなずく。

しかし杏奈は分かっていなかった。あるいは分かっていて、別のことを考えていたのか。ドアから外に出ると、報道陣がわっと寄って来る。横づけしたパトカーまでの距離は十メートルほど。制服警官二人が先に立ち、詰め寄って来る報道陣を押し返そうとしたのだが、杏奈はまるで彼らを待たせていたのを詫《わ》びるように、その場に立ち止まってしまったのだ。

「お騒がせしてすみません」よく響く声で言って頭を下げた。カメラのフラッシュが瞬き、テレビカメラのライトで周辺が昼のように明るくなった。

「怪我の具合はいかがですか」

「大したことはありません」

「犯人は――」

「ごめんなさい、それは言えないので」

言えない？　もみくちゃにされながら、一之瀬は違和感を覚えていた。「知らない」「見ていない」だったのではないか？

「とにかく、ご心配をおかけして、すみませんでした」もう一度頭を下げると、ようやく歩き出す。矢継ぎ早に質問が飛んだが、今度は一切無視して前に進んだ。十メートルを歩き切るのに、たっぷり一分。杏奈をパトカーの後部座席右側に押しこみ、一之瀬がその横に、さらに左に藤島が座った。三瀬は助手席に乗りこむ。

「出してくれ」

三瀬が機嫌悪そうな声で言うと、パトカーがゆっくり発進した。報道陣に囲まれているので、スピードは出せない。ようやく病院の敷地から脱出したところで、一之瀬は安堵《あんど》の息を吐いた。

「報道陣にサービスする必要はなかったですねえ」藤島がやんわりと釘を刺した。

「すみません」杏奈が素直に謝った。「でも、あれだけ集まっていただいていたので、黙って行っちゃうのは申し訳なかったもので」

「マスコミなんか、放っておけばいいんですよ。あなたは被害者なんですから。少しぐらい我がままを言っても許されます」と藤島。

「でも、敵に回したくはないですよね」杏奈がさらりと言った。かつて、マスコミの攻撃でひどい目に遭《あ》ったことがある、とでも言うように。彼女の動向がスキャンダラスに伝えられたことでもあるのか？　一之瀬の記憶にはなかった。そもそも名前さえ知らない。

「そう言えば、マネージャーさんは？」藤島が言った。

「大丈夫です。後からタクシーで追いかけてくると思いますよ」

言って、杏奈がシートに身を預けた。さすがに疲れているのか、すぐに目を閉じてしまう。かすかな息遣いが聞こえてきて、一之瀬は少しだけ鼓動が跳ね上がるのを意識した。女優としての彼女は知らないが、一般人とは違うオーラのようなものは確かにある。ラン用のラフな格好で、しかも治療を受けた直後で頭は包帯で覆われているのに、やはり何かが違うのだ。

こういう人を相手に捜査しなくてはならない――となると、相当面倒な仕事になる、と一之瀬は覚悟した。皇居ランのランナーが襲われた事件は、これで三件目。しかも今度の被害者は芸能人だ。マスコミも簡単には引かないだろう。となると、彼女には明日以降、ボディガードが必要になるかもしれない。そんな仕事を押しつけられたらどうなるか。

考えているうちに、パトカーは彼女の自宅に着いてしまった。一番町《いちばんちょう》のマンション……とんでもなく高そうなところに住んでいるんだな、と一之瀬は仰天した。この辺りには、超高級なマンションしかないはずだ。そんなに稼いでいるのだろうか。

幸い、こちらには報道陣は待ち受けていなかった。その気になれば追跡もできたはずなのにそうしなかったのは、この事件の「ネタ」としての重みがそれほどでもない証明かもしれない。あるいは彼女のコメントが取れて、それで満足してしまったのか。いずれにせよ、懸案事項の一つは消えた。

「どうもありがとうございました」

パトカーを降りると、杏奈が丁寧《ていねい》に頭を下げる。既に痛みはないようだった。そのまま踵を返してマンションのホールに向かうのを、藤島が引き止める。

「ちょっと……明日の予定はどうなってますか?」

「明日ですか?」杏奈が小首をかしげる。スポーティな雰囲気に相応しくなく、媚《こ》びるような仕草だった。

「明日も走るつもりですか」藤島が言い直した。

「ちょっと分かりません。体の具合次第ですけど」

「毎日走ってるんですか」三瀬が訊ねる。何かが気に入らないような口調だった。

「そうですね、基本的には毎日です。土日は少し軽めにしますけど」

「軽めとは?」

三瀬の口調は少しばかりしつこかったが、杏奈は相変わらず愛想がよかった。

「五キロ……皇居を一周ですね。それ以外の日はだいたい二周、調子がいい時や、大会が近い時はもっと距離を増やします」

「大会?」三瀬が目を細めた。

「去年も東京マラソン、走ったんですよ。今年は落ちましたけど」杏奈の顔に笑みが浮かんだ。

「タイムはどれぐらいだったんですか」

「三時間十五分三十五秒」杏奈の顔に浮かぶ笑みが大きくなった。「やっとサブスリーが見えてきました。特に調子がよかったんですけどね」

サブスリーは、三時間を切るという意味か……それがどれぐらいのレベルなのか、一之瀬には想像がつかない。もちろん、世界記録である二時間台前半に遠く届かないぐらいは分かるが。一之瀬が怪訝そうな表情を浮かべているのに気づいたのか、杏奈が諭すように言った。

「東京マラソンだと、四時間以内で走る人は全体の三割ぐらいいるんですよ」

「そうなんですか」

「まだまだタイムは短縮できそうだって分かって、嬉しかったですね」

「今年は……」確か、開催は二月二十六日だ。警察にいると、警備の関係があるので、大きな催し物のスケジュールは大抵頭に入っている。実際、東京マラソンのコースは皇居ランのコースと一部重なっており——皇居ランとは逆回りだが——千代田署の管内も舞台になる。去年、つまり杏奈が走ったマラソンでは、まだ交番勤務だった一之瀬も警備に駆り出された。道路を埋め尽くすような人、人、人……それからわずか半月後に、今度は東日本大震災の帰宅困難者が道路に溢れた。

「残念ですけど、外れました」

「怪我もありますし、少し休まれたらどうですか」一之瀬は申し出てみた。何となく、拒絶されそうだと思いながら。

「そうですね、怪我の様子を見ながら考えます」やはり、簡単には引っこまない。

「そこまで追いこむこともないと思いますけど……」

「でも、仕事の都合でもありますから」

「仕事？」

「そうです。今は走るのが仕事みたいなものですから」言って、杏奈が両腕を前後に振った。

プロランナーのような言い草だが、どういうことなのだろう。疑問をぶつけようとした瞬間、タクシーが路肩に寄ってきて停まった。ドアが開くとすぐに、マネージャーの女性が降り立つ。慌てて杏奈に駆け寄って、何事か耳打ちした。杏奈はどこか遠くを見ながら聞いていたが、やがて素早くうなずいた。一瞬真顔になり、「分かってるわよ」と不機嫌に吐き捨てる。

「あの、今日はもうよろしいでしょうか」マネージャーが遠慮がちに訊ねる。

「ああ、どうも、何だかお引き止めしてしまって申し訳ないですね」藤島が愛想笑いを浮かべる。「ゆっくり休んで下さい。明日、もう一度署の方でお話を伺いますので」

藤島が視線を投げると、三瀬が軽くうなずき、杏奈に訊ねた。

「明日の午前中にお迎えに上がりますが、何時ぐらいがいいですかね」

「またパトカーに乗るんですか?」

杏奈の顔が暗くなる。一之瀬は、会って以来初めて、笑顔以外の表情を見た気がした。

「パトカーが気になるなら、覆面パトカーを用意できますけど」

「大丈夫です。こちらから伺います。歩いて行ける距離ですよね」

「それは、まあ……新宿通り沿いなので」三瀬は何となく不満そうだった。被害者が逃げ出すか、あるいは朝から再度襲撃されるとでも心配しているのだろうか。

「十時ぐらいに伺いますけど、それでいいですか」杏奈が押し切りにかかった。

「それで結構です。それとやっぱり、走るのはしばらくご遠慮いただいた方がいいですね。これは正式な忠告です」

「ええ……」

「あなたの前にも、襲われたランナーがいたのはご存じでしょう?」

「新聞で読みました」

「それで、少しは控えようと思わなかったんですか」

「自分が襲われると思って走るランナーはいませんよ」杏奈が平然とした口調で答える。それから自分の上半身を両腕で抱き、体を震わせた。「すみません、もういいですか? 走ってないと冷えますよね」

「ああ、これは失礼」さして失礼と思っていない様子で三瀬が言った。「では明日、お待ちしておりますので。刑事課の三瀬を訪ねて下さい」

　一礼して、杏奈がマンションの中に消えて行く。真っ先にマネージャーが溜息をついたが、一之瀬はそれが気になった。何と言うか……抱えているタレントが襲われ、怪我したのだから、もっと心配してもいいように思われる。

「ちょっといいですか」一之瀬は思わず声をかけた。

「はい？」顔を上げたが、目の下には隈《くま》ができ、目も充血している。慢性的な寝不足だ、と一之瀬は判断した。

「春木さんのことで話を聴かせて欲しいんですが、ちょっと時間を貰《もら》ってもいいですかね」

「警察に行くんですか？」

「いや……ここで立ち話でもいいですし、警察に行ってもいいです」

「じゃあ、ここで」警察を嫌っている――怖がっているのは明白だった。それはそうだ。所属タレントが、プライベートでジョギング中とはいえ襲われたのだから、担当マネージャーとしては責任重大だろう。

　三瀬の携帯電話が鳴り出した。一之瀬たちに背を向けて話し始めたが、すぐに電話を切ると、「署に戻らないと」と藤島に告げる。それから一之瀬に疑わしげな視線を向けたが、藤島が「基本の調査だから」と言って文句を封じこめた。依然として不満気な表情を浮かべていたが、うなずくとパトカーの助手席に滑りこんだ。パトカーはすぐに走り出す。

「時間、大丈夫ですか」一之瀬は腕時計を見た。既に午後十時。

「平気です。家も近くですから」

うなずき、一之瀬は彼女と名刺を交換した。「芸新社《げいしんしゃ》　小池由貴《こいけゆき》」。ずいぶん古めかしい名前の会社だな、と一之瀬は思った。芸能事務所といえばカタカナのようなイメージがあるのだが。由貴自身も、一之瀬が勝手に想像する「業界人」とはほど遠い感じがした。ダウンジャケットは機能優先の黒いカナダグース——北極をデフォルメした赤いマークですぐに分かる——だし、下半身は細身のジーンズにクラシカルなデザインのナイキのスニーカーというラフな格好だ。マネージャーというより、テレビ収録の現場で働くアシスタント・ディレクターという感じもする。丸い顔には化粧っ気がほとんどなく、眉毛《まゆげ》も整えられていない。

「ええと……」引き止めてしまったものの、一之瀬は、非常に聞きにくいことを知りたかったのだと気づき、質問に詰まってしまった。藤島も同じ疑問を抱いているはずだと確信していたが、彼は口を開きそうにない。これもオン・ザ・ジョブ・トレーニングかと思い、一之瀬は失礼になるのを承知で思い切って言ってみた。「申し上げにくいんですけど、私、春木杏奈さんを存じ上げていません」

「ああ」由貴の唇が皮肉っぽく歪んだ。「そうですね、しょっちゅうテレビに出ているわけじゃないですから。一部で有名、というだけです」

「一部とは？」

「ランニング関係。走れるタレントっていう感じですね」

「女優さんじゃないんですか？」

「女優……でもありますよ。テレビドラマや映画にも出ていますから。一回でも出た人は、俳優を名乗っていいんです」

　ずいぶん皮肉っぽい人だ、と一之瀬は不思議に思った。何だか、自分の担当するタレントを馬鹿にしているような感じもある。タレントとマネージャーの関係というのは、常人には窺《うかが》い知れない微妙なものなのかもしれない。

「今は主にランニング関係の雑誌とか、ラジオやBSのマラソン番組が中心ですね。でも、仕事は忙しいですよ」

「そうなんですか？」

「ランニングがブームでしょう？　イメージリーダーが必要ですから」

「ああ……なるほど」理屈では分かったが、感覚的に理解できない。

「四月から、『ターザン』で連載も始まります」

「どんな感じなんですか？」

「女性のためのサブフォー講座、みたいな感じですかね」

「本格的なんですね」

「あの雑誌は、スポーツ愛好家の中でも中級レベル以上を対象にしていますから」

「はあ」一之瀬は思わず、間抜けな相槌《あいづち》を打ってしまった。

「あまりぴんとこないみたいですね」由貴が苦笑する。

「すみません、基本的に、ランニングにはあまり興味がないので」

「今、週一回以上のペースでジョギングやランニングをする人は、全国で四百万人以上いるんですよ」

「そんなに？」流行っている感覚が数字で裏づけられ、一之瀬は驚いた。しかし、何であんな苦しいことをわざわざやるのだろう――筋肉痛が蘇ってくるようだった。

「しかも、走る人はどんどん増えています。ランニング市場は大きいんですよ。ウエアやシューズの他にも、そういう人たちが読む雑誌や観るテレビ番組にも需要があるんです。だから、杏奈のようなタレントにも出番があるわけで」

「元々、長距離の選手だったんですか」

「まさか」由貴が声を上げて笑った。「スポーツには全然縁はなかったです。昔はもっと太ってて」

「想像できませんね」

「まあ、太っているって言っても、一般の人の感覚からすれば全然そんなことはなかったんですけどね。四年ぐらい前かな？　映画の仕事で短期間に痩せなくちゃいけなくて、その時に走り始めたんです。それが合っていたみたいで、痩《や》せたのもそうですけど、走るのに夢中になってしまったんです。今は、年に二回はフルマラソンを走りますから。タイムも段々短縮してきてるし、私なんか、タレントのマネージャーなのか、運動選手のマネージャーなのか、分からないぐらいですよ」

もしかしたら仲が悪いんですか、と思わず訊ねそうになったが言葉を呑みこむ。こういう場面で聴くことでもないだろう。

「とにかく、走るのはしばらく控えてもらって下さい」一之瀬は、何も書いていない手帳のページをちらりと見てから言った。「危険ですから」

「犯人は……」

「肝心の春木さんが、犯人をはっきり見ていませんからね。捜査には少し時間がかかるかもしれません」

「杏奈が……個人的に狙われたわけじゃないですよね」疑わしげに由貴が訊ねた。

「今のところは、そういうことではないと思います」被害者は三人とも顔見知りというわけではないし、ランナーである以外に共通点もない――一之瀬は口をつぐんだ。由貴は「被害者の関係者」だが、捜査の内情を話すのはまずいだろう。「とにかく、ランニングは遠慮してもらわないと」

「いえ……あの、ちょっと難しいかもしれません」

「どうしてですか?」

「大きな仕事があるんですよ。そのためにも、杏奈は走りたがると思います」

「雑誌の仕事ではなく?」本人もそんなことを言っていた。

「CMです。ちゃんと走るシーンを撮るので、コンディションを整えておきたいんですよ」

「でも、走るだけなら、皇居周辺じゃなくても大丈夫でしょう」極端な話、ジムのランニングマシーンでもいいわけだし。

「皇居が一番走りやすいんです。他のコースだと、どうしても信号に停められるし……走ったり停まったりというのが、一番ペースが掴みにくいんですよ」

「なるほど……でも、CMなんて、いくらでも映像を合成できるんじゃないですか」

「今回は、そういう主義ではない監督なので」

そんなものか……となると、こちらにまた面倒な仕事が巡ってくるかもしれない。CM撮影中の警備とか。それが刑事の仕事なのだろうか、と一之瀬は訝った。

〈6〉

翌朝、半蔵門署で開かれた捜査会議は、最初から重苦しい雰囲気で始まった。両署の刑事課長、署長の他に、本部の捜査一課から管理官の刈谷《かりや》が顔を見せている。まずいな、と一之瀬は緊張した。刈谷とは、前の殺人事件の時も一緒に仕事をした。冷静――というか冷厳なところがあって、一之瀬が苦手なタイプである。

刈谷がその場の主導権を握るようだった。刑事たちが全員揃ったのを確かめて、立ち上がる。

「今回の一件は完全に失敗だ。十分避け得たものだと、本部では判断している」

いきなり雷か、と一之瀬は首をすくめた。半蔵門署と千代田署がサボっていた、と批判しているも同様である。警戒二日目で三件目の事件が起きるとは、一之瀬は考えていなかったが……多くの刑事が同じように思っているだろう。萎縮《いしゅく》する空気が広がる中、でかい態度を崩さなかったのは若杉だけだった。一之瀬の二つ前の席に座っていたのだが、腕組みをし、背筋をぴんと伸ばして、そうでなくても大きな体をさらに大きく見せようとしている。少し叩かれたぐらいでは俺の闘魂は消えないぜ、とでもアピールするように。

　刈谷が刑事たちの顔を見回した。相変わらず冷たい視線で、次にどんな言葉が出てくるか、想像しただけでも不安になる。

「警戒中に犯行を許すのは、警察としては絶対にやってはいけないミスだ。よって今後、捜査一課を主体とする準特捜本部体制で捜査を継続する。今回の一連の事件は、皇居ランを楽しむ一般のランナーに恐怖を与える、極めて悪質な犯行だ。社会的な影響も大きい——本部はここ、半蔵門署に置くが、千代田署の諸君らにも全面的に捜査に参加してもらう」

　筋が違うよ、と一之瀬はうつむきながら溜息をついた。三件の事件は、いずれも半蔵門署の管内で発生しているのだから、半蔵門署が単独で捜査に当たるのが筋である。応援は本部から、というのが普通だろう。千代田署にとってはとんだとばっちり、余計な仕事だ。

　刈谷が感情的に所轄を責めたのは最初だけで、すぐに本来の冷静な表情を取り戻して、指示を進めていく。基本方針としては、夜間の警戒を続けながら、昼間も普通に捜査する——相当な荷重になる、と一之瀬は覚悟した。だいたい既に、土曜日が潰れてしまっているのだ。深雪が出張中でいないことが、逆に救いである。刑事になってから、約束をすっぽかしたり、長時間会えないことが多くなっている。深雪はおっとり、というかのんびりしたタイプだが、限度があるだろう。うつむき、一之瀬はまた溜息を漏《も》らした。どうにも気合いが入らない……結局これは単なる傷害事件なのだ。殺人というわけではないし——。

「一之瀬？」

いきなり声をかけられ、一之瀬は椅子を蹴るように立ち上がった。周囲の刑事たちの視線が突き刺さる。刈谷が、突き刺すような冷たい視線を向けていた。

「ぼうっとしてるんじゃない」

「あ、はい……すみません」一之瀬は深々と頭を下げてから、ゆっくりと腰を下ろした。慌てて動くと、また注意されそうな気がする。一之瀬はヘマをするのが——ヘマして怒られるのが何より嫌いだった。

座った瞬間、腕を小突かれる。藤島が怖い顔をしてこちらを睨んでいた。

「集中しろ」

「了解です」

刈谷の指示は具体的になり、一之瀬は今回の被害者、春木杏奈に対する事情聴取を継続して行うことになった。気持ちが乗っていかない……芸能人という特殊な立場の人間であることを除いても、既に苦手意識が芽生えている。被害者らしく、怖がったり落ちこんだりしていれば、こちらも対処しやすいのだが、彼女はこの事件を他人事のように感じている節がある。これまで出会った被害者とは、感じがまったく違うのだ。もしかしたら芸能人というのは、どんな状況にあっても気持ちをコントロールする術《すべ》を身につけているのかもしれないが。

まあ……これも経験だ。基本的に千代田署は暴力事件を扱うことが少ないから、貴重な経験と言える。

一之瀬は杏奈への事情聴取を任されたが、藤島と組まされたのは幸運だった。もしも若杉とコンビになっていたら……あの男の「やる気」だけは買えるが、何を考えているのか、まだ分からない。

会議が終わると、藤島が立ち上がって大きく伸びをした。

「さて、俺たちはここで待ってればいいわけか」

「そうですね」今、午前九時半。杏奈は十時に署に来る予定になっている。何となくすっぽかされそうな予感がするのだが……警察とかかわり合いになって、変な形で顔が売れてしまうのを嫌がるのではないだろうか。大事なCMの仕事が決まっているというし。

「おい、これ、昨日の被害者じゃないか」誰かが声を上げた。会議室の隅にあるテレビの前に、数人の刑事が群がっている。一之瀬はダッシュで――筋肉痛は既に消えていた――その輪に割りこみ、画面を凝視した。

昨夜の病院前の様子だ。やや左側から捉えられた杏奈の顔は蒼褪《あおざ》めて見える。包帯も痛々しい。表情はやや強張っていたが、一言で言えば「気丈」だ。痛みと恐怖を堪《こら》え、必死に報道陣に応対している感じ。

「怪我の具合はいかがですか」

「大したことはありません」

「犯人は――」

「ごめんなさい、それは言えないので」

報道陣とのやり取りが、そのまま再生される。一之瀬は、昨夜感じた違和感をまた思い出した。「言えない」。この意味を、今日ぜひ確かめてみないと。

「一之瀬、映ってるぞ」

岡本が笑いながら指摘した。マジかよ……画面をさらに凝視すると、歩き始めた杏奈の背後に、確かに自分が映っている。こんなに目つきが悪いのか、とぎょっとした。刑事になって一年もすると、人相まで変わってしまうのだろうか。

「刑事は、こういうところに映りこまないようにしないと」

「はあ」岡本のアドバイスはもっともだったが、気の抜けた返事しかできなかった。あれだけ混乱した現場で気をつけても限界はあるし、実際、そこまで気も回っていなかった。だいたい、藤島は堂々と映っているではないか。

「テレビデビューはどんな気分だ」

藤島に声をかけられ、一之瀬は思わず苦笑した。

「どうもこうも……」

「落ち着いた感じだな、彼女」

「ええ」

「女優さんっていうのは、あんな風に度胸が据わってるものなのかね」

「どうなんでしょう。芸能人の知り合いはいないし、仕事でつき合ったこともないからよく分かりませんけど……」

「じゃあ、今日はその辺をしっかり聴いてみるか」

藤島が肩を叩く。一之瀬は小さくうなずき、自分に気合いを入れた。


午前十時ちょうどに、杏奈は半蔵門署に現れた。今日は軽くフレアしたジーンズに高いヒールのパンプス、茶色いムートンのコートという格好だった。靴のせいで、百七十八センチある一之瀬とあまり身長が変わらなくなっている。頭にはニットの帽子。それが全体のバランスを崩していたが、包帯を見られたくないのだろう。

取調室ではなく、小さ目の会議室で向き合う。今日も杏奈は愛想がよかった――というより、如才なかった。笑顔を絶やさず、言葉遣いもはきはきしている。

「怪我の具合はどうですか」一之瀬は無難な質問から始めた。

「何とか大丈夫です。今日は痛みもありませんし」

「大したことがなくて、よかったですね」

「本当です」笑顔が引っこみ、真顔になった。「頭だから、髪の毛で隠れますしね」

「顔だったら大変でした」

「そうですね」杏奈が右頰《みぎほお》に手を当てた。「やっぱり、仕事に差し障りますから」

一之瀬は無言でうなずいた。彼女が来るまでの待ち時間にネットで情報を検索してみたのだが、杏奈は一之瀬が想像していたよりもずっと、タレントとして盛んに活躍しているようだ。女性誌、ランニングの専門誌など、雑誌への露出が特に多い。由貴が言っていたように、ラジオのレギュラーが一本、BSのランニング番組にも時々出演している。特に女性人気が高いようで、ファッションリーダー的な地位も得ているらしい。走るにはお洒落《しゃれ》も大事ということか……確かに、皇居を走っている女性ランナーの格好を見ると、汗臭い「スポーツ」のイメージからは程遠い。スポーツ用品店に自分用のウエアを買いに行った時も、原色の洪水のようなレイアウトを見て、目がちかちかしたものである。これらをどのように組み合わせるかは、女性にとっては大きな問題なのだろう。

マネージャーの由貴は「女優」と言っていたが、実際には女優としての出演作品は少ない。テレビドラマが何本か、そして映画が一本。いずれも端役《はやく》だったようだが、その映画がきっかけでランニングにはまったとすれば、彼女にとっては大きな節目の作品になったわけだ。そして少し驚いたのが、自分と同い年――今年二十六歳になる――だということである。何だか、ずっと年上のような感じがしていたのだが、こうやって明るい部屋の中で対面してみると、顔つきにはまだ幼い雰囲気もあった。

「昨夜の状況を、もう一度確認します」

「どうぞ」杏奈が背筋を伸ばした。

自宅――皇居ランのコース西側からは二百メートルほどしか離れていない――を出た時刻、走り始めた時刻。襲われた時刻。分刻みで確認していく。昨夜の証言とほぼ同じだった。ランナーはタイムを常に気にしている、というのは間違いないらしい。

「何周目だったんですか？」

「二周目に入ったところでした」

「それぐらいだと、まだ疲れはないですね？」

「そう……いえ、そうでもないです。昨日はかなりペースを上げて走っていたので」

「ということは、周辺への注意が散漫になっていませんでしたか？」

「注意、ですか？　普段から、あまり周りは注意していないんですよ。皇居ランは、そういうことを気にしなくても走れるのがいいんです。精々見ているのは、前や横を走っている人や歩行者だけですね。あとは、後ろから抜いて行く人には注意してますけど」

「昨夜は、真後ろから襲われたわけではないですよね」

杏奈の顔からわずかに血の気が引いた。

「斜め後ろ、という感じだったと思いますけど……」

「犯人は、その場で待ち伏せしていたんですかね」

「そうかもしれませんけど、よく分かりません」ゆっくりと首を横に振る。

「少し妙ですね」一之瀬は首を傾げた。「これまでの二件の事件では、犯人は後ろから追い抜きざまに襲ったんです。あなたの場合だけ待ち伏せされていたとしたら、別の犯人かもしれませんよ」

「そう……ですかね。よく分かりません」

「相手は何か言ってませんでしたか」

「いえ」

「叫び声とかも？」

「そうだったら、覚えていると思います」

「じゃあ、相手は何も言わずに、いきなり殴りかかってきたんですね」

「ええ」杏奈がうなずく。わずかに表情が強張っていた。

「よく逃げられましたね」

「やっぱり頭の片隅に、通り魔のことがあったんだと思います」杏奈が指先で、耳の上を突《つっ》いた。「通り魔のことを知らなかったら、何もできないで、もっとひどい怪我を負っていたかもしれません」

「運動神経はさすがですね」

「いえ……走れることと、運動神経がいいのは、ちょっと違うと思いますけど」杏奈が、唇の両端を持ち上げるようにして笑った。「私、運動神経は鈍いんですよ」

「そうなんですか？　そうは見えませんけど」すらりとした体形や手足の長さを考えると、バスケットボールやバレーボールなどが得意そうに見える。

「全然駄目でした。でも、走るのに運動神経は関係ないですから」

「そうですね」むしろ大事なのは根性か。

「ランニングに出会えて、感謝してます」杏奈が自分に言い聞かせるように言った。「本当に、人生、変わりましたから」

「でも、しばらくは控えてもらわないと駄目ですよ」

「それは……」杏奈の表情が曇った。「走ることは日課なんです。それがない生活なんて、考えられません」

「だけど、昨日の今日ですよ？　本当は、他のランナーの人にも、走るのを自粛してもらいたいぐらいなんです」

「そんなこと、無理でしょう？」

「そうですね。でも、特にあなたは……」

「どうしてですか？」

杏奈がきょとんとした表情を浮かべた。そうすると、実年齢よりもずいぶん若く見える。

一之瀬は、ずっと考えていた可能性を口にした。

「何か、個人的に恨まれるような覚えはありませんか？」

「私ですか？」杏奈が自分の鼻を指さした。「そんなことは……」

「芸能界で仕事をしていると、いろいろトラブルが多い感じもしますけど」

「それは、外の方が勝手に想像しているだけじゃないですか」口調は穏やかだが、言っていることは完全な否定だった。「実際には、そういうことはあまりないんですよ」

「だったら、ストーカーとか。何か心当たりはありませんか？　ファンの人が、エスカレートしてストーカーになることもあるでしょう」

「そういうの、よく聞きますけど、私の場合は……」杏奈が両手で胸を押さえた。「あの、正直に言いますけど、男性で私のファンの人なんか、ほとんどいませんよ。トークショーやイベントで集まるのは、ほとんど女性なんです」

「そうなんですか？」

「やっぱり、女性でランニングが好きな人が、応援してくれているみたいですね」

「応援」という言葉が簡単に出てくることに一之瀬は軽く驚いた。何となく、こういうことは遠慮がちに語ることであるような気がしているのだが。ある種の図々しさ、あるいは過剰な自意識が必要な仕事なのだろうか、と改めて思う。

「同性のストーカーというのもありますよ」

「私に限ってはないと思います」杏奈が苦笑する。

「気づいてないだけかもしれませんが」

「だったらそもそも、私には分かりませんよね」諭すような穏やかな笑み。

どうにも調子が上がらない……もっと落ちこみ、傷ついた被害者を相手にした方が話しやすい、と思った。こちらも感情移入しやすいし、相手とある意味「同化」することで気持ちを読み取れる。しかし杏奈は、どこか他人事のような態度で、まるで被害に遭ったのが別人であるかのような話しぶりである。

「怖くなかったですか？」

「はい？」

「夜、いきなり襲われて怪我をして……普通は、かなり精神的に不安定になりますよ」

「そうでしょうね」

「あなたは違うんですか？」

「よく分かりません」戸惑いながら、杏奈が首を横に振った。「確かに……そうですよね。普通はもっと動揺すると思います。でも、案外落ち着いてますね。昨夜もよく眠れましたし。自分でもよく分かりませんけど」

「度胸が据わっているんですかね」そんなものだろうかと訝りながら、一之瀬は訊ねた。

「あまり悩んでいても仕方ないので。仕事のこともありますから」

「CMですか？」

「ええ。大事な仕事なんです。コンディションを整えて頑張らないと……大変なんです」

「そうですか」

こんな状態でも仕事のことを心配するものだろうか。自分が彼女の立場だったら——布団に潜って、深雪に慰めてもらうことになるだろう。


〈7〉


「あれは、何かおかしいねえ」

外まで出て杏奈を見送った後、藤島がぽつりと漏らした。

「自分もそう思います」

「お前さんは、どうしておかしいと思った」

「何と言うか……」一之瀬はうつむき、指先を弄《いじ》った。「堂々とし過ぎている？」

「堂々、ね。そういう言い方もあるか」藤島が軽く笑ったが、本心からではないようだった。「確かにそんな感じだな。全然、被害者っぽくない。何なのかね」

「気が張っているのかもしれません」

「それもあるか。びくびくしていたら、精神衛生上、よくないからな」

藤島が大きく伸びをした。半蔵門署に面した新宿通りは賑やかで、千代田署付近とはまた様相が違う。一番の違いは、実は緑が多いか少ないかだ、と一之瀬は気づいていた。千代田署は皇居外苑に近く、しかも付近の街路樹が堂々と大きいために、都心部にしては緑が多い感じがある。一方、新宿通り沿いの街路樹は控え目で、ひたすらビルが並ぶ無機的なイメージが強い。

「で、お前さんの感触では？」

「やっぱり通り魔ですかね」

「本当にそう思ってるのか？」

「うーん……五割ぐらいですかね」

「残り五割は？」

「ストーカーか顔見知りの犯行、かもしれません。他の二件とは、ちょっと手口が違うじゃないですか」

「そうなんだよ」藤島が暖を取るように両手を揉《も》み合わせた。今日はよく晴れているが、気温は低い。時折強い風が吹き抜けるため、一之瀬もずっと首をすくめていた。

「彼女の周辺捜査、必要ですかね」

「そうだな。今のところ、積極的に疑う材料はないけど、一応潰しておいた方がいいだろう」

「だったらまず、マネージャーですね」一之瀬は手帳を取り出し、昨日交換した由貴の名刺を取り出した。「連絡してみましょうか?」

「一応、上に報告してからにしよう。あくまで通り魔の捜査だから、そこからはみ出す方向で調べるなら、耳打ちぐらいはしておいた方がいい」

「分かりました」うなずき、踵を返して庁舎に入ろうとしたが、藤島はついて来なかった。何かあったのかと振り向いてみると、相変わらず揉み手をしながら新宿通りを眺めている。

「イッセイさん?」

「ああ?」藤島が首を巡らして一之瀬を見た。

「どうかしました?」

「いや、何でもない。それより、うちの飯はどうだった?」

いきなり予想もしていなかった問いを投げかけられ、一之瀬は言葉に詰まった。

「あ……美味かったです。奥さん、料理上手なんですね」

「まあな」藤島の表情がかすかに緩む。

「それに、若いし」

「そうなんだよ」今度は一転して、藤島が顔を歪めた。「だけど、いいことばかりじゃない。こっちは年相応に老けていくわけだから、何だか嫌な感じだ」

「夫婦でもそんなこと、あるんですか」

「夫婦だからだよ。いつも一緒にいるんだから、どうしても見比べられるだろう」

「はあ」どうしてそんなことを気にしているのだろう、と一之瀬は首を傾げた。奥さんと自分を比べて、何になるのか。

「まあ、いいよ……」首を振り、藤島がこちらに向き直った。「今度はお前さんの彼女……深雪ちゃんだっけ？　連れて来いよ。俺が見定めてやるから」

「イッセイさんに見定めてもらわなくても大丈夫ですよ。俺、目は確かですから」

「とはいえ、結婚する相手に関しては、第三者の視点も必要だろう」

「まだ何も決めてないんですけど」一之瀬は顔をしかめた。

「のろのろしてないで、さっさと結婚しろ……さ、仕事だ、仕事」

藤島が一之瀬の脇をすり抜け、さっさと庁舎に入って行く。いったい何を気にしているのだろう……一之瀬にはさっぱり分からなかった。もしかしたら、男の更年期というやつではないだろうか、とぼんやりと考える。

自分にはずっと先の話だろうが……今から二十年後、あるいは二十五年後。そんな未来のことは想像もできない。

大手芸能事務所「芸新社」は、地下鉄の四谷《よつや》三丁目駅から外苑東通りを北へ少し歩いた場所にあった。杏奈のマンションからも比較的近い。

本当は、由貴を署に呼び出して話を聴きたかったが、今日は事務所から出られないと言われたので、仕方なく藤島と一緒に出向いたのだった。それほど大きくはない事務所だろうと漠然と想像していたのだが、実際には自社ビルだったのでまず度肝を抜かれる。都心部の常で、隣のビルとくっついた細長い建物なのだが、それでも四谷三丁目に自社ビルを持っているのは、相当儲《もう》けている証拠である。

由貴は、一階のロビーまで降りて待っていてくれた。今日は濃い茶色のスーツ姿で、首からIDカードをぶら下げている。額の上に押し上げた黒ぶちの眼鏡がカチューシャ代わりになって、髪を押さえていた。昨夜の疲れ切った雰囲気から一転して、いかにも仕事中という緊張した感じだが、不機嫌な顔つきに変わりはない。

「どうぞ、上で会議室を用意しています」

「四谷に自社ビルは凄《すご》いですねえ」エレベーターに乗ると、藤島が気楽な調子で話しかけた。

「先代の社長が、堅実な人だったそうです。バブルの頃に無駄な買い物をしないで、不動産に上手く投資したみたいですね。もうずいぶん昔の話ですけど」由貴はすらすらと話した。

「芸能事務所っていうのは、ずいぶんスペースが必要なんですねえ」

由貴が答える前にエレベーターが停まり、彼女は一旦言葉を切った。カーペット敷きの通路が、長く奥へ続いているのが見える。由貴が右手をさっと上げ、二人を先に出した。

「うち、元々は歌手を多く抱えた事務所だったんです。そういう人たちがいつでも練習できるように、かなり立派なスタジオを作ったんですよ。というより、そういうスタジオを作るために、自社ビルが必要だったんです」

「スタジオ代、高いですよね」

一之瀬が指摘すると、先を歩く由貴がちらりと振り返って「よくご存じですね」と言った。

「ええ、まあ」

一之瀬は適当な言葉で誤魔化した。音楽スタジオのレンタル料金は、場所と広さによってずいぶん違うのだが、都心部だったら一時間で数千円取られるのも珍しくない。学生時代の一之瀬のアルバイトは、スタジオ代を捻出するためだったようなものである。何しろ一之瀬のバンドはドラム、ベースにギターの一之瀬という三人編成だったので、一人当たりの負担が大きかったのだ。これがレコーディングスタジオになると、はるかに高くなる。

オペレーターがつくなど、人件費が加算されるせいだが、アマチュアが使うレベルでも、一時間で一万円取るようなところも珍しくはない。

プロなら当然、時間を気にせずスタジオにこもって練習、音作りをしたいと考えるだろう。所属事務所がスタジオを持っていれば、金の問題を気にせず、好きなように使える。ジミ・ヘンドリックスも、ニューヨークに自分用のスタジオを作った。今でも現存しているそうで、いつか見学に行くのが夢である。

「他に、ダンスや芝居のレッスンに使えるスタジオもあります」

「なるほど。芸能事務所も色々大変なんですね」

藤島が感心したように言ったが、適当に話を合わせているだけだと一之瀬にはすぐに分かった。この男は、相手に喋《しゃべ》らせるためならどんな話題にでも乗るが、個人的に関心がない時はどこか白けた口調になる。一之瀬は、普段の話し方との違いを聞き分けられるようになっていた。

会議室に通されると、所属タレントの写真が壁一面に飾られているのに驚かされた。その数、数十人……百人には及ばないかもしれないが、それに近い。いわゆる「宣材写真」で、わざとらしいポーズが多いのだが、逆にそれがいかにも芸能人、という感じである。

勧められた椅子に腰を下ろす前に、一之瀬は写真に覆われた壁の前に立った。知っている顔が何人もいる……日本では珍しい、渋いブルース・ロックのバンド『風花《かざはな》』もこの事務所の所属だったのだ、と気づく。他にも、テレビなどで見知った顔が多数——杏奈の写真もすぐに見つかった。かなり上の方に貼られているし、他の所属タレントと違って一人だけ本格的なランニング用のウエアを着ているので一際目立つ。

「今、何人ぐらい所属しているんですか」立ったまま振り返り、一之瀬は訊ねた。

「うちは、三十人ぐらいですね」

「そんなに多くないですね」

「ああ、うちは、というのは芸新社本体に所属しているタレント、という意味です。芸新社グループ全体だと、六十人ぐらいかな」

「グループ会社化してるんですか？」

「そうです。大物マネージャーが独立して新しい会社を立ち上げて……それがグループ企業になって、という感じですね」由貴がようやく笑みを浮かべた。まだまだ硬い表情ではあったが。

　一之瀬は藤島と並んで、由貴に向き合う格好で座った。由貴は両手を組んでテーブルの上に置き、じっと質問を待っている。自分から話し出す気配ではなかった。少し場の空気を解しておこうかと、一之瀬は由貴自身の話題から入った。

「あなたは今、タレントさんを何人抱えているんですか」

「三人、ですね」

「一番力を入れているのが春木さんですか？」

「売り出し時なんです」顎に力をいれて、由貴がうなずいた。「新しいジャンルのタレントなんで、色々試しているんです。杏奈で上手くいけば、本格的にスポーツ選手のマネジメントも始める計画なんですよ」

「でも、春木さんはスポーツ選手じゃないですよね。本人は、運動音痴って言ってましたけど」

「ああ」由貴が苦笑した。「ひどいですよ。基本的に、脳の命令に体が素直に従わないっていうか……運動音痴って、そういうことでしょうけどね。泳げませんし」

「そうなんですか？」

「昔――デビューしたばかりの頃に、水着の撮影でグアムに行った時は、海に入るまでが大変だったそうです。水着写真で海に入らないって、グアムに行った意味がないですよね」呆れたように言って、肩をすくめる。「でも、走るのだけは別です。基本的に、運動神経は関係ないでしょう？」

「まあ、そうでしょうね……そもそも春木さんは、どういう経緯で芸能界入りしたんですか？」

「オーディションです」由貴がジャケットのポケットから煙草《たばこ》を取り出した。いかにも女性が吸いそうな、細いメンソール煙草のパッケージ。藤島に向かって、「吸ってもいいですか」と訊ねる。藤島がうなずくと、素早く煙草をくわえて火を点けた。それから思いついたように立ち上がり、部屋の隅にある小さなテーブルから灰皿を取ってくる。

「すみませんね、一人で」

「いやいや、構いませんよ」

藤島は言ったが、実際は迷惑しているのでは、と一之瀬は想像した。藤島は確か二年前に禁煙に成功したのだが、今でも近くで誰かが煙草を吸っていると不機嫌になる。

「この業界、今でも煙草を吸う人が多くて……一応、社内は禁煙になってるんですけど、お客さんに煙草を吸うなとも言えませんから」

「我々は吸ってませんけどね」

一之瀬が指摘すると、由貴の耳がすぐに赤くなった。慌てて、「いや、気にしないで吸って下さい」と言い添えたが、彼女は気まずそうな表情を浮かべ、煙草を灰皿に押しつけてしまった。

「……オーディションの話でしたね」

「ええ」一之瀬はうなずいた。

「八年前……私はこの事務所に入る前でしたけど、タレント募集のオーディションをやったんです。新人発掘のために、そういうオーディションがあるのはお分かりですよね？」

「分かります」

「第一回だったんですよ。高校三年生だった杏奈は、準グランプリでした」

「グランプリの人は？」

「高樹《たかぎ》いつき」

「ああ、分かります」一之瀬はうなずいた。たまに見かける名前だ。

「四年前にうちの事務所は辞めましたけどね。大手に移籍して、売れ始めたのはそれからです」

「なるほど……春木さんは、ずっとこちらの所属なんですね」

「ええ」

「どんなタイプの人なんですか」

「元々、あまり欲がなくて」

「そうなんですか？」

「想い出作り、だったそうです。大学生になってから、グラビアや、テレビドラマのちょい役なんかで芸能活動をスタートさせたんですけど、それほど熱心じゃなくて。大学時代の四年間は、芸能活動もセーブしていたみたいですね。変わったのは、大学を卒業した直後かな……昨夜もお話しした、映画の出演があって」

「ええ」

「私もその頃新人で、撮影期間中もずっと杏奈にくっついてたんです。本人があまりやる気がないのに、難しい仕事を引き受けちゃって……」由貴がまた煙草に火を点けた。今度は遠慮せずに、盛大にふかす。ほっそりした煙草なのに、何故か煙の量は多いような気がした。「摂食障害の女の子の役だったんです。だから、痩せてないとおかしいでしょう？あの頃は今よりもっとふっくらしてて、摂食障害の人のようには見えなかったから。それで本格的に、ダイエットに取り組んだんですよ。撮影に入るまでの二か月で、十キロ以上落とさなくちゃいけなくて」

「それは大変だ」

「食事制限して、ジムに通って……一番効果的なのが、走ることだったんです。ジムのトレーナーは、水泳がいいって勧めたんですけど、金槌《かなづち》だから……仕方なく、必死で走り始めたんです。それが合ってたんでしょうね。一時、体重は四十キロを切るぐらいまでになりました」

一之瀬はかすかな驚きを覚えた。あの長身でその体重だと、実際に摂食障害だったのではないだろうか。確かにランニングである程度は痩せるだろうが……それにも限界があるはずだ。

「春木さん、身長はどれぐらいなんですか」一之瀬は頭の上で手をひらひらさせた。

「公称百六十五センチ」

「公称……実際は？」

「百六十九センチ」

「逆サバってやつですか？」

「そうです。女性タレントは……あまり背が高いと、共演者NGになることもありますから」

「その身長で四十キロを切ってたら、病気になりませんか？」

「撮影が終わった後で戻しましたから、今は健康ですよ……で、ランニングだけが残ったんです」

「それがきっかけで仕事が増えるんだから、世の中何がどう幸いするか、分かりませんよね」

「ええ……」

前置きはここまで、と一之瀬は腹をくくった。大事な話を持ち出す時は、今でも緊張する。

「春木さんは、ストーカーの被害に遭ってませんでしたか？」

「ストーカーですか？」由貴が目を見開く。指先から煙草の煙が細く立ち上った。「聞いてませんけど」

「マネージャーさんだったら、タレントさんのことは何でも知ってるんじゃないんですか」

「そんなこともありませんよ」由貴が首を横に振る。「ずっとついていないと駄目なタレントもいますけど、杏奈はある程度独立……独立って変ですね。とにかく大人なんで。何でも自分でできますから」

「じゃあ、プライベートはご存じない？」

「そう、ですね……知らないこともあると思います」

「男性は？　誰かつき合っている人はいないんですか」

「それはないと思います。今、売り出し時ですから、そういうことに時間を割いてる暇はないんですよ」

「過去には？」

「ない、と思いますけど……」由貴が顎に指を当てた。「そんな、ストーカーされるようなことは……でも、分かりませんね。本当に、自分のことをあまり話さない人なので」

「そうなんですか？　最近は、自分をさらけ出す人が多いですよね」

というより、タレントならそれが当たり前、という感じもする。たぶんブログが普及したせいだろうな、と一之瀬は考えた。今は、ブログをやっていないタレントなど、ほとんどいないだろう。そこでちらちらとプライベートを見せて、ファンの興味を引く。

「杏奈はそういうタイプじゃないんです」

「そうですか？」

「杏奈のブログとかフェイスブック、見ました?」

「いや……」

「見たら、プライベートな部分を切り売りしてないって分かりますよ」由貴が皮肉に笑う。「走った距離と、その他のトレーニング、食べたものぐらいしか書いていないので。あとは番組出演や雑誌掲載の告知ぐらいです。タレントというより、スポーツ選手の練習日誌みたいな感じなんですよ」

「なるほど」さもありなん、という感じだ。後で確認してみよう。「じゃあ、ストーカーについては……」

「断定できませんけど、ないと思います。そういうことがあれば、さすがに私たちに言っているんじゃないですか。今は、その手の被害、多いでしょう」

「そうですね」そして警察の対応が後手《ごて》に回り、悲劇が起きる——警察はしばしば非難されている。

「あの……」由貴が煙草を灰皿に押しつけ、座り直した。「これ、通り魔事件じゃないんですか? いきなりストーカーって言われても」

「もちろん、一連の通り魔事件と同じ犯人である可能性もあります。でも春木さんだけが、待ち伏せされていたような感じもあるんですよ。他の二件の事件と、少しだけパターンが違うんです」

「ええ……」由貴が顔を伏せた。明らかに戸惑っている。

「ですから、何か思い当たる節があったら教えて欲しいんです」

「ごめんなさい」一度顔を上げた由貴が、すぐに頭を下げた。「全然、ぴんとこないんですけど」

その後も一之瀬は、手を替え品を替え、何とか答えを引き出そうとした——結論。由貴は本当に何も知らない。杏奈は、プライベートな部分までマネージャーに預けるようなことはしていなかったのだろう。

「ま、思い出したら連絡をもらえますか」藤島がまとめにかかる。平然とした口調、顔色だった。「それと、本当にランニングは少し控えるように言ってもらえませんかね。今は、皇居周辺は危険なんですよ」

「はあ」由貴はぴんときていない様子だった。

「マネージャーなんだから、上手くマネジメントして下さい」

「でも、CM撮影が……」

「それはそれ、また別の話です。命あっての物だねですよ」

「——分かりました。注意しておきます」

これで一安心すべきだろうか。捜査の進展はなかったが……何でもかんでも上手くいくわけではないだろう。

そしてすぐに、一之瀬はこの一件を忘れるような事態に巻きこまれた。

〈8〉

携帯が鳴っている。クソ、何時だよ……一之瀬は基本的に、寝ている時にはぴくりとも動かない。押し潰す恐れもないので、目覚ましに使っている携帯電話はいつも枕元に置いていた。それがすぐ近くで鳴っているのだから、煩《うるさ》くないわけがない——ようやく携帯を摑み、電話に出た。月曜朝、午前五時。昨夜も走って警戒して、疲れている。どうせもうすぐ起きる時間なのに、どうしてぎりぎりまで寝かせてくれないんだ？

「……はい」

「さっさと起きろ。爆弾騒ぎだ」

藤島の声が飛びこんできた。そう言えば、昨夜は泊まり勤務だったはず……と考えた瞬間、一之瀬は跳ね起きていた。

「爆弾？」

「騒ぎ、だ。爆発したわけじゃない」

ベッドから抜け出し、チェストから新しいワイシャツを引っ張り出す。顔は……飛ばそう。毎朝、必ず顔を洗わないと死ぬわけじゃない。

「場所はどこなんですか」

「丸の内二丁目。仲通りのビルの一階だ」

「こんな朝早くにですか？」

「通行人が見つけた」

どうも話がおかしい。仲通りは会社や高級ブティックが建ち並ぶ一角だが、深夜――あるいは明け方まで賑わうような場所ではない。新聞配達だろうか。

「とにかく、すぐに現場に出てくれ」

「分かりました」

一之瀬は二分で着替え、家を後にした。外へ出るなり、凍りついた空気が体を痛めつける。今日も最低気温は零度近いのだ。しかもまだ、街は真っ暗。毎日深夜を過ぎても賑わう下北沢も、ささやかな休憩に入る時間帯である。

クソ、何で爆弾なんだ？　歯を噛《か》み締めながら駅への道を急ぐ。嫌な予感が急に膨れ上がってきた。あの辺はかつて――四十年近く前に、連続企業爆破事件の舞台になった一角である。まさか、今時過激派？　考えられない。

しかし、何が起きるか分からないのが世の中だ。刑事の想像を超えたところから事件が始まる。そうでなければ、あらゆる事件を予想して防止できるはずではないか。

一之瀬が現場に到着すると、既に爆弾は撤去されていた。ほっとすると同時に、事件の規模の大きさに啞然とする。現場には機動隊の車両、さらに消防車が駆けつけ、丸の内仲通りはほぼ封鎖されていたのだ。普段は、一之瀬には縁遠い——自分の給料では縁のない高級店が並んでいるせいだ——街なのだが、今朝はいつにも増して自分を拒否するような空気が漂っている。場所柄、そして時間帯の故に、野次馬がいないのが救いだった。邪魔者は報道陣だけ。通り全体を封鎖するような規制線の外側から、現場の様子を撮影している。といっても、本当の現場はブルーシートに覆われているから、ほとんど何も見えないはずだが。

規制線の内側は警察官と消防隊員で溢れかえっていた。ようやく藤島を見つけて事情を聴く。泊まり明けの藤島は、自分よりもはるかに短い睡眠しか取れなかったようで、顔色が悪い。

「さっき、爆対が処理した。詳しく調べてみないと分からないが、ダイナマイトがスポーツバッグに突っこんであったみたいだな」

顔から血の気が引くのを感じながら、一之瀬は場所を確認した。藤島が千代田区の地図を広げ、爆弾がしかけられていた箇所を指し示す。今一之瀬たちが立っている場所から二十メートルほど離れた、商社の本社ビルの前だった。あそこか、とすぐにぴんとくる。一階にビルケンシュトックの路面店が入っているビルだ。

「狙われたのは……」

「一階の店じゃないだろうな」藤島がうなずく。赤いボールペンを取り出し、地図上のビルを円で囲った。「当然、商社の方だろう」

「何なんですかね」

「俺に聞くなよ」藤島がボールペンのキャップを閉じた。「うちじゃなくて、公安マターのような気もするが……もしかしたら、千代田署もこの件を抱えこむことになるかもしれない。覚悟しておけよ」

「そうですね」うんざりだ。昼間はこちらの捜査、夜は皇居を走りながら警戒とでもなったら、さすがに体が保《も》たないだろう。

「現場を見ておきますか?」

「お前さんは見ておけ。俺はもう見た。到着が早かったからな」

「ブツも見たんですか?」

「ああ。爆弾というか、スポーツバッグを、だが。いかにもそれっぽい感じだな」認めた藤島の顔が蒼くなる。もしかしたら目の前で爆発していたかもしれない、と考えているのだろう。

一之瀬は、記憶にあるビルケンシュトックの店の前まで歩いた。ブルーシートの中に入りこむと、少しだけ寒さが和らいでほっとする。歩道に向かってショーウインドウが張り出した造りになっており、その左側——ドアに近い位置に爆弾が置かれていたらしい。その付近に、濃い青の現場服を着た鑑識課員が群がっている。まさに一センチ刻みで歩道上や店のウインドウなどを調べており、一之瀬が手を貸せる状況ではなかった。

そして見慣れぬ男たちの姿——腕章もしていないが、公安の連中だ、とぴんときた。念入りに周囲に視線を配りながら、嫌な空気を発している。一之瀬は公安の連中と仕事をしたことはまだなかったが、藤島たちからは散々悪口を聞かされていた。無駄な秘密主義、予算消化優先、他県警に対する横柄な態度、偉そうにしているが実は捜査能力は皆無だ——云々《うんぬん》。

千代田署刑事課として、現場で手伝いを申し出たのだが、やんわりと断られたという。爆弾事件、しかも大企業の本社が入ったビルが狙われたとなると、やはり公安の出番ということなのだろう。半蔵門署との関係に続いて、縄張り争いの馬鹿馬鹿しさを感じたが、本部が引き取ってくれるならそれで構わない、と一之瀬は思った。二つも事件を抱えこんだら、どちらも中途半端になってしまうだろう。

午前八時、「撤収」の命令が出る。爆対の簡易分析で、発火装置がなかったことが明らかになったからだ。ダイナマイトだけでは爆発はしない。ということは、犯人には爆発させる意図はなかったとも言えるわけで……悪質な悪戯《いたずら》だろうか、と一之瀬は考えた。あとは、企業側に何らかのアプローチ——脅迫など——があったかどうかがポイントになるだろう。

結局、現場ではほとんど何もしないまま——聞き込みしようにも住人ゼロの街ではどうしようもない——一之瀬はただ寒風に吹かれながら、鑑識の活動を見守っていただけだった。体がすっかり冷えてしまい、熱い風呂が恋しくなる。しかし贅沢《ぜいたく》は言っていられないだろう。この事件の捜査に加わらないとすれば、今までと同じく、通り魔事件の捜査に当たらなければならない。

「参ったね」署へ引き上げる藤島の足取りは重く、わずか数百メートルの距離を歩くのさえ面倒なようだった。

「悪質な悪戯、ですかね」

「超悪質、だな」藤島が不機嫌に訂正した。「取り敢えずは、公安の連中のお手並み拝見でいいんじゃないか」

「うちの警備課も出るんでしょうか」

「そりゃそうだ。普段はろくに仕事してないんだから、こういう時こそ張り切ってもらわないとな」

皮肉を吐いて、藤島が一つ溜息をついた。一之瀬が想像していたよりも疲れている様子である。五十歳が近くなると、こんな風に疲れるものだろうか……自分にはまだまだ先の話で、想像の中の世界だが。

署について一段落し、朝飯をどうしようかと考え始める。普段家では食べないのだが、こんな風に早朝呼び出されたり、当直の時は、何故か食べる気になる。体が自然にエネルギーを求めているということか。

近くのコンビニかファストフードの店で済ませようかと考えて席を立った瞬間、携帯電話が鳴った。クソ、これは……見慣れない番号だったが、無視するわけにもいかない。仕方なく出ると、由貴だった。

「ああ、おはようございます」何か思い出したのだろうかと、手帳を取り出して広げる。

「朝早くからすみません。あの……実は、先日お話ししたＣＭの件なんですけど」

「はい」

「撮影日程が決まったんです」

「そうですか」何を言っているのだ、と不安になる。そんなことを教えてもらっても、捜査が進むわけではない。

「警戒してもらえるんですよね？」

「はい？」

「ですから、現場の警備……って言うんですか？」

「警備しなくてはいけない事情があるんですか？」

「ストーカーかもしれないって言ったのは、そちらじゃないですか」由貴の声は硬く冷たかった。「何かあってからでは遅いと思いますけど」

「いや、それはそうかもしれませんが……」これを強調するために、わざわざこんな朝早くから電話してきたのだろうか。

「犯人が捕まればいいんですけど、見込みはあるんですか」

「それは、捜査の秘密があるので、申し上げられません」

何なんだ、いったい。こっちが警備して当然、のような言い方が気に食わない。しかし由貴は、強気の姿勢を崩さなかった。

「とにかく、よろしくお願いします。何か起きてからじゃ遅いんですから」

「警察は、春木さん一人を守ってるわけじゃないんですよ」

「じゃあ、杏奈は守ってもらえないんですか」

そう言われると返す言葉もない。融通《ゆうずう》が利かない自分の情けなさに辟易《へきえき》しながら、一之瀬は「上司に相談する」と逃げて電話を切った。また厄介な問題を抱えこんでしまった……ふとパソコンを見ると、早速由貴からメールが届いている。ＣＭ撮影のタイムスケジュールと現場を書いた物だった。場所は日比谷公園。いったいどこがスポンサーなのか……と、スケジュール表を見て驚いた。「アップワイルド」ではないか。大物——いや、超大物だ。

　アップワイルドは、二十年ほど前にファッションブランドとして出発したのだが、数年前からスポーツウエアやシューズの分野に参入し、このところ人気が沸騰《ふっとう》している。今やアメリカでは、ナイキ、ニューバランスと並ぶ存在とも言われているらしい。ハリウッドセレブがお気に入りで……という感じで雑誌に紹介されたのを、一之瀬は覚えている。確か、日本にはまだ正規輸入されておらず、セレクトショップなどが並行輸入で入れているだけである。それが本格的な日本進出を始めるようで、そのためのCMのようだ。

　これは確かに大事な仕事だよな、と納得した。それでも、自分たちを召使いのように使おうとする態度は気にいらなかったが。スケジュールをプリントアウトし、藤島に見せてから宇佐美のところへ持っていく。宇佐美は一瞥《いちべつ》して、露骨に迷惑そうな表情を浮かべた。

「冗談じゃないぞ。こんな警備に人手を割く余裕はない」

「ですよね」課長が断ってくれるだろうかと甘い期待を抱きながら、一之瀬は言った。

「日比谷公園か。結局うちの管内で、ということになるんだな……だけど、刑事課の仕事じゃないぞ」

「どうします？　放っておいてもいいですかね」

「いや、交通課と地域課に話を持っていけ。お前が、な」

「俺ですか？」一之瀬は自分の鼻を指さした。いつものことだが、この課長は面倒臭いことは部下に押しつけがちである。

「お前が電話を受けたんだから、お前がやるのが自然な流れだろうが。厄介な話を、一々俺に持ちこむなよ」

「そういうことだ」藤島も同調した。「一から自分でやってみて初めて、見えてくるものもあるんだぞ」

「はあ」

「一々お伺いを立てなくてもいいから、自分の考えで動いてみろ」

「それで間違ってたらどうなるんですか」

「そりゃあ、当然お仕置きだな」藤島がにやりと笑う。

一之瀬は顔をしかめて反論しようとしたが、上手い言葉が浮かばない。仕方なく、自席に戻って、まず交通課に電話を入れようと受話器を取り上げる。その瞬間、宇佐美の席の電話が鳴った。足を組んだまま、横柄な態度で受話器を取った宇佐美が、一瞬で固まる。続いて足を解き、ぴしりと背筋を伸ばしてデスクに正対する格好になった。何なんだよ、いったい……これほど態度がころころ変わる人も珍しい。

宇佐美は「は」「はい」「分かりました」と三語しか発しなかった。相当偉い人と話しているようだが、いったい誰だろう。受話器を置くと、険しい表情で一之瀬を手招きした。

「予定変更だ」

「はい？」

「春木杏奈の警護には、刑事課も正式に参加する。というか、お前がやれ」

「今の電話、何なんですか」一之瀬は思わず嚙みつくように訊ねた。

「上からだ」

「上って……」

「上は上だ」宇佐美がぴしゃりと言った。「どうもあの事務所、幹部にもいい伝《つて》を持ってるようだな」

署長か、あるいは本部の偉いさんか……誰にせよ、きちんと警備するようにプレッシャーをかけてきたわけだ。

「それと、撮影の件だけじゃないぞ」宇佐美がつけ加える。

「どういうことですか」

「ぴったり張りつけ」宇佐美が合掌するように、立てた右手と左手を合わせた。「犯人を逮捕するまで、彼女のガードを続けるんだ」

「それ、おかしくないですか？」一之瀬は食ってかかった。「そもそもこれが通り魔なのか、彼女だけがストーカーの被害に遭ったのかも分かってないんですよ。だったら張りついても無駄になる可能性もあるでしょう。もっと効率的にやらないと――」

「そうやって効率のことばかり言ってるから、お前は駄目なんだよ」宇佐美がぴしゃりと言った。「若い頃は、無駄を恐れずに何でもやってみろ。将来は警護課に行くかもしれないんだから、これも勉強だと思え」

「警護課って……何で俺がSPなんですか」

「人生、一寸先は闇だぞ」

それは、由貴の電話から始まった一連の騒ぎで十分実感していた……しかし、命令なら仕方がない。一之瀬は、杏奈のスケジュールを改めて確認するために、由貴に電話を入れた。由貴は心の籠《こも》らない口調で「ありがとうございました」と言って、今後の詳細なスケジュールを教えてくれた。やはり「売れっ子」とまではいかないようで、空き時間はそれなりにある。今日は昼過ぎから雑誌の取材、夕方からラジオの収録のみ。明日以降も、一日中外で仕事という日はないようだ。これなら案外楽だと思ったが、面倒な——というより自分の限界を超える仕事も待っている。

杏奈は今日から、ランニングを再開するという。一之瀬も当然、それにつき合わなくてはいけない。何で自分だけ、と文句が浮かんでくる。どうせ今日は、午後からの仕事になるのだから、それまでどこかで寝ていようか。早朝から叩き起こされたのだから、それぐらいの権利はあるはずだ。

——とはいえ、仕事中に抜け出して仮眠室に忍びこみ、居眠りするほどの度胸もない。

それに、突然さらに大変な情報が入ってきて、一之瀬はそちらに引き寄せられてしまった。爆弾をしかけられた商社に対する脅迫。早朝、会社代表のメールアドレスに届いたという。まだ爆弾事件のことも公表されていない時間帯のメールだったので、犯人からのものと考えられているようだ。

「ダイナマイトは手始めだ。こちらの存在を理解してもらうためだけなので、発火装置はつけなかった。このメールに次いで、サーバをクラッキングする。要求は次のメールで伝える」

おいおい……乱暴な犯人かと思っていたが、実はサイバー犯罪なのか？　ダイナマイトを用意するのと、サーバをハッキングするのとでは、方向性がまったく逆な気もする。

「同じ犯人なんですかね」一之瀬は藤島に疑問をぶつけた。

「ああ。ダイナマイトの件は、まだ詳しく表に出てないからな。間違いないだろう」藤島が目を細める。

「愉快犯じゃないんですかねえ」

「どうかな。それより、商社のサーバに攻撃をしかけて、何かいいことでもあると思うか？」

「メールを使えなくさせたりとか……でしょうか」この辺の事情には詳しくないので、何とも言えない。「業務は相当混乱すると思いますけど」

「いずれにせよ、ふざけた話だ。しかしこの分だと、こっちにまた話が回ってくるかもしれないな」藤島が、プリントアウトされたメールを眺めながら言った。「これは、極左の手口じゃないぞ。金の要求でもしてきたら、刑事部が捜査の主体になるかもしれない」

「だったら、最初の段階で失敗じゃないですか」途中から捜査の主体が変わったら、一からやり直しになる。まったくの無駄だ。

「分かるけど、俺たちが関与できる話じゃないからな」

「ええ……」

「それより、こういう脅迫メールの署名っていうのは、どうしてこう変なものが多いのかね。これは、メールアドレスみたいだが」

「何てなってます？」

一之瀬は藤島から紙を受け取った。脅迫文の最後に、確かに署名にしか見えないものがある。

「mach5ってのは、どういう意味かね」藤島が首を傾げる。

「これ、『マッハ』じゃないですか」

「音速のマッハか？」

「綴《つづ》りは同じだと思います。マッハ5、っていう意味かな……」

違う。一之瀬は突然、ある記憶に行き当たった。

偶然か？　いや、あり得ない。だったら故意に……しかし、何のためだ？　わざわざ自分の足跡を残すようなことをする意味はないはずだ。

「どうした？　顔色が悪いぞ」

藤島に指摘され、はっと顔を上げる。実際、少し頭がくらくらした。それでも「何でもないです」と言うしかない。

本当は、大変なことかもしれないのだ。

mach5。失踪した父親がかつて使っていたメールアドレスの前半部分である。何故だ？　まさか、父が恐喝犯？

父親は、会社の仕事で金銭的な穴を開け、一之瀬が中学生の時に失踪した。その後は「生きている」ことを知らせるためだけに、時々母親に電話してくるぐらいである。自分のところに電話なりメールなりがきたことは一度もない。もう十年以上も直接の接触がなく、一之瀬はほぼ自然に父親の存在を忘れていた。精神安定のためには、その方がいい。

まさか、こんなことで気持ちが揺さぶられるとは……いや、それどころの騒ぎではない。父親が犯罪者だったら、俺はどうなるんだ？

〈9〉

杏奈のガードにつく前に、一之瀬は署を抜け出した。日比谷通りに出て携帯を取り出し、母親に電話をかける。何をしていたのか、妙に迷惑そうだった。

「父さんの昔のメールアドレス、覚えてる？」

「何、いきなり」迷惑そうな声色から、いきなり不機嫌になった。父親からは今でも時々電話がかかってくるのだが、それは母親にとって嬉しいことではないようだ。何故この二人がまだ離婚していないのか、一之瀬には理解できない。何となく苦手な母には、はっきりとは聞けないし。

「m、a、c、h、数字の5、@の後ろが会社の名前じゃなかったかな」

「たぶん、ね」

「確認できない？」

「できないでもないけど、何なの？　このアドレスにメールしても、返信なんかないわよ」

「それは分かってる」

「じゃあ、どうして……」

「ちょっと仕事の関係で。分かったら連絡してくれないかな」

「仕事って、警察の仕事で？」

何も言わず、「よろしく」とだけ言って電話を切った。鼓動が激しくなる。やっぱり父が大手商社を脅迫していた？　まさか……いや、一概に否定はできない。今父が何をしているのか、一之瀬はまったく知らないのだ。

庁舎の脇に回りこみ、細い道路をＪＲ有楽町《ゆうらくちょう》駅方面に向かって歩いて行く。特に行く当てがあったわけではなく、ただの時間つぶしだ。背の高さが揃った街路樹が整然と並び、初夏には快適な散歩が楽しめる道なのだが、今は真冬——日比谷濠の方から強い風が吹きつけて、思わず背中が丸まってしまった。

電話が鳴る。母親だ。一之瀬の記憶の通り、「mach5」は父親のメールアドレスの前半部分だった。もしかしたら今でもこのアドレスを使っているかもしれない……念のために送信してみたが、すぐにエラーメッセージが戻ってきた。嫌な予感が背筋を駆け上がる。まさか父が、企業恐喝を企てた？　いや、それは不自然だ。いくら何でも、メールアドレスから足がつくような真似はしないだろう。父親は、人間としてはクソ野郎だが、馬鹿ではない。株の運用に失敗し、会社に多大な損害を与えた——しかしこれは、あくまで仕事の上でのマイナスに過ぎない。罪を犯したわけではなく、単なる失敗だ。ただし、損失額が大き過ぎた。約九十億円となると、個人でどうこうできる金額ではない。

その後の父親と会社の関係がどうなっているかは分からない。会社からすれば、仕事の結果とはいえ、大きな損害を与えた男である。決着がついているかどうか、一之瀬には知りようもない……いや、刑事という今の立場ならば調べることもできるだろうが、そうするだけの勇気はなかった。

金に困って犯罪に走ったのか？　いや、違う。これは絶対に単なる偶然だ。

「よ」

軽い調子で声をかけられ、はっと我に返る。目の前に、吉崎が立っていた。

「テレビ映り、いいね」

「大きなお世話です」

「で、どんな感じなんですか」

「そんなこと、言えるわけないでしょう。いい加減にして下さい」

「春木杏奈の件は、別件ですかね？」吉崎が煙草を取り出した。「あれ、通り魔じゃないでしょう？　芸能人だから、いろいろトラブルがありそうだよね」

「この辺、禁煙地域ですよ」一之瀬は指摘して、煙草を指さした。

「東京も住みにくい街になったね」吉崎の指先で煙草が揺れる。

「もうずいぶん前から禁煙ですけどね」

どこか会話が嚙み合わない……いい加減にしてくれよ、と一之瀬は首を横に振った。

「で？　春木杏奈のことは調べてるんですよね」

「それは言えません」

「彼女にくっついてるんじゃないんですか？」

「それも捜査上の秘密」

「つまり、捜査はしてるんだ」

一之瀬は大袈裟に溜息をついて見せた。あんた、図々し過ぎるよ。

「一々揚げ足を取るようなこと、言わないでもらえますか」

「失礼」吉崎がにやりと笑い、煙草をパッケージに戻した。「どうも皮肉っぽくていけないね」

この男は、自分とはさほど年齢が変わらないはずだ。新卒で新聞記者になったとして、支局に五年ぐらい……去年の春に東京本社に上がって一年だから、まだ三十歳にはなっていないだろう。それにしてはやけにくたびれている。自分よりもよほど、世の中の嫌な部分を見てきた感じだ。二度とちょっかいを出さないでくれ——思い切って厳しく突き放そうと思った瞬間、絶妙のタイミングで電話が鳴った。

「失礼」

「お忙しいことですね」吉崎が肩をすくめて、さっさと去って行く。今まで話していた一之瀬の存在が、急に消えてなくなったようだった。話していれば鬱陶しいが、こんな風にあっさり切り替えられると、それはそれでむかつく。とにかく自分とは対極にいる男、間違っても酒を酌み交わしたくない相手だ。

電話をかけてきたのは由貴。次の苦難の始まりだった。

いったん杏奈のガードに入ると、父親のことは頭から自然に消えた。今心配しても仕方のないことだし、単なる偶然だろう。そもそも父親が、誰かが知っていそうなメールアドレスを使うはずもない。何というか……狡猾《こうかつ》な人なのだ。

実際は、様々な要素が押し寄せて、考えている暇もない。杏奈のマンションに行くと、既に由貴が待機していた。最初に会った時に着ていたカナダグースのダウンジャケットに、上半身の半分ほどのサイズがありそうなトートバッグ。一之瀬に向かってうなずきかけると、すぐにインタフォンを鳴らした。

「はい」杏奈の声が明るく響く。

「今、下です」由貴の声は、正反対に重苦しかった。いかにも面倒臭そうな感じ。

「すぐ行きます」

由貴が溜息をつく。徹夜明けというか、既に一日のエネルギーを使い果たしてしまった感じだった。

「お疲れですか」

「疲れますよ、この商売は。とにかく、よろしくお願いしますね」

「ええ」

「あの……一人なんですか？」由貴が遠慮がちに訊ねる。

「そうですけど」

「一人で大丈夫なんですか」

「そんなに頼りなく見えますかね」

由貴が口を開きかけたが、すぐに唇を引き結び、力なく首を横に振る。何もそんな正直に、態度に出さなくても……一之瀬も釣られて溜息をついた。

五分後、杏奈がようやく出て来た。脚にぴったり合った細身のジーンズに、パステルグリーンのダウンジャケットという格好である。先日とは違うニットキャップを被っていたが、まだ包帯が外れていないのは分かる。この格好で撮影に臨むのだろうか。

「どうもすみません」杏奈がちょこんと頭を下げる。

「いえ……仕事ですから」

「今日はよろしくお願いします」

「了解です」

「じゃ、行きましょうか」

杏奈がさっさと歩き出した。タクシーでも拾うのではないかと思ったが、静かな裏道をそのままどんどん歩いて行く。由貴と並んで後ろについた一之瀬は、思わず訊ねた。

「まさか、現場まで歩きじゃないですよね？」

「歩きですよ」由貴が平然と言った。「今日の撮影は神保町《じんぼうちょう》ですから。それぐらいの距離だと、いつも歩くんです」

健康志向にもほどがある……というか、タクシーに乗って欲しかった。誰かが襲撃を計画しているなら、歩いているところを狙うのが一番簡単である。一之瀬はすっと前に出て、杏奈の横に並んだ。今日もヒールが高い靴で、一之瀬と目の高さがほぼ同じ位置にある。長い下り坂に入っているせいか、普段よりも大股になっていた。

「タクシーを使ってもらった方がありがたいんですが。あるいは事務所の車とか」

「ごめんなさい、できるだけ歩くようにしているんです」杏奈は申し訳なさそうに言ったが、歩くスピードを落とす気は毛頭ないようだった。

「今は非常時ですよ？　車に乗っていれば、襲われる確率はずっと低くなります」

「でも、昼間からって……ちょっと考えられないんじゃないですか」

そっちが頼んできたからくっついてるんじゃないか、と一之瀬は腹の中で毒を吐いた。しかし、当人を前にしてそんなことは言えない。

「ごめんなさい」杏奈がいきなり謝り、ちらりと後ろを見た。「心配性な人がいるから」

一之瀬も、後ろを歩く由貴を見た。ぶっきらぼうな表情を浮かべ、巨大なバッグを担ぎ直している。杏奈は小さなハンドバッグ一つ。必要なものは、由貴が全部持ち歩いているのだろうか。

「包帯は、撮影の時に邪魔にならないんですか」

「大丈夫だと思います。メイクさんもプロですから」

「怪我はどんな具合ですか？」

「もう全然痛くないんですよ。今夜から走ってみます」屈託《くったく》のない笑みを浮かべる。

それにつき合わされるのはたまらない……どうせなら、「夜の部」は若杉がやってくれ

ないだろうか。あの男なら、平気で彼女のペースについて行けるはずだ。

「まだ控えてもらった方がいいんですけどね」どうせ聞き入れないだろうと諦めてはいた

が、一応忠告してみた。

「心配していただくのはありがたいんですけど、これが私の仕事ですから」にこやかな笑

み。やんわりした表情だが、芯《しん》の強さが感じられる。

歩き慣れている道なのか、杏奈は迷わず早足で歩き続けた。こういう時、話をすべきか

どうか……一之瀬はいつの間にか、口をつぐんでいた。余計なことを話していると集中力

が削《そ》がれ、不安が増すばかりだった。そもそも自分は、警護の専門家ではない。警察学校

時代に基礎の基礎は教わったが、実際の経験はないのだ。そもそも、一人で警護というのはあり得ない。最低二人、できれば三人で一人を守るのが基本だ。三人いれば、前、それに斜め後方に二人を配した三角形を作って確実に守れる――今はそれが望めない以上、横に並んで周囲を警戒するしかない。

マンションなどが建ち並ぶ通りを抜け、靖国《やすくに》通りに出る。このまま東へ向かえば神保町だ。靖国神社を左手に見ながら、まずは九段下の交差点に向かって歩いて行く。また長い坂道を下り、首都高の下をくぐると、そこはもう神田神保町だ――日本一の本の街。靖国通り沿いに古書店がずらりと並ぶ様は、ある意味壮観である。古書ファンというのは意外に多く、どこの店先にも客がいて、じっくり本を選んでいる。

杏奈は専大前の交差点を左へ曲がった。その先が目的の出版社らしい。ビルの地下にあるスタジオで写真を撮影し、その後取材、と由貴が段取りを説明してくれた。

出版社の建物に足を踏み入れたのは初めてだった。やや緊張しながら受付を済ませたが、事前に由貴から話が通っていたのか、「警察」だからといって警戒もされなかった。あるいは自分が、人を怖がらせるような風貌ではないせいかもしれない。

地下には三か所もスタジオがあった。グラビアページの多い女性誌も出している出版社なので、撮影用の常設スタジオが必要なのだろう。通されたスタジオで、一之瀬はまずその広さに驚かされた。とにかく天井が高い。壁、天井とも真っ白で、入った正面には白いシートがかかっている。巨大な傘を被ったストロボがいくつか、そして左側のテーブルにはパソコンが二台置かれていた。右奥はカーテンで仕切られており、その手前のポールハンガーには服が大量にかかっている。ハンガーの前の床には、色違いで同じジョギングシューズが五足。

「おはようございます」杏奈が軽く明るい口調で挨拶すると、スタジオ内にいたスタッフが同様の軽い調子で応じた。四人……五人か。カメラマンとその助手、スタイリストにヘアメイク、さらに編集者という組み合わせのようだ。

「知らない人はいませんか」一之瀬は由貴に訊ねた。

「スタイリストさんは、初めて会う人ですね」ポールハンガーの前で洋服をチェックしている女性を見ながら、由貴が言った。

「他は全員……」

「いつもと同じスタッフです」

それにしても女性が多い——というより、中年のカメラマンを除いて全員が女性なのだ。何となく居心地が悪くなり、一之瀬は出入り口のところで「休め」の姿勢を取ったまま、体重を右足、左足と順番に移し替えて体を少し揺らした。初対面だというスタイリストの女性が怪しいわけではないが、一之瀬は彼女を特に注意して見ながら、全体の様子を観察した。全員が部屋の中央に集まり、打ち合わせを始める。由貴もその輪に加わった。時折笑い声が漏れる、和やかな雰囲気。ますます居心地が悪くなり、一之瀬は両手を後ろで組んで少し肩を後方に伸ばした。最近筋肉が凝り固まり気味で、こういうストレッチが必須になっている。

撮影はすぐには始まりそうにない。編集者からの簡単な説明が終わると、杏奈はすぐにスタイリスト、ヘアメイクとの打ち合わせに入った。ニットキャップを取ると包帯が露《あらわ》になり、少し痛々しい感じになったが、杏奈本人は気にする様子もない。ヘアメイクに後頭部を示しながら、小声で何か話していた。ヘアメイクの女性が傷跡を確認しながら、「大丈夫」とでも言いたげに何度もうなずく。

それが終わると、杏奈はハンガーラックにかかった衣装を次々にチェックしていった。全て、真新しいランニング用のウエアである。スタイリストと何事か話すと、薄いピンク色のタイツとTシャツを選んでカーテンの向こうに消えた。スタイリストが、自分の巨大なトートバッグを引《ひ》っ掻《か》き回し、中身を次々に取り出してテーブルに並べる。小さなボディバッグ、キャップ、私物かもしれないがMP3プレーヤー。ヘッドフォンのケーブルが薄い青なのがポップな感じだ。さらにランニング用の腕時計、タオルと続く。それらを並べて一瞥してから、今度は靴のチェックにかかった。色違いで全部同じシューズということは、おそらく新製品で、この撮影は宣伝を兼ねているのかもしれない。顎に手を当ててしばらくチェックしていたが、すぐに薄い赤を取り上げた。ウエアがピンク系統なので、完全に同じ色は避けたのだろうか。青系、黒系では足下だけが完全に浮いてしまうし……女性ランナーは、こんな面倒臭いことまで考えているのだろうか、と訝る。

「時間、かかりますよ」戻って来た由貴がぶっきらぼうに言った。

「最後までつき合うのが、我々の仕事です」

少し皮肉をまぶして言ってみたが、由貴は応えていない様子だった。欠伸《あくび》を嚙み殺すと「ちょっと煙草吸ってきます」とぽつりと言う。

「最近は、どこも禁煙なんじゃないですか」

「ここの地下には、一か所だけ吸える場所があるんですよ」

肩をすくめ、由貴がさっさと出て行く。相変わらず態度が悪い――というか不愛想だな、と一之瀬は苛立《いらだ》った。

その直後にカーテンが開き、着替えた杏奈が出て来る。案外早いじゃないかと思ったが、本番はここからだった。まず、スタイリストが選んだシューズにクレームをつけるところから始まり、ついにはウエアそのものも着替えてしまった。今度は、春の空を思わせる少し曇った青。それに濃紺のシューズを合わせることで、ようやく杏奈自身も納得したようだった。それからメイク。これにまた時間がかかり……杏奈はあれこれ注文が細かい様子だった。メイクの女性との間で具体的にどんな会話が交わされているかは分からないが、杏奈の喋りは停まらない。

由貴が戻って来る気配はなかった。煙草一箱を全部灰にするつもりだろうか——確かに、いつもこんなに時間がかかるのなら、その間、マネージャーは暇を持て余しているのだろう。杏奈は由貴にアドバイスを求めるわけではないようだし……しかし、いきなり呼びつけられたら困るはずだ。その場合は、自分が使いっ走りになって呼びにいくのだろうか、と一之瀬は皮肉に考えた。

編集者の女性——三十歳ぐらいだろうか——がこちらに近づいて来た。撮影が始まるまで——あるいは撮影中もやることはないのかもしれない。プロのカメラマンがいるのだから、撮影自体はお任せ、ということだろう。

ちょっと話をしておこうか……一之瀬は彼女に向かってうなずきかけた。軽く会釈を返してきたが、顔には戸惑いの表情が浮かんでいる。一々説明するのも面倒で、一之瀬はバッジを示した。途端に、編集者の顔が蒼褪める。それはそうだろうと思い、今度は名刺を取り出した。彼女も、まさか警察官と名刺を交換する羽目になるとは思ってもいなかったのだろうが、習慣が勝ったようである。膨れ上がった大判の手帳から名刺を抜き、一之瀬に向かって差し出した。

「頂戴します」

受け取った名刺をちらりと確認する。『ＳＵＧＡＲ』編集部、相澤紀江《あいざわのりえ》……書店などで見かけたことがある女性誌だが、もちろん手に取ったことはない。彼女自身は、シンプルな服装だった。グレーのニットのワンピースに茶色いブーツ。アクセサリーと言えるのは、シンプルなシルバーのネックレスだけだった。メイクもほとんどしていない。長い髪を後ろで一本にまとめているので、ふっくらとした頰が露になっていた。『ＳＵＧＡＲ』がどんな雑誌かは知らないが、ギャル系の派手なものではないだろう。編集者は、自分が作る雑誌のイメージに染まっていくものではないだろうか……どちらかというと彼女には、「シンプル」「清楚」のような形容詞が似合う。

「ちょっと話せますか」

「何なんですか？」

「雑談です」一之瀬は笑みを浮かべてみせた。「捜査です」とは言えない。実質的には捜査であったとしても。

一之瀬は、彼女を廊下に誘った。スタジオを出てしまえば、普通の声で話しても大丈夫だろう。

「春木さんが襲われたのはご存じですよね」

「ええ……その関係なんですか？」紀江の顔が強張る。

「そのようなものです。念のために、ガードとしてくっついているわけでして」

「そんなに危険なんですか？」

「こういう場所なら大丈夫だと思いますけど……部外者は出入りできないでしょう？」

「基本的には」

「でも、警察としては念のため、が大事なんです。何かあってからでは遅いですから」

「はあ」いかにも嫌そうな返事だった。

「春木さんとは、よく仕事をするんですか？」

「そうですね、これまでも何回か」

「今回は、どういう感じの仕事なんですか」

「春のランニングウエア特集です。最近は、季節ごとにウエアの特集をするんですよ。うちの雑誌、基本的に健康志向ですから」

「あの……こちらはファッション誌ではないんですか？」

紀江が短く笑い、「女性誌、見ないですよね」と訊ねた。

「ええ」もしも深雪が女性誌を読むタイプなら、ついでに手に取るかもしれないが、彼女は雑誌をほとんど読まない。「名前からして、体に悪いスイーツ系の記事が多いのかと思いました」

「ああ、そうですね」ようやく紀江の表情が緩む。「元々は甘めのファッション、という意味だったらしいですよ。今はあまり関係ないですけどね。今の編集長が健康志向の人なんで、それに引っ張られて雑誌自体が健康になりました。今は、料理もファッションもそういう感じの記事が多いんです」

「その流れで、ランニングも？」

「そうです。編集長自身、週に三十キロは走る人で、マラソンの大会にも出てるぐらいですから」

「編集長、女性ですか？」

「ええ」

一之瀬はかすかに首を振った。何というか……自分の周りにいる女性は皆強い。完全に負けている、という感じだ。

「春木さんは、どんな感じの人ですか」

「エネルギッシュ、ですね」

「ああ……分かります」

「積極的です。こういう撮影の時でも、ただのお人形さんにはなりませんから」

「写されるだけ、じゃないんですね」先ほど、彼女が自分から進んでウエアを着替えたことを思い出した。

「自分から提案もしてくるし、それがよくはまるんですよ」

「そういうの、スタイリストさんからは嫌われるんじゃないんですか？　スタイリストさんにはスタイリストさんのプライドがあるでしょう」

「でも、こういう時――チームで仕事をしている時は、最終的な出来上がりだけが評価されますから。いい物ができればＯＫっていう意識は、全員共通してますよ」

「個人的には、彼女のこと、どう思います？」

「個人的って……」紀江の顔が曇る。

「仕事だけのつき合いなんですか？　一緒に食事に行ったりはしない？」

「それはありますけど」

「そういう時って、素顔が出やすいじゃないですか」

「あの、何でそんなことを知りたいんですか？」

一之瀬は一瞬躊躇した。どこまで話していいものか……噂が大袈裟に広がってしまうと、今後の捜査に差し障るかもしれない。今は、いろいろな方法で噂が伝播《でんぱ》しやすい時代だし。しかしある程度は手の内を明かさないと、紀江は率直に話してくれそうにない。

「今回の事件、ストーカーか何かの可能性もあるんですよ」

「そうなんですか？」

「あくまで可能性です……そういう話、聞いたことはないですか？」

「ないです」紀江が頬に手を当てる。「杏奈さん、さばさばしてるでしょう？　つきまとわれたりするタイプじゃないと思うんですけど」

「本人の性格は関係ないんです。ストーカーっていうのは、独特の考えを持って、自分の殻に閉じこもってる人が多いんですよ。他人との適切な距離を取るのが苦手なんだと思います」

「コミュニケーション能力が低い感じですか？」

「そうかもしれません。普通に相手と話ができて、気持ちを忖度《そんたく》することができれば、変なことはしないはずですよね。それができないから、極端な行動に走ったりするわけで」

「何となく分かります」

「だから……」

「そういうことはなかったか、少なくとも杏奈さんは気づいてなかったんじゃないでしょうか」自分に言い聞かせるように紀江が言った。

「そうですか……彼女、恋人はいないんですかね。ストーカーではなくても、そういう関係がこじれて、というのも珍しくないんです」

「いないと思いますよ、今は」

「そうですか？」

「結構忙しいですから。本格的に走れて、しかもファッションリーダーになれるタレントさんって、そんなにいないんですよね。それに、これからはもっと忙しくなるんじゃないかな。彼女、自分のブランドを立ち上げるかもしれないんです。最近、そんな話もしてますから」

「それはすごい」タレントが、自分でプロデュースしてファッションなどのブランドを立ち上げる話はよく聞く。しかし、基本的には誰でも知っている超有名人でないと、名前だけで売れることはないだろう。自分が考えている以上に杏奈は売れっ子なのだろうか、と一之瀬は訝った。「春木さん、そこまで売れてるんですか?」と正直に訊ねてしまう。

「その筋……女性ランナーの間では大人気ですよ。やっぱり、さばさばしている人の方が、女性受けがいいんですよね。ファッションセンスもいいし、大会ではタイムも伸ばしてますから、ちょうどいい憧れの存在なんです」

「だったら、これからもずっと、ランニングを中心に活動していくんでしょうかね」

「それは分からないですね。ランニングって、うんと年を取っても自分のペースで走れますけど、やっぱり演技はしたいってよく言ってますし」

「ドラマや映画、ですね」そちらでは、まだ成功しているとは言えないようだが……タレントさんも大変だ、と一之瀬は少しだけ同情した。様々な方向へ手を伸ばし、どこで受けるかを探る。最初は思ってもいなかった、あるいは本当はやりたくない方向で受けてしまった後だと、修正は難しいだろう。そこで「この道で行く」と自分を納得させられればいいが、そうでない場合、ストレスを抱えこんだまま仕事を続けることになる。

サラリーマンとは違う……いや、似たようなものか。自分の好きな仕事だけをしている勤め人などいないのだから。いつも、やりたい仕事とやれる仕事の間に挟まって悩んでいる——それは自分も同じだ、と一之瀬は実感していた。自分が刑事に向いているかどうか、一年近く経った今もまだ分からない。ひとえに経験不足のせいだと思うが……もっと事件の多い忙しい署にいたら、自分が刑事向きなのかそうでないのか、とっくに判断できていたかもしれない。

まあ、自分のことはどうでもいい……紀江の言葉を思い出してみた。何か、杏奈に関するマイナスの表現は——ない。もちろん、初対面の刑事に対してタレントの悪口を並べ立てる編集者もいないだろうが、彼女の言葉に嘘はないような気がしていた。まだまだ杏奈のことは調べなければならないが、やはり通り魔の線も頭に入れておいた方がいいだろう。多少手口が違うとはいえ、皇居周辺を走る女性ランナーを狙った事件という、非常に大きな共通項があるのだから。

急にどたどたと足音が響き、由貴が戻って来た。むっとした表情を浮かべたまま走っている。手には、スポーツドリンク……煙草休憩ではなく、買い出しにでも行ってきたのだろうか。

「どうかしました？」必死の様子が気になり、一之瀬は訊ねた。

「ああ、これ……」一瞬立ち止まった由貴が、ペットボトルを振ってみせる。

「何なんですか？」見慣れないスポーツドリンクだった。

「これじゃないと駄目なんですよ、杏奈は。今日、忘れちゃって」

「大変ですね、マネージャーさんも」

かすかにむっとした表情を浮かべたまま、由貴がスタジオに入って行く。少しだけ気になり、一之瀬はドアの陰に身を隠すようにしながら中の様子を覗いてみた。由貴が杏奈にペットボトルを差し出している。杏奈は部屋の奥を向いてヘアメイク中なので表情は分からないが、由貴の顔を見た限り、機嫌が良い感じではない。

「怒ってるんですかね」一之瀬は紀江に訊ねた。

「ああ……マネージャーさんは、タレントさんが甘えたり怒ったりできる唯一の存在ですからね」

「春木さんが怒ってるのは、何だかイメージじゃないなあ」

「そうですか？　杏奈さん、結構いろいろなことにこだわりがありますから、それに合わないとね……」

しかし、スポーツドリンク一本に、そんなに執着するものだろうか。初めて杏奈の別の一面――もしかしたら本当の一面を見た気分になって、一之瀬は暗い不安を覚えた。

〈10〉

杏奈に振り回された二日が過ぎ、火曜日の夜になって、一之瀬はようやく解放された。彼女は急に、自宅に友人を呼んで食事をすることになったというのだ。家にいるなら、張りつきで警戒する必要はない。何より、走らなくて済むのがラッキーだった。月曜の夜、杏奈は皇居を一周しかしなかったが、そのスピードに付いていくだけで、一之瀬は死ぬ思いをした。向こうは怪我人なのに。

ぽっかり空いた時間……しかも仕事は言いつけられていない。まさにラッキーだ。深雪が今日、東京に帰って来ている。一度会社に顔を出すと言っていたから、その後で食事ができるかもしれない。メールすると、すぐに返信があった。

「ちょっと時差ぼけしてるけど、大丈夫。どこにする？」

銀座にしよう、と思った。何だかんだで十日近く会っていないし、たまには少し贅沢なものを食べてもいい。といっても、自分の給料では限度があるのだが……よし、みかわ屋にしよう。洋食のコース料理を頼むととんでもない金額になるのだが、一皿だけなら何とかなる。そもそも一之瀬も深雪も大食いではないから、ハヤシライスでも食べれば十分だ。

打ち返すと、深雪からは「高いけど大丈夫？」と返信があった。何とかなるから、とメールを返してから刑事課に戻る。藤島は、何か別の用事で出かけてしまっていた。宇佐美も見当たらない。夜の仕事も特に言いつけられていないから、食事で抜け出すぐらいは大丈夫だろう。それに銀座にいれば、非常事態で呼び出されてもすぐに署に戻れる。

六時過ぎ、一之瀬は署を出た。誰にも見咎《みとが》められなかったのでほっとする。こういう時に吉崎によくぶつかるんだよな、と思ったが、今夜はさすがに彼の姿は見かけなかった。一方面のサツ回りの本丸は千代田署だが、他にもあちこちの署に顔を出さなければならないし、他の現場での取材もあるだろう。四六時中ここに張りついているわけではないはずだ。

約束の六時半にみかわ屋に駆けこむと、深雪は既にテーブルに着いていた。彼女が勤める総合食品メーカーの本社は虎ノ門《とらもん》にあり、銀座には近いのだ。

ここへは子どもの頃から何度も来たことがあるが、その度にかすかに緊張したのを覚えている。特に建て替えられて、三越《みつこし》の中に入ってしまってからは、値段もそうだが店の雰囲気も「超」がつく高級店に変身したのだ。優雅にカーブを描く階段を上がって二階へ行くと、いかにも自分が場違いな存在に思えてくる。腰板で飾られた店内、ドレープカーテン、座り心地のいい椅子というレトロな雰囲気に、そわそわしてしまう。

しかし深雪を見ると、自然に緊張感が解ける。何というか、彼女には人を——少なくとも一之瀬を安心させる何かがある。自然な鎮静作用を持っているとでも言うべきか。

まず、料理を選ぶ。深雪は元々酒は飲まないし、一之瀬も急な呼び出しを警戒して、今日は酒はやめておくことにした。メニューに目を通すと、やはり値段にショックを受けるが、酒を呑まなければ、それほど懐《ふところ》にダメージはないはずだ。

「カニコロッケでいい?」

「もちろん……じゃあ、俺はポークカツレツにするよ」トンカツではなく、正式なメニュー名は古めかしい「ポークカツレット」。この店の看板メニューの一つだ。色々食べたのだが、結局これが一番美味いと思う。

料理を待つ間、深雪のアメリカでの話を聞いた。期間中ずっと、学会と向こうの企業との情報交換で、ようやく少し観光ができたのは最終日だけだという。

「で、どうだった? サンフランシスコは」

「寒かった」深雪が水を一口飲んだ。

「そう? カリフォルニアって、暖かいイメージがあるけど」

「それは南の方——ロサンゼルスとかでしょう? 北の方は結構冷えるのよね」

「そうか……」

「ねえ、怪我でもした?」

「いや、別に」

「ここへ来る時、足を引きずってたでしょう」

「ああ」

苦笑しながら事情を――事件の内容はぼかして――明かすと、深雪が吹き出した。

「一之瀬拓真にランニングは似合わないわよね」

「それは自分でも分かってる」

「でも、仕事だから……何だか、段々変わってきたわね」

「悪い方に？」

「うーん、自然に、かな。変わって当然よね」深雪が首を傾げる。「どんな仕事でも、通過儀礼みたいなことはあると思うし。それを乗りこえたら、昔の自分とは変わるでしょう」

「君の通過儀礼は？」

「今回の出張だったかも。若手の時に、絶対に行っておかないといけない学会だったのよ……英語とか苦手なのに」

「じゃあ、疲れたね」

「そうね……明日は出張帰りで代休を貰ったから、一日寝てるわ」

自分もそうできたら、と心から願った。しかし、二人一緒に休みを取るのは、当面は無理だろう。深雪は出張の後始末が続くだろうし、一之瀬の方は捜査が継続中だ。そして……ふいに父のことがまた気になり出した。深雪は、一之瀬の家の事情をよく知っている。当然、父親が消息不明であることも承知していた。しかし、もしかしたら犯罪にかかわっているかもしれないから不安で仕方がない……とは話せない。

「どうかした？」深雪が鋭く気づいた。彼女の前では隠し事はできない。

「いや、何でもない。ランニング疲れだと思う。慣れてないから」

「色々大変よね」

「仕事は何でも大変だよ」

「それで、そのタレントさんはどんな感じの人なの？」深雪の目が、面白そうに光った。

「どんなって言われても……」摑み所がない、というかまだ摑めていない。愛想はいいが、あくまで営業用という感じがするし。ただ、意思が強いことだけは間違いない。自分のフィールドを見つけ、しがみつこうとしている様は、むしろ「頑固」と言うべきかもしれない。そういう人間は、一之瀬のすぐ近くにもいる。「もしかしたら君に似てるかも」

「そう？」深雪がスマートフォンを取り出し、画像検索を始めた。すぐに杏奈の画像を見つけ出すと、爆笑する。「全然似てないじゃない。身長百六十五センチって、私より十センチも高いし、すごい細いわよね」

「ああ、それ、嘘だから」

「嘘って？」

「実際には百六十九センチだそうだ」

「何で？　逆サバ？」

「芸能界はいろいろあるんだろう」

「でも、私に似てないのは間違いないわよね。彼女、いかにもスポーツウーマンっていう感じじゃない」

　総合食品メーカーの研究所で働く深雪は、ビーカーより重い物を持ち上げたことがないはずだ。いや、フライパンぐらいはあるか。料理は得意な方だから。

「見た目じゃなくて、芯の強さみたいなところが」

「そう？　私、そんなに強くないけど」

「自分で気づいてないだけじゃない？」

「そうかなあ」

もしかしたら自分は、芯の強い女性に興味を引かれるのだろうか、と一之瀬は思った。いや、そういうわけでもないか……深雪の自然でしなやかな強さに対し、杏奈の強さは無理に作っているような感じがする。

　料理が出てきて、会話は中断される。カニコロッケに満足そうな笑みを浮かべながら、深雪はどうしてこれを選んだのか説明し始めた。アメリカの料理がみんな不味《まず》くて、たった一つだけ美味しかったのがクラブ・ケーキ。カニ肉だけを集めたフライで、ちょうど中華料理のカニ爪フライみたいな感じで……ちょっとそれを思い出したから、似たようなものを頼んでみた、と。

なるほど。食べたことのないクラブ・ケーキの味を想像しながら、一之瀬は自分の「ポークカツレット」を味わった。昔から、この味が好きなんだよな……父親が姿を消して以来、この店としばらく縁が切れていたのは、当然経済的な困窮が原因である。就職してから自分の金で初めて食べに来た時には、軽く感動したものだ。

深雪は、次第に辛くなってきたようだった。というより、眠いのだろう。実際、瞼《まぶた》は半分ぐらい閉じている。

「時差ぼけ、きつそうだね」

「帰りの飛行機で全然眠れなかったから」

「じゃあ……今日はお開きにしようか」せめてデザートか飲み物をと思ったが、深雪はこれ以上椅子に座っているのもしんどそうだった。家まで送っていこうか——二人の関係は両家公認で、自分が顔を出せば深雪の両親も喜ぶだろう。しかし、まずは深雪を休ませるのが先決だ。

そろそろ、と言いかけた瞬間、携帯が鳴り出す。おいおい……顔をしかめながら確認すると、藤島からだった。席を離れる間もなく、反射的に電話に出てしまう。他の客の手前、思い切り低い声にせざるを得なかった。

「もしもし……」

「何だ、お前さん、寝ぼけてるのか」

「いや、ちょっと飯を食ってただけです」

「近くにいるのか」

「銀座ですけど……」

「署に上がってくれ。大至急」

「分かりました――何かあったんですか？」

「例の企業恐喝事件に、新しい動きが出てきたんだ」

一度は頭から押し出した父の存在が、また急速に膨れ上がってきた。

「どうしたんですか？」

「金の要求があったんだ。五千万円」

「まさか、払うんですか？」さらに声を低くする。藤島に聞こえているかどうか、微妙なところだ。

「会社側は用意したそうだ。明日の午前零時――五時間後に受け渡しをすることになっている。あまり時間がないぞ」

マジかよ……一之瀬は眉根《まゆね》を寄せた。いくら何でも、弱気過ぎるのではないか。しかし、会社のサーバが実際にクラッキングされ、業務に支障を来《きた》した話は一之瀬も聞いていた。これ以上被害を出さないために――と決断したのかもしれない。クラッキングをしかける能力に加えて、相手はダイナマイトも用意している。何をされるか分かったものではない。あるいはこれは、警察側の作戦なのか？　こういう事件で、犯人が一番ぼろを出しやすいのは、金の受け渡しの時である。

「とにかく、戻ります」

「今夜は長くなるぞ」

「分かりました」

話し終えて深雪の顔を見ると、静かに目を閉じていた。馴染《なじ》みの寝息が聞こえてきそうな様子でもある。「ごめん」と声をかけると、はっと目を開ける。

「仕事が入った。戻らないと……」

「分かった」

「送っていけないんだ」

「大丈夫よ。何とか帰るから」

微笑《ほほえ》みさえぼんやりしていて、危なっかしい感じだった。しかし彼女は、見かけよりずっと強い。心配する必要はないだろう。

みかわ屋のすぐ近くにある地下鉄の出入り口まで深雪を送り、一之瀬は早足で晴海通りを歩き出した。千代田署はここから真っ直ぐ、一キロも離れていない。走り出せば五分とかからず着くだろう。

ただし今夜の一之瀬に、走るだけの体力は残っていなかったが。

〈11〉

事態は、今日の夕方になって急に動いたようだった。午後五時過ぎ、犯人が会社の総務部に直接電話を入れ、午前零時に現金五千万円の引き渡しを要求。応じないと会社の関係施設を爆破する、と脅しをかけてきた。

これで会社側は慌てたようだ。この商社には、日本国内だけで十二の支社がある。海外拠点までは狙われないだろうが、十二の支社、それに多数の関連会社を含む「関連施設」全てを警備するのは不可能、と判断したのだ。何しろ電話がかかってきた時点で、猶予《ゆうよ》は七時間しかなかった。そして警察は、一之瀬が想像していた通り、犯人を押さえる好機と判断した。公安が手を引き、捜査一課の特殊犯が中心になって捜査を進めていたのだが、これまで手がかりはほぼゼロだったのだ。そして、会社側が「現金は用意できる」と請けあったことで、両者の思惑は一致した。

「受け渡しの時に、一気に犯人逮捕へ持っていくんですね」一之瀬は確認した。

「そういうことだ、な」藤島は何故か不機嫌だった。

「何か、気に食わないんですか？」こういう時は何も言わない方がいいと分かっているが、つい訊ねてしまう。

「何でいきなり五千万も用意できるのかね？」

その話に怒っているのか……どうも藤島は、金のかかる話になると不機嫌になることが多い。以前も、家のローンがどうこうと文句を言っていた。まだかなりの負担になっているのだろうか。

「銀行だって、そんなに急には対応できないだろう」

「会社にも現金ぐらいはあるんじゃないですか」

「五千万だぞ？　簡単に言うな」

そこで怒られても困るんだけど……一之瀬は口をつぐんだ。

「とにかく、俺たちはあくまで手伝いだ。バックアップだ。だから——」

「余計なことをするな、ですよね」

「分かってるなら、余計なことも言うなよ」

午後十一時。二人は日比谷公園にいた。犯人が指定してきた受け渡し場所——これがそもそも妙である。こんなオープンスペースで金のやり取りができるはずもない。犯人側の要求は、社員一人に五千万円の入ったボストンバッグを持たせて、「かもめの広場」で待機させよ、というものだった。かもめの広場は公園の南西角にあるスペースで、都道府県の木を記念植樹してある——別称「郷土の森」。本来の名前通り、カモメの噴水も有名だ。待ち合わせ場所としてはいかにも適しているのだが、問題は完全なオープンスペースであることだ。歩道からは丸見えだし、終電近くまで人の行き交いがある。

しかし、警察にとっても守りにくい場所ではある。道路を封鎖すれば犯人にすぐ知れてしまうし、オープンスペースだけに隠れる場所もあまりない。噴水の近くに社員が立つとして、かなり距離を置かないと、近づいて来る人間からは丸見えになるだろう。

二人は、噴水から数十メートル離れた木陰に身を隠している。周りは常緑樹なので鬱蒼としてはいるが、外から見えないだろうかと一之瀬は気が気でなかった。藤島も明らかに神経質になっている。普段はあまり、細かいことを気にしないタイプなのだが。

藤島が腕時計をちらりと見た。携帯も使えない——目立ってはいけないので、乏しい灯りの中、腕時計の発光機能で時間を確かめるしかない。

「こういう時、時間が過ぎるのが遅いですよね」

「分かってることをわざわざ言うな」苛立った声で藤島が答える。

どうも今夜の藤島の機嫌は最低のようだ。藤島はワーカホリックとは言わないが、普段仕事のことで文句は零《こぼ》さないタイプである。今回の一件は、よほど気に食わないのだろう。それも分かる……所詮《しょせん》は他人の仕事の手伝いなのだから。自分が主体的に捜査していたわけでもないのに、いきなり「手を貸せ」と言われたら、誰だってむっとする。

一之瀬は、右膝《みぎひざ》だけを地面についた格好で、木の幹に手を置いて体を支えた。ランニング用のウエアが、こんなところで役にたっている。下はある程度防寒性のあるパンツ、上半身もウインドブレーカーの上に、さらにダウンジャケットを重ねている。十分暖かい上に動きやすい。足下は当然、ダッシュに備えてランニングシューズだ。

張り込みを始めた時には何でもなかったが、時間が経つに連れ、下半身から寒さが染みこんでくる。ランニングシューズは軽さを第一に考えて作られているために、素材が薄めでしかもメッシュである。土の冷たさが、そのまま足に伝わるようだった。時々立ち上がったり、足の位置を入れ替えたりしたが、体が徐々に固まっていくのが分かる。これではいざという時、動きが取れなくなってしまいそうだ。しかし、準備運動で体を動かしているわけにもいかない。

「捜一から各局」突然、無線ががなり立て始めた。「最新の情報を報告する。先ほど――十一時十分、犯人と見られる人物から再度会社に連絡があった。もう一度サーバをダウンさせるという脅しで、その通り、十一時十五分から五分間、サーバがダウンした。これにより、今回の脅迫は本物の犯人によるものと断定する。以上、繰り返す――」

「クソ」吐き捨て、藤島がイヤフォンを耳から抜いた。「何なんだよ、これは」

「いや……犯人はマジだったってことでしょう？」

「何だい、お前さん、この件ではえらく冷静だな」

「そうですか？」少しでも動揺を顔に出したくない。もしかしたら背後に父親がいるのでは——という疑念と不安は、まだ消えないのだ。いつまで隠しておけるか分からないが、取り敢えず今は、誰にも知られたくない。

「若い刑事なら、張り切って取り組みそうなネタだがね。暴行事件の捜査や、タレントさんのお世話よりはやる気が出る事件だろう」

「事件に重いも軽いもないですよ」

「お前さんも、もうそういう建前を使うようになったか……俺の教育が悪かったのかね」

「別に、そういうわけでは——」

「しかし、犯人はよく考えてると思うよ」

「そうですか？」

藤島がうなずき、イヤフォンをまた耳に押しこんだ。既に無線の指示は終わっている。

「本当の犯人かどうか、確信を持たせないでおこうとしたんだろう」

「ああ、そうですね」

「連中の技術力——こんなことを技術力とは言いたくないが——も相当高そうだな。会社側が警戒を強めているのに、平気でクラッキングを成功させたんだから。だったら、もっと早いタイミングでクラッキングをしかけて、脅迫は本物だとアピールしてもよかっただろう？　その方が、確実に金を奪い取れるからな」

「でも早くすればするほど、こっちには準備の時間ができますね」

「よし、お前さんもちゃんと分かってるな。筋道のついた推理だ」藤島が納得したようにうなずく。「半信半疑のままでいて欲しい、とでも思ったんだろう。真面目に捜査されたら困る、と。でも、警察っていうのは常に、最悪の事態に備えるわけだから」言って、大きく身震いする。彼の防寒装備はトレンチコートだけで、二月の日比谷公園の寒さに耐えるにはきつい格好だ。「クソ、お陰でこっちがこんな目に遭うんだぞ」

　また無線が鳴り出して、藤島が黙りこんだ。

「捜一から各局、五千万円を持った社員が会社をタクシーで出発。警戒は、後方に覆面車二台。到着予定時刻は五分後。なお、社員の服装はベージュのコート。バッグは黒いボストン。繰り返す、五千万円を持った社員が会社を出発――」

　ここからがいよいよ本番だ。一之瀬はゆっくりと立ち上がり、アキレス腱を左右順番に伸ばし始めた。いきなり走り出すことになるかもしれないから、せめてこれぐらいの準備はしておかないと。藤島は小さな双眼鏡を取り出し、噴水付近の監視を始めた。何も起きないまま、じりじりと時間が過ぎていく。一之瀬はすっかり闇に慣れ、噴水が見えるようになっていた。

白いコートを着た男が、かもめの広場に入って来る。こいつか？　いや、違う。ボストンバッグを持っていない。広場の片隅にある喫煙所に足を止めると、煙草を吸い始めた。そんなところにいると迷惑なんだが……しかし「どいてくれ」と呼びかけるわけにもいかない。幸い、男はあっという間に煙草を灰にすると、その場から立ち去っていった。ほっと一息ついた瞬間、藤島が「来た」とつぶやく。一之瀬は目を細めて噴水を凝視し、意識を集中させた。

ベージュのコートに黒いボストンバッグ。痩せた小柄な男だった。周辺を見回すまいと意識し過ぎているせいか、足取りがぎこちなくなってしまう。せめてもっと大柄な人間か、格闘技経験者を運搬役に抜擢《ばってき》すべきだったのではないか、と一之瀬は呆れた。いや、そんなことをしても無駄だし危険だ。運搬役の仕事は、ただ犯人に金を引き渡すことだ。

男は噴水の前——道路の反対側に来ると、立ち止まってバッグを両腕で抱えこんだ。犯人からの指示はどうやってくるのだろう、と一之瀬は少し心配になった。この場に現れ、バッグを渡すように直接要求する？　しかし、その人間が犯人だとどうやって判別するのか。

おかしい。あまりにも杜撰《ずさん》だ。五千万円もの金をやり取りするのだから、もっと緻密な受け渡し方法を考えていて然るべきなのに。ダイナマイトを調達する行動力や、サーバにクラッキングをしかける技術力は持っているにしても、それだけなのだろうか……犯人の動きはひどくちぐはぐだ。こんなやり方で金を奪えると考えているとしたら、あまりにも甘い。

「時間だ」

言われて、一之瀬は一瞬だけ腕時計に視線を落とし、すぐに噴水に目を向けた。凝視。意識の集中。いつ何が起きるか分からない状態で待つことにも慣れてきた。いつの間にか、寒さも気にならなくなっている。

「おかしいな」

藤島のつぶやきに合わせ、もう一度時計を確認する。零時五分……犯人が遅れる理由は何だ?

「おかしいな」さらに五分後、藤島がまたつぶやいた。

一之瀬は、噴水のところで待機している社員を見た。相変わらずバッグを体の前に抱えたままで、震えているようだ。裏地がついていても、コットンのステンカラーコートだけではきついだろう、と同情する。ダウンジャケットで完全武装の自分だって寒いのに。

そこから先の時間は、ある意味地獄だった。藤島と話すこともできず、当然その場を離れるわけにもいかず、凍りついたような時間の経過に耐える。三十分が過ぎた頃、立ちっ放しの社員がびくりと体を震わせた。電話か……コートの裾《すそ》をまくって、ズボンのポケットから携帯電話を取り出したが、重いバッグを持ったままなので上手くいかないようだ。取り落としそうになり、不格好なダンスを踊るようになってしまう。それでも何とか電話に出て話し始めたが、距離があるので、何を喋っているかまでは分からない。

「会社からじゃないかな」藤島がぽつりと言った。

「撤収命令ですかね」

「だろうな。だいたい――」

藤島の表情が変わった。右手で耳を押さえ、イヤフォンの指示に集中する。一之瀬の耳にも、すぐに声が飛びこんできた。

「捜一から各局、ただいまの時刻をもって張り込みを解除する。繰り返す、張り込みを解除する。引き上げ後、順次千代田署に集合。午前一時から状況説明を行う」

一気に力が抜けた。何だったんだ……やはり悪戯なのだろうか。一之瀬は、すぐにはその場を動けなかった。何とか木陰から抜け出し、呆然《ぼうぜん》とした様子で佇《たたず》む社員の様子を見やる。どこからか現れた刑事二人が話しかけ、それでようやく我に返ったようだった。一人の刑事がバッグを受け取り、もう一人が腕に手をかけてその場から連れ出す。一之瀬は呼吸するのを忘れていたのに気づき、大きく深呼吸した。吐き出す息が、白い塊になって漂う。

「ふざけた話だな、おい」藤島が不機嫌な声で言った。

「まったくです」

「まさか、署に熱燗《あつかん》は用意してないだろうな」

「当たり前じゃないですか。まだ仕事中ですよ」

藤島がまじまじと一之瀬を見詰め、「冗談が分からない男だな」と吐き捨てる。一之瀬は思わず顔が赤面するのを感じた。未だに、時々藤島の冗談に真面目に答えてしまって恥をかく。特に互いに疲れている時は、会話のリズムが狂ってしまうのだ。

「これで終わりですかね」

「何とも言えないな」藤島が首を振り、コートのボタンを留め直した。「とにかく、事情を聴こう。明日以降どうなるかは……分からないな」

ベテランでも読み切れない状況。人的被害がなかったとはいえ、この犯人は絶対に許せないと一之瀬は思った。警察をこれだけ引っかき回して、どこかで笑っているのかと思うと、頭の中が熱くなってくる。

捜査一課では、この一件の顚末《てんまつ》について、まだ明確な判断を下していなかった。単なる悪戯なのか、何らかの事情があって犯人が金を受け取りに来なかったのか——後者の可能性も十分ある、と一之瀬は想像した。犯人が張り込みに気づき、踵を返して現場から離れた——あり得ることだ。しかしそれぐらいは、犯人側も予想していて然るべきではないか。

釈然としないまま、午前一時半、刑事たちは解放された。この時間だと、さすがに家には帰れない。道場で雑魚寝《ざこね》のパターンになりそうだ。何度かこういうことがあったが、どんなに寝ても疲れが取れない。それはそうだよな……何十人も寝ている中で、熟睡できるわけがない。ひたすら寝返りを打っているだけで時間が過ぎてしまう。

刑事たちが三々五々、会議室を後にする。藤島はすぐには立ち上がらず、欠伸を嚙み殺した。明日以降動きがなければ、千代田署としてはこの事件の捜査から外れることになっている。ということは逆に、何かあったらまた召し上げられるわけか……どうにも中途半端な感じが拭《ぬぐ》えない。

「変な事件だな、おい」声をかけられ振り向くと、背後に若杉が立っていた。一之瀬は知らなかったが、半蔵門署も応援に駆り出されていたのか……いつの間に仕入れてきたのか、湯気の立つコーヒーカップを持っている。

「そうだな」一之瀬は話を合わせた。

「お前、どう思う」

「さあ」

「何だよ、何も考えてないのか」

「今夜は頭が働かない」

「今夜だけか?」

思わず立ち上がりそうになったが、横にいる藤島がにやにや笑っているのに気づき、座り直した。

「お前、何でそんなに元気なんだ？」

「そうか？　普通だと思うけど」困ったような表情を浮かべて、若杉がコーヒーを啜った。「だいたい仕事なんだから、元気でいなくちゃ話にならないだろう」

「こんな時間に？」一之瀬は首を捻った。

「それより、春木杏奈の方はどうよ」

「どうもこうも、振り回されてる」

「護衛は、お前には荷が重いんじゃないか。あんなの、プロじゃないか？」

「当たり前じゃないか。プロじゃないと無理だよ」

「何だったら俺がやってやろうか」若杉がにやりと笑う。「彼女、結構タイプだし」

「気が強い女が好きなら、いいんじゃないかな」お前だって噛み砕かれるかもしれないぞ、と一之瀬は皮肉に思った。自分も頭ぐらい齧《かじ》られているかもしれないが。

「へえ。じゃあ、やっぱり俺がやらせてもらおうかな。芸能人とお近づきになれるチャンスなんか、滅多にないだろうし」

「興味本位はやめてくれないかな」

コーヒーカップを持ったまま、若杉が器用に肩をすくめた。

「興味本位って言うけどさ、物事に興味がなくなったら刑事はやってられないだろう」

「はいはい、分かったよ……そんなに元気なら、自分のところの事件をさっさと解決すればいいだろう」

さすがに若杉の表情が一変し、顔面が紅潮した。「大きなお世話だ」と言い残すと、大股に去って行く。

「やりにくい奴だ」とつぶやくと、藤島が声を上げて笑った。

「あれは、お前さんにライバル意識を持ってるんじゃないかな」

「まさか。警察学校を出てから、ほとんど会ってなかったんですよ」しかし、藤島の推測が当たっているような気がした。同い年、同期、隣同士の所轄で、二人とも刑事課にいる。一番身近なライバルだ。

「お前は何とも思ってなくても、向こうは意識してるのかもしれない。片識《かたしき》みたいなものだな」

「片識はちょっと変ですけどね。俺も知ってるんだし」

事件で、犯人が被害者を一方的に知っている状況——それを警察では「片識」と呼ぶ。一方通行の知り合い。ストーカーでもよくあるパターンだ。まったく知らない相手につけ回されていると分かった恐怖は、相当なものだろう。

杏奈の件は、まさに片識の事件なのかもしれない。彼女は芸能人である。雑誌やテレビ、ネットでの露出も多い。情報にアプローチする方法が増えた今、勝手に思いこんでつけ回す人間も増えているだろう。もしもそうなら、捜査はさらに困難になる。若杉が、あんなに自信ありげにしているなら、杏奈自身も知らない犯人を見つけ出してくれればいい。合同捜査をしているとはいえ、主体はあくまで半蔵門署なのだから。

——他人任せにするようじゃ、まだまだだな。時々物事が面倒臭くなる性格は、早く直さないと。

〈12〉

CM撮影は、二月二十四日金曜日に、ほぼ一日をかけて行われた。「朝・昼・晩走る」というイメージで撮影し、それを十五秒と三十秒バージョンにまとめるようだ。それ故、撮影場所の日比谷公園集合は、何と午前五時。この日は日の出が六時過ぎだから、そのタイミングで「朝」の場面の撮影をするらしい。さすがにこの時間に家から出勤するのは無理なので、一之瀬は前日、署に泊まった。火曜、いや水曜日の午前一時半まで仕事を引っ張られ、仕方なく泊まったので、今週は二度目の「宿直」である。まったく、人使いの荒い話だ……欠伸を噛み殺しながら、一之瀬は日比谷通りを南へ向かった。

まだ暗いうちに、日比谷公園地下にある駐車場に入った。ロケ用の車は、ここに集合しているという。確かに……この時間にもかかわらず、多くの車が一角に固まり、器材を下ろしていた。スタッフの人数、数十人というところだろうか。CM撮影など、ごく少ない人数で行われるのではないかと想像していたのだが、実際にはとんでもない大所帯である。

まずは由貴を探さないと……邪魔にならないようにうろついていると、一台のマイクロバスのドアが開き、杏奈が出て来た。

「あ、おはようございます」こんな時間だというのに、よく通る声、しかも完璧《かんぺき》なメイク。彼女が仕事の上で「プロ」なのは間違いない。

「おはようございます」

「今日はお世話になります……大変ですね、刑事さんも」

「いや、仕事ですから」

「今日は長いですよ」そう言いながら、杏奈はほとんど気にもしていない様子だった。むしろ楽しそうである。

「そうですね……しかし、春木さんもタフですよね」

「仕事ですから」一之瀬の台詞をそのまま返してきた。表情は穏やかである。

「一日拘束なんですか？」

「休み休みですね。途中で一度、家に帰ると思います」

「そうですか」その時は、署に戻って待機か……自分にとっては、長く疲れる一日になりそうだ。

由貴がバスから降りて来た。こちらは明らかに寝不足で不機嫌。完全にノーメイクだが、それを差し引いても顔色は暗かった。

「そろそろ、メイクの準備ね」杏奈に指示する。

完璧なメイクに見えたのに、本番はこれからなのか、と一之瀬は仰天した。杏奈は無言でうなずくと、先ほど出て来たバスに戻って行った。

欠伸を嚙み殺しながら、由貴が近づいて来て、一枚の紙を差し出す。受け取ると、今日のスケジュール表だと分かった。分単位で撮影予定が書いてある。

「進行は、天気にもよります」

「今日は、一日晴れの予報ですよ。最高気温も十五度ぐらいになりそうです」

「じゃあ、予定通りいきそうですね」由貴がほっとした表情を浮かべる。

「春木さん、何て言うんですか……演技は大変なんですか」

由貴が声を上げて笑った。

「演技って……基本、走ってるだけですから。むしろカメラワークの勝負ですよ。ところで、朝ごはん、食べてないですよね」

「ええ」

「中に用意してありますから、よかったらどうぞ」

「そういうのは、いただけないんですけど」

由貴がまじまじと一之瀬の顔を見る。冗談なのか本気なのか、考えている様子だった。

「別に、賄賂《わいろ》じゃないですよ。余ったらもったいないだけです」

一瞬、顔が赤らむのを感じた。関係者との距離の取り方が、一之瀬にはまだよく分からない。今回は由貴の言葉に甘えることにしたが……しかし、仕事もこなさなければならない。

「車、何台ぐらいあるんですか」一之瀬は訊ねた。

「機材車、スタッフカー、照明用の車……十数台ですかね」

「それでこんなに人数が多いんですね」

「CM撮影は、色々と大変なんですよ」

一台の小型バスが杏奈専用らしい。休憩と着替え、メイク用。後部のシートは取り払われ、代わりにテーブルと椅子が置かれている。杏奈はテーブルに向かって座り、小柄なヘアメイクの女性に髪をいじられるまま、大人しくしている。もう包帯は取れているのだが、どのような髪型に仕上げてくるのだろうか……彼女の背後の床に、大量のシューズが置かれているのが見えた。全部アップワイルド製。ただしモデルがばらばらなのは、「商品」

そのもののCMではないことを示唆《しさ》している。会社の名前を浸透させるためのイメージCMということだろう。

後から乗りこんで来た由貴が、サンドウィッチを勧めてくれた。こちらはごく普通の、コンビニの製品である。弁当に関しては、それほど贅沢しているわけではないようだ。ただし、小学校の一クラス分の昼食になりそうなぐらいの量がある。残ったらもったいない。サンドウィッチを齧りながらバスを出る。地下の駐車場には風が吹きこまないので、それほど寒くもない。今日は冬の終わり——春の始まりを感じさせる陽気になるだろう。走るのに絶好の季節の到来だ。

杏奈につき合って何度か走っているうちに、次第に筋肉痛も感じなくなっていた。まだ「走るのが楽しい」感じではないが、悪くはないな、と思えるぐらいにはなっている。元々あまり体力には自信がない方だし、これを機に、定期的に走るようにしてみようか、とも考えている。自分にはそういうのは似合わないと分かっているのだが。

「始めまーす」一台のバスから降りてきた若いスタッフが怒鳴った。自分と同年代の男……こういう人はこういう人で大変なんだろうな、と一之瀬は同情した。撮影の現場は体力仕事だし、気難しいタレントがいたりすると気疲れもするだろう。肉体的にも精神的にも次第にすり減っていくはずで、それでも続けていけるのは、自分が一つの「作品」にかかわっているという自負があるからかもしれない。

杏奈がバスから出て来た。アップワイルドのロゴが入った薄青いウインドブレーカーを羽織り、両手を擦り合わせている。さすがに寒いのだろう。何しろ下は、タンクトップにスパッツだけだ。コンプレッション系のスパッツには保温効果もあるはずだが、体を動かしていないと凍えてしまうだろう。

すぐにスタッフとの打ち合わせに入った。監督らしき髭面《ひげづら》の男の話に、杏奈は真剣に聞き入っている。普段一之瀬と話している時、スチール写真の撮影の時、取材を受けている時ともまた違う、真剣な表情だった。そうしながらも、爪先立って足首を回している。脇に由貴がいたので、つい「プロですね」と語りかけてしまった。

「当たり前です」ぶっきらぼうに由貴が答える。「これから、もっとはっきり分かりますから」

由貴の言う通りだった。

地上へ上がり、最初の場面は「朝」。日比谷公園は広いので、中を道路に見立てても不自然ではない。カメラ位置、それに彼女の走る方向から、朝の陽光を正面に浴びるシーンを狙っているのだと分かった。なかなかＯＫが出ない。監督のイメージと何かが合わないのか……走る距離は五十メートルほど。台車に乗せたテレビカメラで、下から煽《あお》るように撮影していくのだが、これが何度も繰り返される。

朝の光を捉えられる時間は短い。それも分かっているのか、杏奈は「ＮＧ」が出る度に

――彼女のせいではないようだが――スタート地点までダッシュで戻って行く。まるで、五十メートルの全力疾走とジョギングを繰り返すインターバル走のようだった。一之瀬は、スタッフが集まっている「ゴール地点」の背後で待機していたのだが、杏奈の顔が次第に汗ばんでくるのが分かった。汗をかいた表情も「絵」のうちになるのだろうが、それでもスタート地点に戻る度に、髪とメイクを簡単に直しているので、やたらと時間がかかる。公園の中は完全に、「夜明け」から「朝」に移りつつあった。

ようやくＯＫが出たのは、十本走った後だった。さすがに杏奈も、ほっとした表情を浮かべる。由貴が駆け寄ってタオルを渡すと、両手で持って顔を埋めるようにした。一之瀬は彼女に近づき、無言で様子を見守った。由貴と何か話しているが、特に不機嫌な様子もない。明るい表情は、ＯＫが出たことによる安堵感からだろう。

「次、十時からになりまーす」

最初に集合をかけた若いスタッフが、また大声で怒鳴る。一之瀬は、反射的に腕時計を見た。まだ午前七時前。これから三時間も時間を潰さなければならないのか……杏奈は自宅へ戻るのだろうか。

「お疲れ様でした」杏奈の方から声をかけてきた。

「お疲れ様です」何だかスタッフみたいだな、と思いながら、一之瀬も言葉を返した。

「大変でしたね」

「うーん、でも、これぐらいはよくあります」杏奈の表情には余裕があったが、髪の生え際には汗が滲《にじ》んでいる。

「部活みたいですね」

「そうかも」杏奈が声を上げて笑った。「戻りのダッシュがきつかったですね」

「次の撮影までどうするんですか？」

「一度家に戻ります。近いですから」

「家、なんですけどね」ふと思いついて、一之瀬は切り出した。

「はい？」

「ずいぶんいいところに住んでますよね」芸能人はさすがだ、と言いかけて一之瀬は言葉を呑みこんだ。

「ああ」杏奈がうなずき、首筋の汗をタオルで拭った。そのままタオルを首にかけ、両手で引っ張る。「皇居ランに便利な場所でしょう？　家から出てすぐ走れるから」

「そのためにわざわざ、あそこにマンションを借りたんですか」

「そうですよ」

「高いですよね？」

あまりに遠慮のない質問だったのか、杏奈が苦笑する。

「ちょっと芸能界の噂話《うわさばなし》をしていいですか？」

「どうぞ」杏奈の顔からは、まだ笑顔は消えていなかった。

「家賃は全額事務所持ちって聞いたことがありますけど、本当ですか」

杏奈が由貴の顔をちらりと見る。由貴は特に何の反応も示さなかった。マネージャーのOKを求めるということは、結構重大な秘密なのだろうかと一之瀬は訝った。

「そういうところもあるかもしれないけど、うちは違いますよ。補助は出ますけど」

「そうなんですか？　普通のサラリーマンみたいですね」

「基本、サラリーマンですよ」杏奈がさらりと言った。「仕事の内容が、普通とはちょっと違うだけで。でも、そんなに特殊な世界じゃないです」

「そうですか？」

「だって、こういう仕事にかかわる人、どれぐらいいると思います？」杏奈が腕を広げた。「私たちみたいに、出る……撮ってもらうだけの人間もいるけど、そのためにスタッフさんがどれぐらい必要か。芸能界って、意外と大きな産業なんですよ」

「ああ……そうかもしれませんね」今日の撮影を見ただけでも想像できる。もしかしたら、芸能界全体では数十万人単位かもしれない。

由貴がタクシーを呼び、杏奈を自宅へ送り届けた。一之瀬も同乗する。由貴は、前が見えなくなるほどの大荷物を膝の上に抱えているが、杏奈は小さなボディバッグ一つだった。助手席に座った一之瀬からは、由貴の表情は見えなかったが、むっつりしているであろうことは容易に想像できる。

仮に刑事を辞めても、絶対に芸能関係の仕事はしたくないな、と一之瀬は思った。裏方の大変さを見るにつれ、とても自分には務まらないと実感する。

由貴の携帯が鳴り始めた。バックミラーを見ると、大荷物のせいで携帯を取り出すのにも苦労しているようで、体を左右に揺らしている。横に座る杏奈が、小さく笑った。由貴がようやく、コートの内ポケットから電話を取り出し、話し始めた。

「はい。おはようございます。ええ、今最初の撮影が終わったところで……順調なので、予定通り今日一日で終わると思いますが……ええ、はい。そうですね、次の撮影の後に何時間か空きます。ええ、最後、夕方からなので」説明を切り、相手の言葉に耳を傾ける。やがて「分かりました」とだけ言って電話を切ってしまった。振り返ると、眉間《みけん》に皺《しわ》が寄っている。ややこしい話なのだろうか、と一之瀬は心配になった。

「どうかしましたか?」

「いえ」

短い、素っ気ない返事。そのせいで、一之瀬は逆に疑いを強くした。何か、杏奈絡みで新しいトラブルが起きたのではないか? もちろん、襲撃事件に関係ないことだったら、自分が首を突っこむべきではないが。

しかし、妙に気になった。車内の空気が微妙に変わっている。明らかに、由貴が発する不機嫌な気配のせいだと分かったが、確認できる雰囲気でもない。まあ、仕方ない……何かあるなら向こうから言ってくるだろう。あるいは、杏奈がいないところで直接聴いてみてもいい。

朝の渋滞に巻きこまれたが、タクシーは十分ほどで杏奈のマンションの近くに到着した。由貴は杏奈と一言二言話して見送ったが、まだ何か心配している様子だった。

「今からちょっと話せますか？」由貴が、思い切った様子で一之瀬に声をかけてきた。

「構いませんけど……厄介な話ですか？」

「厄介と言えば厄介です」

「じゃあ、どこかに座りましょうか。お茶でも……」

「いいですよ。近くにカフェがあります」

その店の存在には気づかなかった。散々杏奈を送り迎えしているうちに、由貴はこの辺の店にも詳しくなってしまったのだろうか。彼女は、地下鉄の半蔵門駅近くにあるチェーンのカフェに一之瀬を誘導した。この辺りはあまり歩いたことがないのだが、普段自分がいる日比谷付近とはだいぶ様子が違うことにすぐに気づく。普通に人が住んでいるらしいマンションがあり、飲食店がそれに混じる形で営業している。生活の臭いがあるだけで、一之瀬は少しだけほっとすると同時に、千代田署がいかに異色の所轄なのかをまた意識させられた。

チェーンといっても、カウンターで飲み物を受け取るスターバックス方式ではなく、注文を聞いてから一杯一杯淹《い》れてくれる店だった。暖かいとはいえ、体は冷え切っているので、体が熱いコーヒーを求めている。由貴がメニューを熟読しているので、思わず「朝ごはん、食べなかったんですか?」と訊ねた。

「ええ」

「どうぞ……食べながらでも話はできますから」

「いや、いいです。朝は食べないんで」

「私も普通は食べませんよ」

「さっきは食べてたじゃないですか」自分で勧めておきながら、非難するような口調だった。

「朝が早い時は別なんです」

「とにかく、飲み物だけでいいです」由貴が手を上げて店員を呼び、ブルーマウンテンを頼む。一之瀬も同じものにした。

「で、話って何ですか」一之瀬はすぐに切り出した。

「うちの社長と会ってもらえませんか?」

「私に、個人的に、ということですか」

「いや、あの……」いかにも言いにくそうに、由貴が言葉を濁《にご》す。「変な言い方ですけど、もっと偉い人と、です」

「ああ、刑事課長とか……」

「できたら署長さんで」

「それは……」無理だ、という言葉を呑みこんだ。何の話か知らないが、署長にいきなり面会を求めるのは非常識ではないか——もっとも、警察署長というのは、一日に何人もの人と会うのだが。署長の方から会いに行くこともある。署長は地域の「顔」の一人であり、警察の仕事に理解を持ってもらうための「顔見世」も大事なのだ。

「無理ですか？」

「まず、用件を聞かせて下さい。それから考えるということでどうでしょう」

社長が面会を求めているのだから、それなりに大きな話なのは間違いない。一番可能性が高そうなのは、「早く事件を解決してくれ」というプレッシャーなのだが……そういう声は、警察には非常に多く寄せられる。こちらにしてみれば、一々言われなくても一生懸命捜査しているのだが。ただし追い払うわけにもいかないから、笑顔で「きちんとやっています」と対応する。

「いきなり署長は無理ですか」由貴が食い下がる。

「ええとですね、ちょっと内輪の事情を話していいですか？」

「もちろんです」

「普通、事件が起きると、現場の所轄が捜査を担当します。でもこの事件では、うち――千代田署と半蔵門署が、合同で捜査しているんですよ。本来の現場は半蔵門署の管内なんですけど、皇居ランのコースの東半分は、千代田署の管轄なので……一緒に警戒している最中に春木さんが襲われたので、その流れで合同捜査にしているだけです。社長さんが署長に会いたいと言ったら、それは本来半蔵門署の署長のことで、私は直接話ができない相手なんです」

「そうなんですか。一之瀬さんが担当しているから……」

「春木さんのガードにはついてますけど、捜査自体は、二つの署が協力してやっています。今回はちょっと特殊なケースなんです」

実際に指揮を執っているのは捜査一課である。「責任者に会いたい」ということであれば、捜査一課長に面会を求めるのが筋なのだが、一般の人にとって、それは署長に会うよりはるかに難しいだろう。一之瀬から見ても、本部は「難攻不落の城」のようなものである。足を運ぶこともあるが、毎回妙な緊張を強いられるのだ。もちろん、理由が分からない限りは、紹介する訳にもいかない。

「じゃあ、どうしましょうか」

「社長さんは、何がしたいんでしょうね」

「それは聞いてませんけど」

「聞けないんですか？」

「いきなり電話がかかってきて、言われただけですから」

「社長、強権的な人なんですか？」

「まあ……ワンマンはワンマンですね」

由貴が苦笑する。外部の人間にいきなりそんなことを認めてしまうのもどうかと思うが……芸能界では、「ワンマン」は別にマイナスの表現ではないのかもしれない。

「いきなり署長に会わせるのは難しいですから、とにかく一度、私が会いましょうか？」

もしかしたら社長との面会は、捜査の役にたつかもしれないし。いつの間にか、若杉の顔が脳裏に浮かんでいた。あいつより先に犯人に辿《たど》り着《つ》けたら、鼻を明かしてやれるだろう。個人的感情で仕事をすべきではないかもしれないが、これだって立派なモチベーションだ。

「分かりました。ちょっと連絡してきていいですか？」

うなずくと、由貴が席を立つ。入れ替わるようにコーヒーが運ばれてきた。一之瀬はブラックのまま飲みながら、店の外で話す由貴の様子を見守った。しきりに頭を下げているのは、やはり社長のワンマンぶりを怖がっているのだろうか。しかし電話はすぐに終わり、戻って来た由貴の表情は明るかった。

「ＯＫです」

「私でいいんですね？」

「ええ」由貴がコーヒーにクリームを加えた。砂糖はなし。「十時からの撮影が終わった後、夕方まで時間が空きますから、その時にどうですか？」

「構いませんよ」一応、藤島に報告は入れておこう。ほとんどフリーハンドで動いているとはいえ、向こうが厄介な要求をしてきたのだから。交番時代に世話になったハコ長の秋《あき》庭《ば》も、「ホウレンソウ」をしきりに繰り返していた。報告、連絡、相談。自分一人で判断するな、ということだ。

「じゃあ、後で社長と時間の調整をしておきますから、よろしくお願いします」由貴が頭を下げた。

いきなり話が大袈裟になってきたな……いったい何を言われるのかと考えると頭が痛いが、今あれこれ想像してみても意味がない。取り敢えずガードの仕事は続けなければならないのだし、そういう最中に余計なことを考えると、失敗しがちである。集中、集中、と自分に言い聞かせた。

「杏奈さんは、事務所にとっては大事な存在なんですね」

「それはそうです。今、上り調子ですから」由貴が、右手を右側から左斜め上に動かした。

「強いですよね、彼女」

「強い？」

「ああ……だって、今回の事件の影響なんか、全然ない感じじゃないですか」

「表に出してないだけかもしれませんけどね。そういう意味では、杏奈はプロだから」

「内心はショックを受けているんですか？」

「あんなことがあって、ショックじゃない人なんかいないでしょう」

「何か話していましたか？」警察には本音を語らない人も多い。しかし内輪の人間に対してなら……と一之瀬は想像した。

「話してませんけど、雰囲気で分かるんですよ」由貴がコーヒーを一口飲んだ。「最近、ちょっと苛々《いらいら》してますから。気になることがあると、そうなるんです」

「そんな風には見えませんけどね」

「一之瀬さんに当たっても仕方ないでしょう」

「あなたには当たってるんですか？」

「まあ……そういうのを受け止めるのもマネージャーの仕事なので。時々、自分の仕事はベビーシッターなんじゃないかと思う時がありますけどね」

何とも面倒臭い世界だ……血なまぐさい事件に遭遇する時もある自分の方が、よほど分かりやすい仕事をしているのだ、と一之瀬は確信した。

〈13〉

芸新社の社長、水野勇作《みずのゆうさく》は、一之瀬が想像していたのとはまったく違うタイプの人物だった。脂ぎった中年、あるいは腹に一物持っていそうな老獪《ろうかい》な男——そういうイメージとは正反対の、ラフで率直なタイプに見える。顔には皺が目立ったが、それは老化によるものではなく、笑い皺が深くなっただけのようだった。色褪《いろあ》せた——たぶんクソ高いエージング加工物だ——の青いシャツにベスト、下はジーンズという格好で、足下はだいぶ履きこんでダメージがきた黒いブーツで固めている。若作り……というより実際若い。創業者の長男で、まだ四十五歳だという。

「社長室」といっても偉そうな雰囲気はなく、インテリアはむしろ素っ気ないぐらいだった。スチール製のデスク、黒いソファとガラステーブルの応接セット、壁には書棚。会議室と違って、所属タレントの写真が貼ってあるわけでもない。一之瀬としては特に緊張することもなかったが、同席した由貴は、どこか居心地悪そうにしている。やはり、「ワンマン」が苦手なのだろう。

「偉い人」が出てこないので不満顔になるかと思ったが、水野は如才ない態度を崩さなかった。一之瀬にコーヒーを勧め、ＣＭ撮影の話から入る。

「今度のＣＭは、業界注目なんですよ」

「そうなんですか？」

「イメージＣＭなんですけど、アップワイルドにとっては、日本進出のとっかかりになりますからね」

「そう聞いています」

「銀座に旗艦店がオープンするんですよ、この四月に」

　どこかで工事でもやっていたかな、と一之瀬は銀座の様子を思い浮かべた。分からない。そもそも都内は、いつでもどこかが工事中で、一月《ひとつき》も見ないと街の様相ががらりと変わってしまったりする。

「そのオープンに合わせてのＣＭなんですね」

「そういうことです」水野が身を乗り出した。「やはり、最初が大事ですからね。監督の森下《もりした》さんも気合いが入っていますよ。あの人の映像美は、業界でも評判ですから、いいＣＭになるでしょうね」

　そう言われても、「森下」が誰なのか分からない。現場にいた、あの髭面の男だろうか……そもそも、ＣＭで「映像美」と言われても、一之瀬にすれば何のことやら、である。

「そういうわけで、このＣＭが評判になるのは間違いないんです」

「流す前から分かるんですか？」

「アップワイルドさんも相当力を入れて、金を投入していますから。露出は、鬱陶しいぐらいになると思いますよ、そうなると必然的に、観る人の頭に刷りこまれるんです」水野が自分の目を指さした。

「サブリミナル効果、みたいなものですか？」

「いやいや、もちろんそういう胡散臭《うさんくさ》いのとは違います」水野が即座に否定した。「とにかく、スタイリッシュで記憶に残るものになるのは間違いないですね。それにテレビＣＭ以外でも、雑誌やウエブ広告などで大きく展開する予定です」

「春木さんは、イメージキャラクターになるんですね」

「そういう契約です」水野がうなずいた。「春木にとっても、これは本当に大きな仕事なんですよ。世界的企業のイメージキャラクターは、大きなステップアップです」

「はあ」当たり前のことを、どうしてこんなに強調しているのだろう。

「本来は、もっと顔の売れたタレントを使うところですよね。そのタレントの知名度を、商品や会社のイメージアップにつなげるわけです。でも今回は、うちがアップワイルドに乗っからせてもらう感じになっているんです」

「逆の出演料でも払っているんですか？」

一瞬間が空いた後、水野が笑いを爆発させた。

「そういうことはありませんよ。もちろん、こちらが金を払ってでも出演させたいＣＭであることは確かですけどね」

「そうですか……それで、今回のご用件は何なんですか」さすがに焦《じ》れて、一之瀬は切り出した。まさか、ＣＭの重要性を諭すために呼びつけたわけではあるまい。

「いろいろお世話になっていて申し訳ないんですが、もう心配していただかなくていいんじゃないでしょうか」遠慮がちに申し出る。

「ガードの必要がないということですか？　だけど、犯人はまだ捕まっていないんですよ」

「それは分かりますが、通り魔が同じ人間を二回襲うとは考えられないでしょう」

「通り魔と決まったわけでもないんですが」一之瀬は抵抗した。この社長は何を言っているのだ？

「分かります」水野がうなずいた。「しかし、春木が個人的に恨みを買うような事情は考えられないんですよ。さばさばした、性格のいい子ですからね」

「本人の性格は関係ないんです。一方的に、理不尽な恨みを抱くような人間もいるんですから。だから事件が起きるんですよ」

「そうかもしれませんが……どうでしょうねえ？」水野の口調は柔らかかったが、絶対に引かないという意思の強さは感じられた。

「どうでしょうとは、どういう意味ですか?」

「イメージの問題ですよ」自分を納得させるように水野がうなずく。「警察にガードされている感じ……事件の臭いが消えないんじゃないですか」

「私がついていても、警察だとは分からないと思いますが」一之瀬は自嘲気味に反論した。普段から、「刑事らしくない面構えだ」と藤島にからかわれているぐらいである。

「いえいえ……とにかく、事件のことはできるだけ消したいんです」

「でも、もう散々報道されたじゃないですか」

「世間はすぐに忘れますよ。忘れっぽいものですからね」

そんなこともない。どこの物好きがやったか知らないが、襲われた後に病院前で報道陣の質問に答えた杏奈の姿が、いち早く「YouTube」にアップされている。いわば「証拠」がネット上に残ってしまったわけだ。今のところ、杏奈を悪しざまに言うような風潮はないようだが……彼女はあくまで被害者なのだから。

「会社としてガードをきつくしますから、そろそろ警察のガードを解いていただくわけにはいきませんか?」

「それは……私一人の判断ではどうしようもありません」

「ひと月後のプレス・セッションが、今日決まったんですよ」

「記者会見のことですか？」

「そうです。旗艦店のオープンと、杏奈がアップワイルドのイメージキャラクターに就任すること、そしてＣＭについても正式に発表されます。ＣＭソングも、うちの事務所の人間が担当するんですよ。『ハイ・ライン』という若手のバンドなんですけどね。平均年齢二十歳です。ご存じないですか」

「いや、申し訳ないですが」自分より若いミュージシャンが、アップワイルドのＣＭ曲を手がけるのか……プロになる気もそんな腕もなかったが、今でもギターを弾く身としては、多少の羨《うらや》ましさを覚える。一之瀬は、普通の人よりは少しだけ硬い指先をいじった。

「うちとしては、春木も『ハイ・ライン』も含めて、今年はアップワイルドさんにおんぶに抱っこ、という感じですね。とにかく、イメージが大事なんです」

「警察がうろうろしていると邪魔だ、と」

「邪魔とは言いませんが、早く忘れてほしいのです、事件を」

「そうですか」実際は「邪魔」なんだろうと思った。しかし、制服警官を配しているわけではないのだから……自分だったら、芸新社のＩＤカードを借りて首にぶら提げておけば、社員に見えるのではないか。

「とにかくこちらは、イメージ商売なので」

「分かりますが、何かあってからでは遅いんですよ」

押し引きが続いたが、水野はまったく折れようとしなかった。こういう交渉事では自分はまだひよっこだな、と思いながら、一之瀬は最初から予定していた台詞を口にした。

「上と相談してから決めてもいいですか？　私一人では決められないことなので」

「もちろん、それで結構ですよ」水野が屈託のない笑みを浮かべる。「できるだけ早くご決断いただけると助かります」

にこやかな表情で送り出されたが、一之瀬はやはり納得できなかった。外まで送ってくれた由貴に、思わず嚙みついてしまう。

「どういうことなんですか？　最初に、警備をちゃんとやるように頼んできたのはそちらでしょう」しかもおそらく、社長が警察の上のレベルに話を通したのだ。だったらまた、その知り合いに頼めばいいのに……短い間に勝手に方針転換したので、二度は頼めないということだろうか。だとしたら、あまりにも勝手過ぎる。

「ええ、そうなんですけど……」

非常に喋りにくそうだった。この状況に、由貴本人の意図はまったく絡んでいないのだろう。

「会社の方針が変わったんですか」

「そうだと思いますけど……現場の人間は、一々方針なんて知らされませんから」

「そうなんですか？」結局自分と同じようなものか、と皮肉に思う。命令はいつも上から降ってくるだけ。現場の判断できることなど、限られている。というより、ほとんどない。「ホウレンソウ（報告・連絡・相談）」も、現場の人間が勝手に判断するのを封じこめるための方策なのではないだろうか。

「最初は、どうあっても春木さんを守って欲しい、ということでしたよね」

「ええ」

「それが今度は、急に邪魔者扱いじゃないですか。警察がうろうろしていると、そんなにイメージが悪くなりますかね」

「それは……そうなんじゃないですか」

「分からないな。今のところ、マスコミやネットが騒いでいるわけでもないでしょう。それに春木さんは被害者なんですよ？　同情こそされ、変な風にみられることはないはずです」

「今は、反応が読めないんですよ。特にネットの方が……変な噂が広がってしまうと困るし。人間って、褒《ほ》めるよりも悪口を言う方が好きなんですよね。広がるスピードが全然違いますから」

「そうですか？」一種の被害妄想ではないか、と一之瀬は疑った。考え過ぎて疑心暗鬼になっているのは間違いない。

「とにかく、社長が言うことですから」

「今のも、会社の方針というより、社長の一存なんですか？」

「ワンマンな人なので……それに、思いつきも多いですから」

「大変ですね、いろいろ」

「まあ、慣れています」由貴が寂しそうに笑った。

上の意向で適当に動かされるのはどこでも同じか……一之瀬は彼女にかすかな同情を覚えながらも、杏奈のガードから外れることだけは納得できなかった。

「向こうがそういう希望なら、ガードは解除だな」宇佐美があっさり言った。「それでいいな、戸津？」

「ああ。こっちも無駄な仕事が減って助かる」

半蔵門署の刑事課長、戸津も簡単に同意した。自分の本拠地である半蔵門署の刑事課にいるので、どこかリラックスした様子である。一方、千代田署から出張って来た宇佐美は、どこか苛立った様子だった。

「ちょっと待って下さい」一之瀬は思わず立ち上がった。「まだ犯人が捕まってないんですよ？　危険がなくなったわけじゃないでしょう」

「だったら、犯人を早く捕まえるのが筋だろうが」戸津が冷たく言い放つ。「被害者の方に気を取られ過ぎて、犯人逮捕が遅くなったら本末転倒だ」

「そういうことだ。刑事の本筋が何か、よく考えろ」

宇佐美も同調する。何なんだ、この二人は……最初の会議で見た、互いに突き合うようなひりひりしたやり取りは何だったのだろう。あれは演技で、実は裏ではぴったり気が合っているとか。もしかしたら、千代田署と半蔵門署のライバル関係も、先輩たちが作り上げた虚飾の伝統なのかもしれない。若い署員たちが、相手を意識して気合いを入れて仕事ができるようにとか……馬鹿馬鹿しい。そんなことを意識している暇があったら、自分の仕事を淡々と進める方がよほどいいではないか。

「とにかく、向こうの意向は尊重した方がいい」宇佐美が話をまとめにかかった。「マネージャーとかもついてるんだろうし」

「そうだ」戸津もうなずく。「向こうが必要ないって言ってるんだから、何かあっても向こうの責任だ」

そんなことはない……何かあれば、絶対に警察に責任が押しつけられる。だからこそ、警戒を続けてきたのではないのか。

「了解、と伝えればそれでいいんだよ。これで向こうの事務所や、春木杏奈本人との接点がなくなるわけじゃないんだから。捜査は続くんだ」宇佐美が慰めるように言った。

「……分かりました」

「で、お前も本来の捜査——通り魔事件の捜査に戻ってくれ」

「はい——通り魔、でいいんですか？」

「うん？」

「春木杏奈の件は、ストーカーの可能性も捨て切れないですよね」

「否定はできないな」宇佐美が顎を撫でた。

「もう少しだけ調べてみてもいいですか？」

「何だ、彼女が気になるのか」宇佐美がにやにやと笑う。

「それは、気になりますよ」一之瀬はむきになって言った。

「ガードについてるうちに、惚《ほ》れたか？」

「いや、そういうんじゃなくて——」

「まあまあ……こいつは、ちゃんと彼女がいますから」

藤島が無用なフォローをした。まったく……警察の世界には、プライバシーはないのだろうか。

「いやいや、彼女がいようが嫁さんがいようが、恋愛の障害にはならないからな」宇佐美が自分を納得させるように言った。真面目に言っているのか冗談なのか、まったく分からない。

「そういうんじゃありません！」一之瀬は声を張り上げた。何なんだ？　これじゃまともに仕事の話もできない。

「宇佐美、一言多いのがお前の悪いところだよ」戸津が非難する。「若い奴がやりたいって言ってるんだから、余計なことを言わずにやらせてやればいいだろう」

「お前は、若い刑事に甘いよな」宇佐美が鼻を鳴らした。

「甘やかして育てるのも手だぞ」戸津がちらりと一之瀬を見た。「ゆとり世代の扱いは、そういうのが基本じゃないのか」

自分はゆとりじゃない——誰かに指摘される度に頭に浮かぶ反論が、喉元《のどもと》まで出かかった。円周率は「3・14」で教わった、という絶対的な言い分があるのだが、上の世代の連中は、円周率を気にしているわけではないようだ。

「やるのは構わないが、うちの若杉と組んでくれないか」戸津がさらりと言った。

「何であいつなんですか?」傲慢《ごうまん》で態度が悪いあいつと一緒に仕事をしたら、ストレスで胃に穴が空くかもしれない。

「ベテランと若手の組み合わせで捜査するのが基本だけど、いつもいつも原則に従ってるばかりじゃ能がない。たまには若い者同士で組んで、フレッシュな発想でやってみろよ」

「はあ」

「だいたいお前ら、同期だろう? 同期は、いろいろな場面で助け合うもんだ。なあ?」

話を振られた宇佐美が、腕組みをしたまま真剣な表情でうなずく。まるで二人の息はぴったり合っていると強調するように。何なんだ……あの言い合いは、やはり演技だったのか。一之瀬は助けを求めて、傍らに立つ藤島を見た。藤島は耳を掻き、小さく溜息をついてから戸津に同調した。

「ま、いいんじゃないですかね」

「イッセイさん……」

「俺も、お守りは飽きたからね」藤島がにやりと笑う。「お前さんも、そろそろ一本立ちしてもいい頃だろう。もう一年近くも刑事をやってるんだから」

「それはそうですけど、何で若杉と……」

「今後、お前が本部に上がるとする」藤島が淡々とした口調で言った。「どこかで殺しが起きた、所轄へ飛んで特捜本部に入る――その時組むのは、所轄の若い刑事だぞ。そいつが馬鹿で愚図でどうしようもない人間だからって、相手を替えてくれって上に泣きつくか？　それじゃ駄目なんだよ。どんな相手とも上手くやれるようにならないと、仕事はスムーズに続かない」

「はあ」

不満たっぷりに、吐息を吐き出すように言ってやる。しかし藤島は気づいていない様子だった。あるいは、気づいて無視している。この先輩の真意が読めなくなってきた。

「若杉も優秀だろうが。そうですよね、戸津課長」

「多少荒っぽいが、うちの期待の星ですよ。今時、ああいう強引な奴は珍しい。昔の刑事を見るみたいで懐かしいですね」

うなずき、藤島がまた一之瀬に視線を向ける。

「そういう人間と組むのも、勉強になるんじゃないか。お前も千代田署の代表として、力を見せつけてやれよ」

話がどんどんおかしな方向へ流れてしまう。何が署の代表だ……一之瀬は「厄介払い」などという言葉を思い浮かべていた。それで凹《へこ》まなかったのは、自分が厄介払いされる理由が何も思い浮かばなかったからだ。

「覚えてるよ、若杉真治《しんじ》だろう？　元気な奴だよな」同期の城田《しろた》が、電話の向こうで言った。最近は電話でしか話さないのだが、以前に比べてずっと元気になった感じがする。毎日が充実しているのだろう。

「俺、ほとんど印象がないんだ」

「柔道や剣道の時なんか、張り切ってたじゃないか。あいつ確か、元々柔道二段なんだよ」

「陸上部だったのに柔道も？　二段って言うと結構本格的だぜ」

「オヤジさんも警察官だったから、子どもの頃から叩きこまれたんじゃないかな」

何と……ある意味「警察エリート」ではないか。警察には二世、三世の職員が多いのだが、そういう人間は入った瞬間に、組織の中で優位に立つ。父親、あるいは祖父の人間関係が生きているわけで、先輩から可愛がってもらえる可能性が高いのだ。

「オヤジさん、警視庁なのか？」

「いや、神奈川県警」

だったら、二世でも上手くいくとは限らない。神奈川県警と警視庁は、昔から何かと仲が悪いのだ。

「しかし、今のところ、お前ら二人が同期のトップを走ってる感じだろうね」城田が感心したように言った。「大したもんだよ。もう一本立ちして、捜査を任せられてるわけだろう？」

「そういうわけじゃないけど……」

「今回の件だって、お前が自分で言い出したんだろう？　偉いよな。お前が積極的になったのは、ちょっと意外だけど」

「揉まれてるんだよ」

「いや、それにしたって偉い」

お前の方がよほど偉い、と言いたかったが言葉を呑みこんだ。軽いやり取りの中で褒められても、城田は喜ばないだろう。

二人は、卒配で一緒に千代田署に赴任した。一之瀬は交番勤務から刑事課に上がったのだが、その時期に城田は震災直後の福島県に派遣された。すぐに戻って来たが、その後自分から進んで特別派遣に手を上げ、この二月からまた福島県に行っている。警視庁からは東北三県に二百人の警察官が派遣されており、来年の三月まで現地で仕事をこなすことになっているが、その一人だ。

何もわざわざ、キャリアを途中で頓挫《とんざ》させることはないのに……送別会の席上、酒が入ったせいもあって一之瀬は失礼なことを言ってしまった。せっかく東京で仕事をしているのに、どうしてわざわざ福島へ行くんだ？

城田は穏やかに笑うだけで、答えなかった。震災直後に派遣されて、何か感じることがあったのかもしれない。一之瀬が出張で郡山《こおりやま》へ行った時にたまたま会い、その時に「案外田舎《いなか》の勤務が向いてるのかもしれない」と言っていたのだが……浅草《あさくさ》出身で、東京以外の街で暮らしたことのない城田がそんなことを言うのが意外だった。冗談、というか福島の人たちに気を遣っていたのではないかと考えたのだが、あれは本気だったのかもしれない。

いつか、ゆっくり酒を呑む機会があったら、じっくり話を聞いてみたかった。まだキャリアのとば口にいる自分たちには、様々な未来が開けているはずである。城田が自分のキャリアをどう考えているか……まだ本音を聞いていない、と一之瀬は思っていた。

「しかしお前も、愚痴《ぐち》が多いよな」城田が笑った。

「若杉と一緒だと疲れるんだよ」

「まあ、そうだな……あいつのペースに合わせるのは疲れるかもしれない。俺は一緒に仕事したことがないから、分からないけど」

「これなら、一人でやってる方が楽じゃないかな」

「でも、警察の仕事は二人一組が基本だから」

「分かってる」

「ま、せいぜい頑張ってくれよ。誰と組んでも、お前らしさが出せればいいんじゃないか」

その「自分らしさ」がまだ分からないから困っているのだが。何だかんだで、自分は白紙の状態が続いていると思う。刑事の個性――これが分からないから困ってしまうのだ。

〈14〉

「何で俺たちが、ＣＭ撮影なんかにつき合わなくちゃいけないんだ」若杉は早くも文句を零した。

「これも捜査だから」基本的にこの男の文句は受け流そう、と一之瀬は決めた。一々真面目に反応していたら、疲れるだけである。

撮影の最終シークエンス、夜のランニング場面。昼間はコートがいらないほど暖かかったのに、今は冷たい風が日比谷公園の中を吹き抜け、ダウンジャケットの存在を頼もしく感じる。一方の若杉はスーツにトレンチコート姿で、腕組みをしたまま現場を見守り、微動だにしない。

基本的には、これまでと同じような撮影だった。走る杏奈をカメラが追う——しかし今回は、上からだった。高さ三メートル以上ある脚立《きゃたつ》が用意され、カメラマンが一番上で構えている。強い照明が、現場付近だけを昼のように照らし出していた。わずか数秒のカットのために、また何度もリハーサル、撮影が繰り返される。監督の森下という男は、異常に細部にこだわるタイプなのだろう。たかがＣＭと軽く見ていたのだが、裏ではこういう苦労があったのだと思い知らされる。

「はい、オーケーです！　お疲れ様です！」

撮影終了を告げたのは、またあの若いスタッフだった。朝に比べて、明らかに声が嗄《しゃが》れている。表向きは華やかな世界に見えても、裏を支えるスタッフは本当に大変だ。朝五時集合で、終了は午後七時。杏奈はここで解放されるが、スタッフには後片づけの仕事が残っている。

小さな拍手が起こり、照明の中で杏奈が丁寧にお辞儀するのが見えた。ＣＭが流れるのが春からだからなのだろう、体にフィットしたＴシャツにショートパンツという、鳥肌が立ちそうな格好である。それでも顔は紅潮し――メイクのせいかもしれない――満足そうな笑みを浮かべている。丸一日がかりでやり切った、という充実感は強いようだ。

由貴がベンチコートを肩にかける。杏奈は急に普通の表情に戻り、そそくさと腕を通した。由貴に向かって一言二言話しかけると、大股で一之瀬たちの方へ戻って来る。何だか急にむっつりして……疲労のせいなのか、撮影が満足いくものではなかったせいかは分からない。少し後ろから由貴がついてきたが、妙に気を遣っている様子で、わざとらしい笑顔を浮かべてあれこれ話しかけていた。しかし杏奈は一切返事をしない。

その顔にまた笑みが浮かんだのは、一之瀬に気づいた時だった。

「お疲れ様です」

「どうもです」うなずき、さっと杏奈の様子を確認する。夜になって気温が下がっているせいか、汗はかいていない。足取りは軽く、これからまた皇居一周ぐらいはできそうだった。

「何か、すみません……社長が無理を言ったみたいで」申し訳なさそうに杏奈が言った。

「いや、気にしないで下さい」

「もう、ガードはつかないんですね？　頼りにしていたんですけど」

「今後は、別の方向からお手伝いします。犯人を早く捕まえるのが、一番いいですよね」

「ええ……」杏奈がちらりと若杉を見る。

「ああ、これから一緒に仕事をする半蔵門署の若杉です」

「どうも、若杉です」すかっと抜けたような笑顔を浮かべ、名刺を差し出す。「一回お会いしてますけど、改めて」

「ごめんなさい」杏奈がさっと頭を下げてから名刺を受け取る。「いろいろな人に会うので……それにここのところ、落ち着かなかったですから」

「分かります。この場で覚えて下さい」若杉が親指で自分の胸を指さした。

「お世話になります」杏奈がまた頭を下げた。

「またいろいろとお話をうかがうこともあると思います。どうぞ、ご協力下さい」若杉が如才なく言った。

「はい、できる限りで」杏奈の営業用の笑みは崩れなかった。

「これから忙しくなるでしょうね」一之瀬は二人の話に割って入った。勝手に話をさせておくと、若杉は変な方向へ持っていってしまいそうだ。

「そうなるといいですけどね」杏奈が嬉しそうに言った。

「社長から、このＣＭの話を詳しく聞きました。大きな仕事だったんですね」

「そうですね」

「タレント生命を賭けるぐらいに、ですか?」

「実際、賭けてます」急に真顔になり、杏奈がうなずいた。「絶好のチャンスですから」

「そういうチャンスを羨む人はいないんですか?」

「どういう意味ですか?」杏奈の目が細くなる。

「この仕事、最初はどうやって決まったんですか? オーディションですか?」

「指名です」由貴が慌てた調子で会話に入って来た。「アップワイルドさんから直々《じきじき》にご指名いただいたんです」

「やっぱり、走れるタレントとして?」

「そうですね……あの、何が仰《おっしゃ》りたいんですか?」由貴が疑わしげに言った。

「オーディションで落ちたライバルが、春木さんを襲ったのかな、と思って」

「まさか」杏奈が笑い声を上げた。「芸能界について、何か勘違いしてませんか? そういう乱暴な話なんか、滅多にないんですよ」

「滅多にないことだからこそ、事件につながるんですけどね」

「本当にそういうことだと考えているんですか?」杏奈が首を傾げる。

「今のところは、あらゆる可能性を否定していません……ストーカーについても」

「それは本当に、心当たりがないんですけど」

「もしも何か思い出したり、少しでも危ないことがあったりしたら、連絡して下さい。いつでも構いませんから」

「そういうことがないように祈りますけど……それじゃ、ありがとうございました」

一礼して、杏奈がロケバスに入って行った。一之瀬は由貴を掴まえ、この後の杏奈の予定を聞いた。

「今夜も走るって言ってるんですよ」由貴が顔をしかめた。

「撮影であんなに走ったのに？」

「本人曰《いわ》く、クールダウンだそうです」

何というタフさか……「ランナーズ・ハイ」という言葉があるが、本当にある種の中毒ではないかと思える。

「十分気をつけて下さいね」

「ええ」

「会社の方でガードするという話ですよね？　本気でやって下さいよ」

「分かりました。お疲れ様でした」不愛想に言って、由貴もロケバスに消える。

「いいねえ」若杉が嬉しそうに言った。

「何が？」

「彼女、やっぱりタイプだわ。何とかお近づきになりたいね」

「仕事だぜ？　そういうの、やめろよ」

「仕事はいつかは終わるだろうが。それからが勝負だよ」

　勝手にしろ、と思ったが、一之瀬は口には出さなかった。芸能人とつき合う？　妄想だ。世の中には、頑張ればできることと、どうやってもできないことがある。若杉の望みは、明らかに後者だ。


　一之瀬は、先ほどまで撮影が行われていた場所に目をやった。既に多くの機材は撤収され、脚立が折りたたまれているところだった。「道路」が「公園」に戻る。ＣＭでは、どんな風に見えるのだろう。

「おい、飯でも食わないか」

　いきなり誘いかけられ、一之瀬は驚いて口を開いてしまった。それを見て、若杉が声を上げて笑う。

「何だよ、そんなに不思議か？」

「いや、別にいいけど……」

「今後の打ち合わせを兼ねてだよ。一緒に捜査するんだから、いろいろすり合わせしておいた方がいいんじゃないか？　彼女のことについてはお前の方がよく知ってるだろうし、聞いておきたい」

　狙いはそれかよ、と一之瀬は唖然とした。本気で杏奈とつき合いたいと思っているなら、こいつは馬鹿者だ。どうせなら、いろいろ適当な情報を流してその気にさせて、最後にがっかりさせてやろうか……しかし確かに、情報を共有するのは大事だ。

「分かった。この辺でどこか美味い店、あるか？」

「反対側……半蔵門署の近くでハンバーグでも食べるか？　最近できた店があるんだ」

「いいよ」

会話は普通に転がっていた。これなら案外まともに話ができるかもしれない。しかし、ハンバーグとはまた、こいつは味覚がお子様だな……皮肉に考えながら、一之瀬は大股で先を行く若杉の背中を追った。その時は、二十分も歩くことになるとは思ってもいなかったが。「半蔵門署の近く」という彼の言葉を聞き逃していたのだ。

珍しいハンバーグ専門店だった。メニューは、十数種類のハンバーグのみ。初めての店では一番オーソドックスなメニューを選ぶのがいいのだろうが、写真を見た限りではどれもかなり美味そうで迷う。結局、若杉にお勧めを聞いてみた。

「インカのめざめとブルーチーズかな」

「インカのめざめって？」

「ジャガイモの種類。つけ合わせで大量に出てくるんだ」

「変な組み合わせだな」

「いやいや、大人ならこれだね」どこか得意そうに若杉が言った。「ブルーチーズのソースは癖があるから、苦手な人は苦手だろうけど」

「それにするよ」何だか馬鹿にされているような気分になって、一之瀬はメニューを閉じた。

「俺も同じにしよう」若杉が長い腕を真っ直ぐ上げ、店員を呼んだ。ハンバーグ、ライス、サラダに味噌汁。ベーシックな組み合わせの食事と、食後にコーヒー。注文し終えると、若杉が悟ったような顔つきになって「ハンバーグも奥が深いんだぜ」と言った。

「へえ」

「工夫次第で、いくらでも美味くなる」

「お前、グルメなのか？」何だか似合わないな、と思いながら訊ねた。

「別にグルメじゃないけど、考えてみろよ。一生のうちで何回飯を食えると思う？　八十歳まで生きるとして、九万回ぐらいだぜ。案外少ないんだ……だから、一食一食を大事にしないとな」

　食いしん坊の割に太っていないのは、鍛えまくっているせいだろうか。しかし、こんな持論を持っているとは思わなかった。

　ハンバーグが運ばれてきた途端、チーズの独特の臭みに一之瀬は思わず顔をしかめた。それを見て、若杉がにやりと笑う。

「これを美味いと思うかどうかで、舌がお子様なのか成人してるのか、分かるんだ」

「……どうかな」

ハンバーグは巨大で、素揚げされた「インカのめざめ」が五、六個、添えられている。そしてハンバーグにもジャガイモにも、溶けたブルーチーズがたっぷりかかっていた。恐る恐る食べてみると、強い香りもさほど気にならず、独特の塩味が肉に合っているのが分かった。ジャガイモを潰してチーズをたっぷり絡ませると、これがまた合う。

「美味いな」

「だろう？」若杉が自慢気に言った。「半蔵門署を離れる前に、全メニュー制覇するつもりなんだ」

「まだ全部食べてない？」

「このブルーチーズのやつが気にいってね。結局いつもこれを頼んでしまうから」

案外子どもっぽいところがあるな、と一之瀬は安心した。いつも偉そうにしているので、何となく自分より経験豊富かと思っていたのだが。

ハンバーグが舌を火傷《やけど》するほど熱かったので、食後のコーヒーはアイスにした。それほど濃くはないが、取り敢えず冷たいだけでもありがたい。

「で、捜査はどこまで進んでるんだ？」一之瀬は切り出した。

「聞いてないのか」若杉が目を細める。

「俺はずっと、彼女のガードについてたんだ。それに途中で、変な事件もあったし」

「ああ……あれはいい迷惑だったな」

捜査そのものも大変だったが、俺の精神状態を悪化させたという意味でもいい迷惑だった。すっかり忘れていたが、あの事件の捜査はどうなっているのだろう。やはり悪質な悪戯という判断なのだろうか。

「ストーカーの線は？」若杉がアイスコーヒーにガムシロップを加え、がらがらとかき回した。

「ないって言うんだ」

「本人から話は聴いたのか？」

「本人からも、会社からも。思い当たる節はまったくないそうだ」

「そうなんだ……二十六歳で男の影がまったくないなんて、ありなのか？」

「隠してるだけかもしれないけど」

「芸能界のことは分からないね」若杉が肩をすくめる。「となると、ストーカーだったとしても、片識の可能性が高いか」

「そうだな……」

「芸能人だから、一方的にファンにつきまとわれたりしてもおかしくない」

「そういうこともないそうだけど……それに、ファンがストーカーに変身するなら、段階を踏むんじゃないかな。会っても相手にされないうちに、段々恨みに変わっていくとか」

「妄想だけ膨らませて、いきなり襲うっていうのは、いくら何でも極端過ぎるだろうな。最近は、そういう奴も多いかもしれないけど。家に籠って誰とも会わないで、テレビとネットで妄想だけ膨らませている連中が」

「そういう連中にとって、家を出て人を襲うのは、物凄《ものすご》くハードルが高い行為じゃないかな」

「お前さ、俺の話に一々否定的だけど、だったら対案を出せよ」若杉が凄んだ。「否定するだけだったら誰でもできるんだぜ」

「前の二件の通り魔との関係は？」一之瀬は若杉の文句を無視して訊ねた。

「時間帯が同じ、それに場所が近いというだけだ。凶器も見つかっていないし、同一犯と断定するだけの材料はない」

「だけど、否定する材料もない」

「何なんだ、お前」若杉が声を荒らげた。「話をどこへ持っていきたいんだよ」

「特定の方向へ持っていくだけの材料がないから、困ってるんじゃないか」

「まあ……そうか」大袈裟に溜息をつき、若杉が両手で顔を擦った。大柄な男だけに、一つ一つの仕草が派手に目立つ。

「で、明日からどうしようか」

「両方の線を追わなくちゃいけないんだろうけど、取り敢えず、本人の周辺をもっと詳しく探った方がいいだろうな。それで、ストーカーや個人的な恨みの線を排除できれば、前の二件と同じ流れで捜査すればいい。その場合は、先輩たちと合流することになるだろうけど」若杉がすらすらと言った。筋肉馬鹿かと思っていたが、多少論理的に考えるぐらいはできるようだ。

「ああ」

「事務所の関係者は？」

「マネージャーと社長には会ったけど、他の人にはまだ会ってない」

「どこから攻めるべきかね」若杉が顎を撫でた。「事務所関係者には、正面から行ってもすかされそうだな」

「そうなんだよ」一之瀬は認めた。「今、あの事務所はスキャンダルを一番怖がってるんだ。大きいCMの仕事がきているし、彼女にとっては絶好のチャンスなんだろうな。事件に巻きこまれたこと自体を、なかったことにしようとしている。それで俺たちのガードを遠慮してきたぐらいなんだから」

「何なのかねえ」若杉はアイスコーヒーのグラスを摑んだ。飲むわけではなく、掌《てのひら》で冷たさを感じて冷静さを保とうとしているようだった。「どうなんだ？　彼女、俺たちと同い年だろう？　二十六歳から本格的に売り出しにかかるって、女性タレントとしてはちょっと遅くないか」

「芸能界の事情はよく分からない。でも、需要があれば年齢は関係ないんじゃないか？　今はランニングブームだから、それに乗ろうっていうだけの話じゃないのかな」

「抜け目ないって言うべきかね」

「まあ……そんな感じだろう」

それからしばらく、明日以降の捜査方針について話し合った。今現在の関係者から話を聴くのと並行して、過去を調べる。そう、過去は重要だ。何年も前の、本人が忘れてしまったような出来事を覚えている人もいる。それに恨みは、何年経っても意外に残っているものだ。一方的な恨みで、彼女が気づかなかったとしても、あり得る話である。一緒に仕事をした関係者、ファン……彼女のこれまでの活動歴を洗い直さないといけない。

「さて、明日は——朝八時に、うちの署に集合だな」若杉が、それが当然とでもいうような口調で言った。

「何で半蔵門署なんだよ」

「うちの管内の事件だから。何か問題でも？」

「……いや」理にかなっている。それに半蔵門署へ行くのは、千代田署へ出勤するのとあまり時間も変わらない。表参道《おもてさんどう》での乗り換えが一度増えるだけで。

「じゃあ、八時集合な」若杉がちらりと腕時計に視線を落とした。「あれ、もう九時過ぎかよ」

　そんなに長くこの店で話していたのか、と一之瀬は驚いた。何となく気に食わない男ではあるが、これだけ長く会話を続けていられたのだから、完全にNGというわけではない。歯車が上手く嚙み合えばいい仕事ができるのでは、と一之瀬は期待した。

　若杉の携帯が鳴り出す。

「何だよ、こんな時間に……」

　テーブルに置いた携帯をちらりと見て文句を零し、席を立ちもせずに電話に出た。他に客がいないので迷惑にならないと判断したのだろう。一之瀬はアイスコーヒーのグラスに手を伸ばしたが、今度は自分の携帯が鳴り出したので、慌てて背広の内ポケットから引っ張り出した。藤島だった。

「今、どこにいる？」

「半蔵門署の近くです。若杉と、明日以降の打ち合わせをしていました」

「よし、すぐ現場に行ってくれ」

「現場？」

「またランナーが襲われたんだ」

〈15〉

現場はまたしても、千鳥ヶ淵公園の近くだった。一之瀬は軽いショックを抱えたまま、現場の保存を手伝った。完全に犯人に出し抜かれているではないか。警戒はどうなっていたんだ……余計なことを考えずに済むよう、制服組と協力して通行人を迂回《うかい》させ、非常線を張り、現場一帯を封鎖するのに専念する。

ダウンジャケットを着ているので、夜の寒さは作業の妨げにはならなかった。問題は現場の悲惨さである。これまで三回の襲撃事件とは比べ物にならない、大量の血痕がアスファルトを黒く染めている。開けた場所なのに、かすかに血の臭いが漂っているのも、出血量の多さの証明だ。

非常線を張り終え、現場の保存を完了した後、一之瀬は半蔵門署の制服警官から事情を聴いた。明らかに自分より年上に見えるので、敬語を使う。

「怪我の具合はどうですか？」

「出血が相当ひどかったようです。搬送されましたが、救急車に乗りこむ時点で、意識がなかったようで」がっしりした顔つきの制服警官が、淡々とした口調で報告した。

「犯人は？」

「今のところ、何とも」

「目撃者は確保していますね？」

「ええ、あっちに」

制服警官は、一之瀬たちが立っているのと反対側の非常線の方を指さした。歩道は三十メートルにわたって封鎖されており、暗いせいもあって様子がよく分からなかったが、若杉がウインドブレーカー姿の男性に話を聴いているのが見えた。一之瀬は非常線をくぐり、小走りでそちらに向かった。若杉の緊張した声が聞こえてくる。

「――じゃあ、襲撃の瞬間は見ていないんですね？」

「女の人が倒れているのを見つけただけで……それで一一〇番したんです」

「被害者はどんな様子でした？」

「頭から血を流して、前のめりに倒れていて……全然動かないで……」男がぶるりと体を震わせた。

「話しかけました？」

「大丈夫ですかって聞いたけど、反応はなかったですね」

「本当に犯人を見なかったんですか？」

若杉が男に詰め寄った。男の方がだいぶ背が低いので、上からのしかかられる格好になってしまう。一瞬体を逸《そ》らすようにして距離を置いた後、一歩下がった。

一之瀬は背後から若杉の肩を叩いた。やり過ぎだ……相手は目撃者なのに、容疑者を訊問するような態度になってしまっている。

「何だよ」若杉が凄む。

「いいから」一之瀬は若杉の前に出て、目撃者に話しかけた。若杉を彼から遠ざけておくには、自分が間に入って話をつなぐのが一番簡単だ。「いつもここを走ってるんですか？」

「え？　ああ……週に三回ぐらいですけど」

「すみません、お名前をお願いできますか」一之瀬は手帳を広げた。

「小原久義《おばらひさよし》です」

若杉の奴、前のめりになり過ぎて基本的なことを聴き忘れたな——名前を書きとめてから、ちらりと若杉の顔を見ると、耳が紅潮しているのが分かった。こいつも大物ぶってるけど、まだまだ青い。心の中でほくそ笑んでから、一之瀬は小原の個人情報を次々と書きとめた。

「走るのは、だいたい同じ時間ですか？」

「そうです。仕事が終わってから」

「ずいぶん遅いんですね」

「だいたい残業してますから」小原が寂しげな笑みを浮かべた。

「今までに、被害者の女性を見たことはありますか？」

「ないです。いや……分かりません」小原の顔から血の気が引いた。「うつ伏せに倒れていたんで……動かしたらまずいかな、と思ったんです」

「正しい判断だったと思います」

一之瀬が認めると、小原の顔に血の気が戻った。彼にうなずきかけてから体を捻り、若杉に訊ねる。

「被害者の身元は？」

「病院の方で分かると思う。ボディバッグを持ってたから、身分証明書の類がそっちにあるんじゃないかな」

「分かった」また小原と向き合う。「誰か、ここから逃げて行く人を見ませんでしたか？」

「犯人ですか？」

「まあ……そういうことです」

「分かりません」小原が力なく首を振った。「慌ててたもので」

「分かります」一之瀬はうなずいた。「他に走っている人はいませんでしたか？」

「いつもこの時間は結構人がいますけど、今日は見かけませんでしたね」

「そうですか……ちょっと待って下さい」

一之瀬は小原に背を向け、若杉に向かって「ランステーションだ」と告げた。

「ランステーション?」

「被害者が襲われてから、まだあまり時間が経ってない。目撃者を探すなら、ランステーション——ランナー向けの施設を当たるのが効果的だ」

「分かった。上に連絡する」

すぐに狙いを理解したのか、若杉が携帯を取り出した。妙に素直だな、と思ったが、もしかしたら自分が思いついたアイディアだと喧伝《けんでん》するつもりかもしれない。まあ、別に誰が思いついてもいいのだが……他の先輩たちが気づいて、既に捜査員をそういう場所に派遣しているかもしれない。いや、絶対にそうしているだろう。これが既に四件目の襲撃事件なのだ。警視庁としては、メンツ丸潰れである。それを一刻も早く回復するためには、犯人を捕まえるしかない。

ただし……焦ると、頭の回転は鈍くなる。


十一時過ぎ、半蔵門署に集められた一之瀬たちは、一番聞きたくない情報を聞く羽目になった。

「——被害者の加納亜佐美《かのうあさみ》、二十七歳の死亡が確認された」管理官の刈谷の報告に、会議室の中が瞬時に静まり返る。「通り魔事件」が、「通り魔殺人事件」に昇格——悪化した瞬間だった。

「正確な死因は解剖を待たないといけないが、検視の結果では、出血多量、ないし脳挫傷と見られている。これまでの事件と同じで、後ろから頭を一撃された」刈谷が、自分の後頭部に手を当てた。「凶器は鈍器と見られるが、詳細は傷の具合を調べてみないと何とも言えない」

一之瀬は腕組みをしたまま、鼻からゆっくりと息を吐いた。ついに犠牲者が出たのか……これで特捜本部事件になる。殺人などの重大事件の場合、特捜本部を作って集中的に捜査するのは当然なのだが、少ない経験からも、一之瀬はこういう捜査が苦手だと実感していた。完全に機械の歯車になってしまい、自分の考えを押し通すことが難しくなるからだ。藤島は「自分で考えて動くのが刑事には大事だ」と言うのだが、実際には上からの指示をこなすだけで精一杯である。

「この件は、一連の通り魔事件と同一犯による犯行とみて捜査を進める。明朝以降、特捜本部体制で捜査を始めるので、一層の奮起を期待する――それでは、今夜の事件に関する捜査状況を説明する」

さすがに、過去に三回も同様の事件が起きていたので、警察の動きは早かった。一一〇番通報後、すぐに現場付近の検問を開始。さらに若杉が連絡する前に、ランステーションに大量の捜査員を派遣して、ランナーたちからの事情聴取を始めた。しかし、逃走する犯人を見た人間も、犯行そのものを目撃した人間もいない。やはり、皇居周辺には「穴」が少なくないのだ。それに、自分で走ってみて分かったのだが、警戒を強化したという割に、制服警官の姿はたまにしか見かけなかった。本当に制服警官による警戒を徹底するなら、それこそ二十メートルおきに人を配さなければならないだろう。それは、物理的に無理だ。

犯人は、現場に空いた「穴」から都会の闇に消えた。

検問は、車に対してはある程度威力を発揮するが、徒歩で逃げている犯人に対してはそれほど効果がない。都市という存在そのものが、歩行者には隠れ蓑になるのだ。しかもこの場所なら、犯人がスーツ姿であろうがランニングウエアを着ていようが、違和感がない。返り血でも浴びていれば別だが、そうでない限り、どんなに勘のいい刑事でも見逃してしまうのではないだろうか。

会議室の前方で状況を説明する刈谷の携帯が鳴った。顔をしかめたが、重要な電話だったらしく、すぐに耳に押し当てる。黙って相手の声に耳を傾けていたが、最後に「分かった」と短く言って電話を切った。顔色はさらに蒼く、表情も険しくなっている。

「病院に詰めている連中からだが」前置きして携帯を振る。「後頭部の傷が数か所認められた。一撃で倒したのではなく、倒れた相手を何度も殴りつけた形跡がある」

一之瀬は、顔からさっと血の気が引くのを感じた。執念深いというか、完全に殺意を持ってやっている。これまでの犯人とは別人ではないか、と想像した。過去三回の事件では、犯人は一度しか凶器を使っていない。背後から一撃だけを加え、慌てて逃げ去っている。殺すまでの意図はなく、ただ悪戯——極めて悪質な悪戯だが——のような感じがする。

しかし今回は、まったく別ではないか？　何度も殴りつける手口は、明確な殺意や恨みを感じさせる。一人でその思いを抱えこんでいるのがきつくなり、一之瀬は隣に座った藤島に小声で話しかけた。

「これ、前の三件とは別の事件じゃないですかね」

「かもな」

素っ気ない返事だったが、自分の考えがそれほど外れていないことが裏づけられたと思い、一之瀬は心強く思った。しかしもしもそうなら、事態はさらに複雑に、捜査はもっと難しくなる。連続通り魔事件にプラスして、殺人事件。

「——以上、明朝八時にこちらへ集合。それと、今回はマスコミの力を利用することにした」

どういうことだ？　刈谷の言葉を聞き、一之瀬は眉をひそめた。初めは事件の発生を「極秘」扱いしたのに。しかし、こんな疑問を会議の席でぶつけるわけにはいかない。打ち合わせが終わるのを待って、一之瀬は藤島に訊ねた。

「マスコミを利用って、どういうことですか？」

「新聞やテレビで、積極的にニュースにしてもらうってことだよ」

「でも……」

「状況が変わったんだ」藤島が、耳の穴に小指を突っこんだ。「死者が出たんだぞ？　今までの事件とは格が違う。これ以上の犠牲は許されないんだ」

「それは分かりますけど……」

「皇居ランを警察の権限でストップさせることは、実質的に不可能だ」

「はあ」

「だから、マスコミを使ってランナーの恐怖心を煽るのが一番効果的なんだ。それが、マスコミを上手く使うってことだよ……まあ、もちろんこの件に関しては、警察が何もしなくても、マスコミは大きく取り上げるだろうけどな」

「何か、変な感じですよね」

「何が？」

「上手く言えないんですけど……マスコミに対して、終始一貫した態度で臨むわけにはいかないんですか」

「俺たちは大人なんでね」藤島が、呆れたように言った。「是々非々で、利用すべき時は利用する。そのためには頭だって下げるんだ。逆に隠しておくべきことがあったら、死んでも口を閉ざしておく。状況に応じて、その都度対応を変えるのは当然だ」

「そうですか……でも、大変ですよね」

「何が」

「明後日、東京マラソンですよ」

「ああ、そうか……」藤島の顔が暗くなる。「ただそれは、警備の問題だからな。俺たちが心配することじゃない。それに東京マラソンは昼間だ。これまで事件が起きているのは夜なんだから、そんなに神経質になる必要はないんじゃないか」

「そうですかねえ」

「真っ昼間《まっぴるま》、レース中に金属バットを持った男がコースに乱入する？　考えられないね」

「まあ……そうですね」

「何だ、まだ不満なのか」

「そういうわけじゃないですけど」自分の頭の中が整理できていないだけだと分かっている。経験を積めば、あらゆる状況に対して答えを用意できるかもしれないが、自分はまだまだ経験不足だ。

まあ、今は不満を持たないことにしよう、と一之瀬は自分を慰めた。特捜本部体制になれば、一つだけいいことがある。若杉と組むことはなくなるのだ――捜査一課から来る先輩刑事と一緒に回ることになるだろうが、どんな人が相手でも、若杉よりはましだ、と自分に言い聞かせる。

終電間近の半蔵門線に飛び乗り、表参道で千代田線に乗り換え、自宅がある下北沢駅に辿り着いたのは午前零時半過ぎ。マンションが駅から近くて助かった……しかし、自分の巣に帰り着いても、まったく気持ちが休まらない。金曜日の夜、下北沢は終電の時間帯でも賑わっており、人ごみをすり抜けるように歩くだけでもエネルギーを吸い取られる感じなのだ。皆、元気だよな……下北沢は大学生が多い街なのだが、自分と同年代の若いサラリーマンも目立つ。明日は土曜日、多くの人は休みなのだろう。もしかしたらこのまま、始発電車の時間まで遊び続けるのかもしれない。今の自分には、そんなエネルギーはない……若さの喪失を意識したが、考えてみれば今日は朝五時から動き回っているのだ。そのために昨夜は署に泊まったのだが、例によってよく眠れなかったので、疲れが溜まっている。

しかし疲れ過ぎると、かえって眠れなくなる。シャワーを浴びて体を温めたのだが、まだ体の芯に冷たさが残っている感じだった。本当はぬるい風呂に長い時間浸かった方がいいのだが、風呂の用意をする時間さえもったいない。

濡《ぬ》れた髪をタオルで拭きながら、エアコンの前に立つ。温風が体の表面を撫でていったが、やはり冷たさは消えなかった。こういう時は、布団に入った後の方がきついんだよな……と思いつつ、ちらりとギターを見やる。手に取り、弦に指を滑らせてみると、結構錆《さ》びついていた。弾き終えた後にはきちんと汗を拭っているのだが、考えてみればもう二か月も弦を張り替えていない。一之瀬は、張り替えて一週間ほど経って、少しくたびれ始めた弦の感触が好きなのだが、今は完全に音が死んでいるだろう……不意に、弦を交換しようと思った。どうせ今すぐベッドに入っても、絶対に眠れないし。

買い置きの弦──昔から使っているアーニーボールだ──と工具セットを持ち出し、まず弦を外す。指板を含め、丁寧にギター全体を磨いた後で、新しい弦を張った。ポストに丁寧に巻きつけ──ここで雑にやるとチューニングが狂う原因になる──余った部分をニッパーで切り揃えていく。手慣れた作業を続けているうちに、頭の中が真っ白になってきた。余計なことを考えずに済むのはありがたい……最近、こんな風に頭を空っぽにすることはなかったな、と思い出した。

チューニングを合わせ、古い弦と切った弦を燃えないゴミにまとめた。午前一時過ぎ。この作業に費やした十分は、自分の体力を奪うかもしれないが、かまうものか、と開き直る。日常につなぎ止めてくれる習慣を捨てることはない。深雪だって同じなのだ。彼女は学生時代からヨガをやっていて、今でも忙しい仕事の合間を縫って教室に通っている。「やめたら体調が狂うから」というのが彼女の言い分だった。研究員として、時に自分より不規則な生活を送る彼女にしてみれば、ヨガは自分を日常につなぎとめておく大事な道具なのだろう。

それにしても、そろそろ寝ないと。いつもは小さな音でも気になって眠れなくなるのだが、何故か今夜は、BGMが必要な気分だった。ジミ・ヘンドリックスのCDコレクション――違法な編集版が実に多い――から、生前にリリースされた正式なアルバム「エレクトリック・レディランド」を選ぶ。三枚目のこのアルバムには、実に多彩な楽曲が収録されており、まとまりがないとも言えるが、一之瀬はジミの才能の多彩さが爆発した作品だと考えている。

一曲目の『恋の神々』は単なるノイズで、二曲目の『エレクトリック・レディランド』からが本編という感じだ。ゆったりした曲調で、音像全体が揺らいでいるアレンジ。何だか、脳みそを柔らかく揺さぶられる感じだ。これで少し眠気《ねむけ》が訪れたと思ったら、三曲目は畳みかけるような『クロスタウン・トラフィック』。これでまた目が覚めてしまった。四曲目の『ヴードゥー・チャイル』はライブ。まさに「ヴードゥー」という感じで、単なるブルースなのに呪術的だ。後ろで鳴っているスティーヴ・ウィンウッドのオルガンが、不気味な浮遊感を強調する。

こんな曲で寝てしまったら、絶対悪夢を見るよな、と思いながら、いつの間にか一之瀬は眠りに引きこまれていた。

〈16〉

悪夢は見なかった。ジミ・ヘンドリックスはいつでも、どんな曲であっても自分にとっては鎮静剤になるのだと感心しながら、一之瀬はベッドから抜け出した。さっさと着替え、冷蔵庫に入っていた野菜ジュースを飲んだだけで家を出る。

今朝の朝刊は、奇妙なニュースを伝えていた。『年金2000億円消失』『虚偽報告「数年前から」』。何度も読み返さないと内容が頭に入ってこない記事だったが、大問題なのは間違いない。年金など、一之瀬にはまったく関係ない、はるか遠い世界の出来事に思えるが、これで泡を食う人もいるだろう。それにしても……世の中、金の話ばかりだ。自分たちが扱うような暴力的な事件は、新聞でも片隅に押しやられてしまう。

しかし今日は違った。さすがに四回目の襲撃、そして死者が出たとなると扱いが大きい。東日は社会面の左側、漫画横でたっぷり書きこんで伝えている。事実関係については、一之瀬が知っている以上のことはなかった。これを見て、ランナーが少しは自粛してくれればいいのだが……今や新聞の影響力など高が知れているが、これだけ大きく扱われれば、ネットでもあっという間に拡散するだろう。

土曜日なので、朝の電車が平日より空いているのだけが救いだった。だいぶ早く着いてしまったので、半蔵門署に近いカフェ――先日由貴と入った店だ――に寄って、手早く朝食を済ませる。腹が膨れ、気合いも入り、一之瀬は署までの道程を急いだ。途中、若杉と一緒になる。今日は珍しくネクタイをしていないのに気づいた。

「ネクタイ、どうした」

自分の首を指さしながら指摘すると、若杉が嫌そうな表情を浮かべる。

「寝坊したんだよ」コートのポケットからネクタイを取り出すと、歩きながら首に巻きつける。「遅れてないよな」

ネクタイを締め終えると、太い手首を突き出すようにして時刻を確認する。腕時計が大き過ぎるようで、ワイシャツの袖に引っかかってなかなか出てこない。こいつ、相当いい腕時計――海外メーカーの本格的なダイバーズウォッチでも使っているんじゃないだろうかと訝りながら、一之瀬はちらりと自分の手首に視線を落として時刻を確認した。

「十分前だ」

「よし」ほっとした口調で言って、若杉が手を下ろす。ちらりと一之瀬を見ると、「お前、何だか余裕だな」と言った。

「今日は、ちゃんと朝飯を食べる時間もあったよ」

「そんなの、当たり前じゃないか」若杉が怪訝そうな表情を浮かべる。「朝飯を食わない奴は、まともに仕事ができない。俺は毎朝、がっちり和食を食ってくるぞ」

「自炊してるのか？」

「飯を作ってくれる人はいないからな」にやりと笑って、庁舎に入って行く。

わざわざ朝から、手のかかる和食を自分で用意する？　若杉という男がまた分からなくなった。あれだけトレーニングをしていることからも、自分の体に気を遣っているのだけは理解できるが。

捜査会議は、朝八時ちょうどに始まった。今朝は、捜査一課長の坂元も顔を出している。特捜本部として最初の会議ということで、気合いを入れに来たのだろう。鋭い目つき、薄い唇、太く強張った顎。まさに叩き上げで一課長まで昇り詰めたという感じで、顔を見ただけで緊張を強いられる。藤島曰く、「褒めて育てる」タイプということだが、こうやって見ている限り、人を褒めたことなど一度もないように見える。前回の特捜本部事件で、一之瀬は褒められて、一瞬だけ舞い上がってしまったのだが。

「今回、警察は完全に後手に回っている。半蔵門署、千代田署の諸君らの警戒は、結果的に失敗だった」

坂元がいきなり爆弾を落とす。自分だけの責任というわけではないのだが、一之瀬は自然に背筋がぴんと伸びるのを感じた。

「これは、途中から捜査に入った我々捜査一課にも責任がある。結果、ついに犠牲者が出るという最悪の事態になった」坂元が刑事たちの顔を見渡した。眼光鋭く、殺意さえ感じさせる。むき出しの耳は真っ赤になっていた。「それ故、絶対に犯人は挙げなくてはならない。これは義務だ。また、皇居ランのランナーを怯えさせてはいけない。多くの都民の楽しみを守るのも、警察の義務だ。もう一つ、明日は東京マラソンだということを念頭に置いて欲しい。東京マラソンは、今や重要なスポーツイベントだ。参加者を不安にさせないためにも、最大限の捜査をやっているとアピールする必要がある。既に警備部、地域部の方で、従来の予定よりも警備の人数を増やして対応することが決まっているが、我々としては、明日の号砲までに犯人を逮捕するのが義務だ」

誰も何も言わなかった。しかし、最後列に座っていた一之瀬は、刑事たちの頭が一斉に揺らぐのを確かに見た。あと二十四時間で犯人逮捕——容疑者の目処もまったくついていない状況で何とかしろ、と言われれば、溜息もつきたくなる。全員がそれを我慢したので、一瞬だけざわついたのだ。

「とにかく、諸君らの全力の頑張りを期待する。では、刈谷管理官の方から、担当の割り振りを」

一之瀬が予想していた通りの捜査方針になった。昨夜に続いて、ランナーの追跡調査と事情聴取。現場付近での聞き込み。犠牲者・加納亜佐美の遺族に対する聞き取り。完全に足を使うだけの捜査である。坂元が本気で明日の朝までの解決を狙っているかどうかは分からなかったが、人海戦術が必要ということで、本来は初動捜査にしか加わらない機動捜査隊からも応援が来ていた。しかし現場の聞き込みやランナーの調査は、相当難航するだろう……昨夜も多くの人が走っていたはずだが、あくまで「通過」するだけの存在なのだから。

先輩刑事たちの名前が読み上げられていくうちに、一之瀬は不安になってきた。いつまで経っても自分が呼ばれない。若杉も同様だった。まさか特捜本部で電話番じゃないだろうな……外で動き回っている方がよほどいい。今日はどんよりとした曇りで、外にいても楽しいことなどなさそうだが。

結局最後まで、一之瀬と若杉だけが呼ばれなかった。どういうことか聞こうと思った瞬間、刈谷が二人を指名する。

「それと余り物の二人は、被害者の遺族からの事情聴取」

うわ、一番きつい役目を割り振られた……しかし、今回の捜査では、これが一番ウエイトが軽い仕事なのだと気づく。通り魔事件の可能性が高いのだから、被害者の人となりを調べても犯人に結びつくとは思えない。体よく厄介払いされたのでは、と一之瀬は疑った。

しかし、若杉の気合いは削がれていないようだった。会議が終わって立ち上がると、大きな体をさらに大きく見せるように胸を張る。何でこんなに張り切っているのだろう——疑問の視線を向けると、若杉がにやりと笑った。

「もしかしたら、通り魔じゃないかもしれないな」

「今さらそれを言うか？」

「可能性はゼロじゃないだろう。あれだけ執拗《しつよう》に殴りつけたんだから、今までとは違う。執念というか、怨念が感じられるじゃないか。被害者を調べることで、犯人に結びつくかもしれないぞ」

　何でこんなに前向きになれるのか……一之瀬は、自分はポジティブでもネガティブでもなく、あらゆる事象に対してフラットな性格だと思っている。興奮することもあるが、どちらかといえば物事に淡々と対処するタイプだ。若杉のように、常にテンションがマックスに近い人間は、何かと疲れるのではないだろうか。だが、「どうしていつも張り切っているんだ」とは聞けない。彼の答えを聞くと、また疲れるような気がしたから。あいつはあいつ、俺は俺でいこう。

「ああ、そこの若いの二人、ちょっと」

　刈谷に呼ばれ、二人は慌てて幹部席の前に行った。「休め」の姿勢を取り、次の言葉を待つ。

「若手同士を組ませるのは例外的だが、適当に組み合わせをしていったら余っただけの話だからな。深い意味はない」

「オス」若杉が野太い声で言った。やはり、まったく気にしていない様子だ。

「仕事に変わりはないから、手を抜かないで、しっかり遺族の事情聴取を済ませてこいよ」

「オス」二度目の「オス」には、さらに気合いが入っていた。

「一之瀬、分かってるか？」刈谷が冷たい視線で一之瀬を見た。土曜日だというのに、地肌が見えるほどきっちり七三に分けられた髪型は健在だ。この人は、整髪料をつけない時があるのだろうか、と一之瀬は密かに訝っている。

「大丈夫です」

「まあ……暴力沙汰は避けるように」

一之瀬は思わず耳が赤くなるのを感じた。以前、取調室で容疑者を殴りつけてしまったことがあるのだ。あの時は、容疑者が舌を噛んで自殺を図ろうとしていたのに気づき、咄嗟に手が出てしまったのだが……もう少しやりようがあったのではないかと思う。容疑者の口を開けさせる手段は、いくらでもあったはずなのだから。

「分かりました」

「よし、後は頼むぞ」刈谷が二人にうなずきかけた。

気を遣ってもらっているのか、馬鹿にされているのか分からないまま、一之瀬は会議室を後にした。

「おい、さっきの話——暴力沙汰がどうこうって、去年の千代田署の特捜の一件だろう?」

追いついた若杉が、どこか嬉しそうに訊ねる。

「ノーコメント」一之瀬は頬が引《ひ》き攣《つ》るのを感じた。

「何言ってるんだよ。あの話は誰でも知ってるぞ」

「マジかよ」一之瀬は思わず足を停めた。

「そういう噂は、あっという間に広がるからな」

冗談じゃない……俺はもう、「乱暴者」の烙印《らくいん》を押されているのか? あの時はお咎《とが》めなしで終わったのだが、人事担当者——人事二課には、しっかり記憶が残っているだろう。

「とにかく、ノーコメントだ」

「好きにしろよ。俺には関係ないし」歩きながら、若杉が手帳を開いた。「住所は中野区上高田《かみたかだ》……最寄り駅は落合《おちあい》かな?」

「そうだな」

「よし、九段下で東西線に乗り換えだ」スマートフォンで調べていた若杉が、気合いの入った声で言った。

「お前、被害者の遺族と話をしたことはあるか?」

「ああ?」

「今まで、普通の殺人事件で、そういう仕事は……」

「いや、ない」若杉の顔がにわかに暗くなった。

「きついぞ」一之瀬は、自分の経験を思い出していた。被害者遺族の憔悴《しょうすい》ぶりを思い出すと、今でも胸が締めつけられる。一之瀬が千代田署に来てから、殺人事件は去年の一件だけ。もっと経験を積めば慣れるのかもしれないが、とても「任せておけ」と言える自信はなかった。

しかし、経験者は自分である。ここは主導権を取っていくしかないだろうなと考えると、また気分がどんよりと沈んでいく。

加納亜佐美の自宅は、地下鉄落合駅から徒歩十分ほどの、早稲田《わせだ》通りに近い住宅街にあった。狭い路地に小さな一戸建てが互いに支え合うように建ち並ぶ一角で、つい、地震の際の安全性を考えてしまう。東京二十三区の西側には、こういう住宅密集地が多いのだ。しかも道路が狭く、火災が起きても消防車の自由な活動は妨げられる。しかし、一気に建て替えて災害対策を進めるのも難しいだろうし——こんなことは、去年の三月十一日より前には考えたこともなかった。

亜佐美の家は、白い羽目板が少しずつ重なり合うデザインの壁が特徴的な、二階建てだった。玄関ドアの上には、雨よけなのか単なるデザインなのか、半円形の小さな屋根がしつらえられている。玄関の左側に駐車スペースがあり、銀色のＢＭＷ５シリーズが停まっていた。少なくとも父親はかなりの高収入だな、と判断する。

家は静まり返っていた。人がいるかどうかも分からない。若杉が戸惑いの表情を浮かべたまま固まっていたので、一之瀬は思い切って前へ進み出た。思いついて、ダウンジャケットを脱ぐ。寒風が体に突き刺さったが、着たままでは失礼な気がした。一つ息をついて気合いを入れ直し、インタフォンを鳴らした。

しばらく反応がなかった。若杉が「いないのかな」とつぶやいた瞬間、ドアが開いて初老の男性が顔を見せる。ケーブル編みの濃紺のカーディガンに、オフホワイトのコットンパンツという格好。短い髪はほぼ真っ白で、目の下には隈ができていた。

「千代田署の一之瀬と申します。この度はご愁傷様《しゅうしょうさま》でした」頭を下げ、そのまま五つ数える。隣で、若杉も慌てて自分に倣《なら》っているのが分かった。

顔を上げると、相手の顔を真っ直ぐ見据える。

「加納亜佐美さんのお父さんでいらっしゃいますか？」

「父です」加納の声は低くかすれ、疲労感が滲み出ていた。

「お疲れのところ申し訳ありませんが、娘さんのことについて話を聴かせていただけませんか？」

「しかし、娘は……」加納が戸惑いを見せた。やがて意を決したように視線を一之瀬に集中させ、「通り魔ではないんですか？」と訊ねる。

「まだ断定できるだけの材料はありません」一之瀬は答えた。

「昨夜来た警察の人は、通り魔じゃないかって言ってましたけど」

「その疑いが強いんですが、断定はできないんです。ご存じかもしれませんが、これまでに三回、似たような事件が起きています。娘さんが普段どんな感じで走っていたか分かれば、捜査の参考になるんですが……」

「どうぞ」加納がドアを大きく押し開いた。

「ご協力、感謝します」一之瀬は、また深く頭を下げた。

「いえ……家内がいませんので、お構いできませんが」

「奥さん、どうしたんですか」

「近くに妹が……家内の妹が住んでいて、そちらに行っています。ちょっとダメージが大きくてですね」

うなずき、一之瀬はすぐにスリッポンを脱いだ。若杉は、靴紐を解くのに苦労している。こっちに一ポイントだな、と一之瀬は心の中でほくそ笑んだ。

そのままリビングルームに通された。薄いカーテンが引かれ、陽光はかすかにしか入ってこない。カーテン越しに、外に停まっているＢＭＷが見えた。それほど広くないリビングは物で埋まっている。大きなソファが二脚、巨大なテーブル、それに壁一面を占めるテレビとオーディオのセット。整然と片づいてはいたが、何故かうすら寒い——生活の臭いが感じられない。一之瀬たちをソファに座らせると、加納がキッチンに向かった。

「どうぞ、お構いなく」一之瀬はすかさず声をかけた。

「いや、しかし」薬缶《やかん》に手をかけたまま、加納が小さく抵抗した。

「本当に、お構いなく。それより、話を聴かせて下さい」

加納の喉仏《のどぼとけ》が上下した。取り乱してはいないし、今のところは協力的な姿勢を見せているが、安心はできない。娘を亡くしたばかりなのだ、いつ気持ちが揺らいで話ができなくなるか、分からない。できるだけ早く話を聴いてしまいたかった。

加納が、二人の向かいのソファに浅く腰かけた。いかにも話をしたくなく、すぐにでも逃げ出したいような感じ。疲労感が、波のように一之瀬の方へ伝わってきた。恐らく、昨夜は一睡もしていないだろう。

「改めて、お悔やみ申し上げます」一之瀬はまた頭を下げた。

「ええ……」

「突然のことで、大変残念でした」すらすらと言葉が出てくるので、自分でも驚いてしまう。しかし前回の事件以降、また被害者遺族と向き合うことがあったらどんな風に話そうかと、様々なシミュレーションをしていたのだ。比較的落ち着いた人間を相手にする時には、こちらも落ち着いて話すのがいいだろう、と考えていた。

「こんなことになるなんて……想像もしていませんでした」

「亜佐美さんが襲われた以前にも、同じような事件が起きているのはご存じでしたか？」

「はい」

「そのことについて、ご家族で話し合ったりしませんでしたか」

「いえ」

短い返事で、加納が自分の殻に閉じこもりつつあるのが分かった。一之瀬は、テーブルに煙草と灰皿が置いてあるのに気づき、「煙草、どうぞ」と勧めた。

「ああ」加納が体を折り曲げ、煙草を手にした。一本引き抜き、シャツの胸ポケットからライターを取り出した。火を点けようとしたが、手先が震えてライターの火が落ち着かない。結局諦め、煙草を左手に、ライターを右手に持ったまま、ソファに背中を預けた。

「どうも……駄目ですね」

「急いでいませんから。ゆっくりいきましょう」

一之瀬は肩を上下させた。それを見た加納が、操られるように同じ動きをし、ふっと息を漏らして一之瀬の顔を見た。

「まさかこんなことになるなんて、思ってもいませんでした」同じような、二度目の感想。

一之瀬は、胃の底に硬いしこりが生じたように感じた。横に座った若杉の顔を見やると、強張った表情で、口を一文字に引き結んでいる。普段偉そうにしているんだから、こういう肝心な時に頑張れよ……しかし彼の緊張も極限に近いようだ。ここは自分でやるしかないな、と一之瀬は覚悟を決めた。

「亜佐美さんは、いつ頃からジョギングを始めたんですか？」

「かれこれ四年……会社に入ってからですね」

「きっかけは何だったんですか」

「いや、それは特に聞いてないんですけど……いつの間にか始めていました」

父娘の関係はそんなものだろうか、と思った。最近は仲のいい親子が増えているのだが、ジョギングを始めるのに、一々父親に報告や相談をする娘はいないだろう。

「健康のためとか？」

「まあ、走ると気持ちいい、とは言ってましたね」

「マラソンの大会に出たりはしていたんですか？」

「それはないです。あくまでマイペースで、ただ走るのを楽しんでいたみたいです」

「週に何回ぐらいですか？」

「月、水、金ですね。必ず週三回。雨が降るのを嫌がってましたよ……走るペースを崩したくなかったみたいで」

一之瀬は反射的にうなずいた。ランニングには中毒性があり、自分で決めた予定を必ず守りたくなる、と杏奈から聞いたことがあった。走る時間、距離、タイム——あらゆることが目標になるし、それを一つ一つクリアしながら走るのが最高の楽しみなのだ、と。しかもそれは——タイムの短縮を除いては——案外簡単にクリアできる。ハードルが低いが故に走る人は増え続けている、というのが杏奈の解説だった。

「真面目だったんですね」

「はまってたんでしょうね」

加納が言ったが、口ぶりはどこかぼんやりしていた。まだ、娘が亡くなった実感がないに違いない。昨夜、既に遺体と対面しているのだが。

「それとは別に、何かトラブルはありませんでしたか？」

「トラブル？」加納が顔を上げた。

「人間関係のトラブルです。恋愛とか、職場の同僚とか」

「いや……どうでしょう。そういうのは、母親とはよく話していたようですけど、父親というのは、娘とは……」

「ストーカーに悩んでいたようなことはありませんか」一之瀬は畳みかけた。

「ストーカー？　まさか」加納の表情が引き攣る。

「断言できますか」一之瀬は少し口調を強くして詰め寄った。

「いや、それは……」加納がまたうつむいた。「それは、母親に聞いてみないと」

「でも、ストーカーに悩んでいたら、家族は分かるものじゃないですか」

「そう、ですよね」申し訳なさそうな顔つきで、加納が認める。「今思うと、やっぱり会話が少なかったんだと思います。娘とは人並みに話してきたつもりだったんですけど、やっぱり違ったんですね」

「それは……どこの家でも同じかもしれませんね」自分のような若造が父親の気持ちを忖度して喋っても説得力はないだろうな、と一之瀬は自虐的に思った。

「いなくなって初めて、まずかったなと感じるんですね」

加納は一見、それほど苦しんでいない。哀しみも薄い。だがそれは、必死に耐えているせいではないかと一之瀬は思った。少しでも弱音を吐いたりしたら、心が一気に崩れてしまうかもしれない――大人の男として、他人にそれを見せるわけにはいかないと考えているのではないか。それはありがたいことで……今ここで本音をぶちまけられても、自分は受け止められないだろう。あまりにも経験が少ないが故に。この仕事では、自分の若さを恨めしく思うことが多い。

「奥さんとは話せませんか？」

「無理です。今は、とても話ができる状態じゃないんですよ」

「いずれ、話せる気力を取り戻したら……」

「ええ……いつかは分かりませんけど」加納が寂しげにうなずく。

「奥さんから何か話が聞けたら、教えていただけますか？」

「それはいいですけど……あの、娘はいつ戻ってくるんでしょうか」

「おそらく、月曜日になると思います」

「そんなに先なんですか」加納が大きく溜息をついた。

「申し訳ありません。司法解剖が月曜日の予定なんです」

加納がぴくりと肩を震わせる。「解剖」という言葉に敏感に反応してしまったのだと気づく。まずいな……もっと言葉の選び方に気を遣わないと。直接的な、分かりやすい言い方が常にベストではないのだ。

「あの」若杉がようやく声を上げた。「娘さんの部屋を見せてもらえませんか」

「え？」加納の顔に戸惑いの表情が浮かぶ。「それが何か、関係あるんですか？」

「印象です」若杉が言った。「印象を摑みたいんです」

加納が首を捻ったが、無理に抵抗する気力もないようだった。「二階へどうぞ」と言って立ち上がったが、いかにもしんどそうだった。五十代半ばぐらいの年齢なのだろうが、それよりも十歳、二十歳も年上に見える。

若杉の申し出は唐突だったが、悪い考えではないと一之瀬も思った。亜佐美自身のトラブルによる事件の可能性は低いはずだが、被害者の全人格を知ることは、捜査の上で無駄ではないだろう。そして部屋は、その人の個性を如実に映し出す。

亜佐美が、走ることに人生のかなりの部分を割いていたことは、ドアを開けた瞬間に分かった。部屋の正面が窓、その脇にポールハンガーがあって、トレーニングウエアがずらりとかかっている。まるでスポーツ用品店のディスプレイの小型版だ。チェストにでも入れておけばいいものを、わざわざこうやって見せているのは、亜佐美がファッション性の高いランナーだった証拠だろうか……その下には新聞が敷かれ、履きこんだランニングシューズが何足も置いてある。ロゴを見て、全てアップワイルドの商品だと分かった。現在は日本支社も正規代理店もなく、セレクトショップなどでしか手に入らないのだから、よほど好きなのだろう。

部屋を調べるのは、何となく気が引けた。それは言い出した若杉も同じようで、部屋の真ん中に立ち、所在なさげに周囲を見回すだけである。一之瀬は、遠慮しながらポールハンガーを調べてみた。こちらも全てアップワイルド製で統一する凝りようである。まあ、一度ブランドを決めてしまうとこうなるんだろうな……と納得した。ナイキのTシャツにアディダスのパンツ、シューズがニューバランスでは、あまりにも統一性がなさ過ぎる。普通の服では、上から下まで同じブランドで揃えるのはセンスが悪い感じがするが、スポーツに関しては別だろう。

ふとデスクを見ると、ランニング専門誌が目に留まった。手に取ってみると、ページの角が折り曲げてある箇所がある。開くとグラビアページで、杏奈が走っている姿が一ページ全面を飾っていた。ウエアのロゴから、彼女もアップワイルドで全身を固めているのが分かる。当然、シューズも同じだ。

杏奈さんお気に入り　春のイチ押しウエア

なるほどね……先日つき合った撮影も、こんな風に掲載されるのだろうか。無意識のうちに記事を読んでしまう。

そんな杏奈さんが最近注目しているのが、アップワイルドのウエア。
「最初はファッション性で選んでいたんですけど、機能もすごいです。通気性がよくて、汗を逃がしてくれるのが嬉しいですね。ずっとさらさらしたまま、長距離を走れます」
シューズは以前から愛用していたというが、今後はウエアも揃えていきたいという。

これは嘘ではないはずだ。杏奈は実際、プライベートで走る時もアップワイルドのウエアとシューズを愛用していたのだから。一之瀬自身は、シューズしか注目していなかった——確か、二月ほど前の『ビギン』で大きく特集されていた——が、ランナーたち、特に女性ランナーには既に人気のブランドなのだ。シューズもウエアもポップなパステルカラーが特徴で、これを身につけて走ったら、確かに気分がいいだろう。

しかし、杏奈か……わざわざこのページの角が折られているということは、亜佐美が相当なファンなのは間違いない。

デスクの横の本棚を見ると、ランニングの専門誌、スポーツ誌がかなりの冊数保管してあった。適当に引き抜いてページをめくってみると、杏奈の姿があちこちで目につく。ああ、これは本格的なファンなんだ……と納得する。亜佐美は、杏奈のウエアを見て、自分のコーディネートを決めていたのではないだろうか。杏奈がこれを知ったら喜ぶのではないか、と一之瀬は思った——いや、むしろショックを受けるかもしれない。殺されたランナーが自分のファンだと知ったら、穏やかな気持ちではいられまい。

もう一度、デスクにあった雑誌に目を通す。記事の一節が目についた。

最近は、女性ランナーのファッションリーダーとも言われている杏奈さん。

「お洒落して走れるのは、女性ならではの特権だと思います。みんなでお洒落して、気分よく走りたいですよね」

〈17〉

二人は続いて、亜佐美の勤務先に向かった。今度は多少気が楽である。家族と同僚では、やはり哀しみの深さが根本的に違う。実際、若杉は父親との面会で、結構なダメージを受けているようだった。

「お前、よく平気で話せたな」地下鉄の中で、暗い顔で訊ねる。

「平気じゃないよ」

「そうか？　慣れるのか？」

「分からない」父親の言葉一つ一つを思い出すと、心が抉《えぐ》られるようだった。それきり、会話が途切れる。

亜佐美は、地下鉄竹橋《たけばし》駅からもほど近い、神保町にあるオフィス用品メーカーで働いていた。所属は商品企画第一部。主に什器《じゅうき》関係の企画やデザインなどを担当している、ということだった。

暗い気分で自宅から出向いて来たのだが、あまりにも明るい会社の雰囲気に、一之瀬は唖然とした。ただし社員が明るいわけではなく、オフィスそのものが明るい。陽光を積極的に取り入れる狙いなのか、天井の一部がガラス張りになっているのと、フロアに仕切りがなく、広々としているせいだろう。さらに、あちこちに巨大な観葉植物が置いてあるために、ゆったりした雰囲気も生まれている。土曜日なので出社している社員は少なく、静かな空気が流れていた。

人は少ないにしても、こういうオープンな場所では話し辛いな、と一之瀬は懸念したのだが、取り敢えず会議室に通されたのでほっとする。ここも天井の一部がガラス張りで、照明も必要ないほど明るかったが、オフィスのスペースとは隔絶されているので、ざわついた雰囲気には晒《さら》されずに済む。

応対してくれたのは広報課の人間と、亜佐美の直属の上司である商品企画第一部長、それに同僚の女性だった。三人が入って来た瞬間、まずいな、と前途の暗雲を予想する。女性がもう泣いており、冷静に事情を聴ける感じではなかったのだ。

型通りに名刺を交換し、お悔やみを述べてから席につく。明るい会議室の中に、どんよりとした空気が満ちた。こういう場合は、さっさと話を持ち出してしまうに限る。お悔やみはきちんと言ったのだから、一刻も早く本題に入った方が、哀しみで気持ちが潰れる暇がなくなるはずだ。

「土曜日にわざわざ申し訳ありません」

「いえ」

部長がネクタイを撫でつける。元々仕事で出社していたのか、警察の要請に応じてわざわざ出て来たのかは分からない。広報の人間は口をつぐんでおり、積極的に会話に割りこむつもりはないようだ。

「普段の加納さんの様子について教えていただきたいんですが……」

「よくできる社員でした」部長が口を開く。五十絡み、細身で神経質そうな感じの男である。

「仕事はどういった内容ですか？」

「企画、開発なんですが、主にデザイン担当ですね。彼女、美大の出身なんですよ」

「ああ、それじゃ、商業デザイナーとして……」

「社内デザイナーと言いますか」部長がやんわりと訂正する。どうも細かい性格のようだ。

「仕事は忙しかったんですか？」

「もちろん忙しいですけど、自己裁量で調整できる仕事でもありますので」

「なるほど」一之瀬は、泣いていた女性社員に目を向けた。まだ小刻みに体を震わせており、話ができそうな状態ではない。彼女はどうしてここへ呼ばれたのだろう……年齢的に、一番仲の良かった同期、ということなのだろうか。部長に視線を戻し、質問を続ける。

「加納さんのランニングのことなんですが」

「ああ、彼女、会社のランニングクラブのメンバーなんですよ」

「そうなんですか？」

「ええ。あの……どうでもいい話なんですが、私がクラブの部長なんですけどね」

それで、ほっそりした体形にも納得できる。中年太りとはまったく縁がなく、シャツの袖から覗く手首などは筋張っているほどだった。

「クラブ全体で走ったり、大会に参加したり、ですか？」

「ええ。でも、彼女の場合、籍は置いていたんですけど、実際の活動はほとんどしていませんでしたね」

大会などには出ていなかった、という父親の証言を思い出す。

「一人で走る方が向いていたんですかね」

「うちのランニングクラブは、結構本格的にやっていまして」部長の言い方は遠慮がちだった。こんな席で自慢にならないようにと、控え目にしているのかもしれない。「大会にもよく出ていますけど、サブスリーが二人、サブフォーが四人いますので」

「本格的な体育会系のクラブなんですね」

「そうです。加納は元々本格的なランニングの経験もなかったし、ついて行くのは大変だったんだと思います。でも走るのは好きだったので、週に三回は皇居ランに行っていたようですね」

幽霊部員、などという言葉が脳裏に浮かぶ。しかし、一緒に走らない、大会に出ないなら、何もクラブに入らなくてもよさそうなものだが。一之瀬は、女性社員に目を向けた。事前に広報に確認して、名前は田畑真季《たばたまき》と分かっている。

「田畑さん」

呼びかけると、真季が顔を上げた。涙こそ流していないが、目は真っ赤で腫《は》れている。先ほどからではなく、今朝から——あるいは昨夜からずっと泣いているのかもしれない。濃いグレーのワンピースを着ていたが、それが喪服のように見えないこともなかった。

「加納さんとは、どういうご関係ですか」

「同期で……部署もずっと一緒でした」

「仲が良かったんですね」

「……ええ」それを認めるのが辛そうだった。

「あなたは走らないんですか？」

「私は、そういうのはちょっと苦手で。彼女は夢中でしたけど」

前置きはここまでだ。いつまでも緩い話を続けていて、本題に切りこまずに帰るわけにはいかない。

「加納さんには、恋人はいましたか？」

「今は、いません」

今は、という一言が気になった。過去の恋人——不幸な別れ——遺恨——逆恨《さかうら》み、と発想が展開してしまう。

「昔はいた、ということですか?」そこまで黙っていた若杉が急に質問を発した。

「そう……ですね」

「どういう人か、ご存じですか」若杉がさらに質問を連ねる。一之瀬はしばらく彼に任せることにした。

真季が、隣に座る部長の顔をちらりと見た。発言の許可が必要な問題とは思えなかったが……部長が素早くうなずいたのを見て、真季が続ける。

「同期の男の子とつき合ってたんですけど、別れて……でも、もう四年ぐらい前ですから。つき合い始めたけど、すぐに別れちゃったんです」

「何かトラブルでもあったんですか?」若杉がすかさず続ける。

「いえ、あの……」

言いにくそうにうつむいてしまう。何かあったのだと判断し、一之瀬は一気に突っこんだ。

「今回の事件に関しては、一連の通り魔事件と同じ犯行と見ていますが、個人的な恨みによる犯行の可能性も捨てきれません。何かあるなら、教えてもらえませんか」

「あの……別れる時、結構大変で」

「どんな風に？」

「亜佐美の方が夢中で、向こうから別れを言い出したんですけど、ずっと大変で……」

逆パターンか？　亜佐美がストーカーに襲われた可能性を考えていたのだが、この話を聴いた限り、亜佐美の方が執着して男を追い回していた感じである。

「それがトラブルにつながったんですか？」

「トラブルっていうか、亜佐美が大変で……」真季が唇を噛む。

「どんな風にですか？」

「相手が大阪支社に転勤になったんですけど、向こうまで追いかけて行ったりとか。それでも、関係は修復できなかったんですけどね」

「最終的にはどうなったんですか？」

「相手の子が辞めて転職して……それで完全に切れたんですけどね。しばらくはすごく落ちこんで、大変でした。その頃ですね、走り始めたのは」

「ああ」納得して一之瀬はうなずいた。走ることで、失恋の痛手を癒《いや》そうとしたのか。癒すというより、走って走って自分を追いこむことで、忘れるつもりだったのかもしれない。

「その件は、今は……」

「もう、完全に過去だと思います……あの、トラブルと仰ったから言っただけで、彼女、誰かに恨まれたり、敵ができるようなタイプじゃないですからね」真季の声が強くなった。

「弊社としましても、この件については特にトラブルとは考えていませんから」部長も即座に否定した。「恋愛に関してはいろいろありますけど、大きな問題にはなっていないと分かっていますので」

「社員の恋愛事情を、所属長がそこまで詳しく押さえているのは、少し意外ですね」一之瀬は軽く突っこんでみた。亜佐美は自分とほぼ同世代である。おそらく、会社の人間――上司にプライバシーを晒すようなことはしなかったはずだ。それが、自分たち世代の特徴である。

「ああ、それは……」言いかけた部長が口を閉ざす。何か裏がありそうだった。

「何か事情があるんですか？」

「その、転職した人間ですが、正確に言うと、転職というわけではないんです。原籍に戻ったと言いますか」

「どこかから出向していたんですか？」

「いや、新卒でうちに入社しました」

「よく分からないんですが」一之瀬は首を傾げた。

「弊社の長年の取り引き先で、大阪に本社のある文具メーカーがありまして……彼は、その創業者一族の出なんです」

「はい」話がどこへ流れていくか分からず、一之瀬は適当に相槌を打った。

「修業の意味で、新卒でうちに入社したんですね……そういう風にすると、取り引き先との関係も強くなって、お互いに利益があるというか」

「ああ、それで、修業を終えて自分の親の会社に戻ったんですね？　将来の社長候補として」

「そうです」

「それにしても、ずいぶん短い修業期間ですね」

「それは、それぞれ都合がありますから」

部長は抽象的な表現を使った。この「修業」にどれほどの意味があるかは分からないが、問題になるようなことではないだろう、と一之瀬は判断した。

「じゃあ、加納さんとの関係でも、今は特に問題になっていない、と」

「ないです」部長が即座に否定した。

「他に何か、トラブルはありませんでしたか？」一之瀬は真季に話を振った。「社内での人間関係とか……」

「うち、そういうのは緩いですから」

言ってから、真季がまたちらりと部長を見る。一々許可を取らないと話ができないのか、と一之瀬は軽い苛立ちを覚えた。部長が素早くうなずき、真季が話を続ける。

「商品開発の仕事は、チームを組んでやることも多いんですけど、亜佐美はデザイナーだったんで、一人で仕事をしている時間が長かったんです。それにうちの会社は、そんなにぎすぎすした雰囲気でもないので」

「そういう意味での緩い、ですからね」部長が少し慌てた様子で補足した。「対外的な仕事がある部署——営業なんかは厳しさも大事ですが、社内で完結する仕事の場合は、そんなこともないんです。こういうのは社風、としか言いようがないですけどね」

「なるほど……だったら、社内で人間関係のトラブルはなかったと考えていいんですね？」

「ありません」部長と真季が、声を揃えて言った。会社を守るために秘密を隠しているというわけではなく、単純な否定に聞こえる。

「会社の外でのつき合いはどうでしたか？」一之瀬はまた真季に話を振った。

「普通につき合いはあったと思います。大学時代の友だちとかと……そんなに仕事が忙しいわけじゃないですから」

「残業続き、というわけではないんですね？」デザイナーの仕事には終わりがないような気がする。それこそ、「ここまでやれば完成」の基準などないはずだから。それにデザイナーというのは、凝り性のイメージがある。

「先ほども申し上げたように、自由裁量でやれる部分が多いですし、うちは、残業に関しては厳しいんです」部長がまた口を挟む。「毎週水曜日はノー残業デーにしていますし、人事の方でも、無駄な残業はカットするように、積極的に指導しています。だいたい今時、残業でくたくたになるのなんて流行らないでしょう？　勤務や福利厚生をきちんとしておかないと、すぐにブラック企業と名指しされますから」

　ブラックね……警察の仕事こそブラック企業そのものなのだが、と一之瀬は皮肉に思った。ただし、公務員がどれだけ残業しようが、世間から厳しく指弾されることはない。納税者から見れば、自分たちは「公僕」なのだ。もっと露骨に言えば「召使」。召使が過労死しても、それで勤務体系を見直せ、と憤《いきどお》る人間はいない。

「デザイナーさんの仕事は、九時五時で終わる感じではないと思いますけど」

「社内のデザイナーはそれに近いですよ。むしろ、発想が大事でしょう。何も、デスクに座っていれば発想が湧くわけじゃないですから」部長が強い口調で言った。「だから、社内に何人かいるデザイナーに関しては、もっと外に出て遊んでこい、と言っているぐらいです。仕事とは直接関係ないところから、新しい発想が生まれたりしますから」

　自分には縁のない世界だな、と一之瀬は思った。ギターを弾いていて、いきなり捜査のヒントが摑めるようなことはない。

「亜佐美、忙しくなると、朝早く会社に来てたりしました」真季が言った。「それこそ、朝の七時とかに。人がいない朝の二時間は一番効率がいいから、なんて言ってたんです」

「夜は……」

「夜は走らなくちゃいけないんで」当然だろう、とでも言いたげな様子だった。「亜佐美は、予定が崩れるのを嫌うタイプだったんです。ランニングだって同じですよ。そもそもまずランニングの予定を決めて、それに合わせて仕事を調整する……最近はそんな感じもありました」

部長に目を向ける。趣味優先は許されるのか？　一之瀬の疑問を読んだのか、少し憤然とした様子で部長が言った。

「仕事をきちんとやっている人が、それ以外の時間に何をしていても、問題はないですよ」

「そうですね……」一之瀬は真季に目を向けた。「これまで、走っている時に何かトラブルはなかったでしょうか？　誰かにつきまとわれているとか」

「ないと思います。何かあれば、必ず私には言う娘《こ》ですから……黙っていられないんですよ。だから、四年前に別れる別れないで大騒ぎになった時のことも、私は全部知ってたわけで」

「なるほど」かすかな失望を覚えながら一之瀬は言った。通り魔ではなく、亜佐美の個人的な事情が背景にあった方が、捜査しやすいのだが。

「何でこんなことになったんですか？」真季が震える声で訊ねた。

「それは――」

「通り魔なんですよね？　何でこんなことをする人がいるんですか？」

世の中全体が病んでいるから。以前、ハコ長の秋庭から、「急に切れる奴は間違いなく増えた」と聞かされたことがある。反社会的病質者は、いつの時代にも一定の割合でいた。しかし最近は特に目立つ、というのだ。理由もなく人を襲い、はした金のために平気で人を殺し、親が子を、子が親を傷つける。結局警察は、何の役にも立ってないってことだな、と秋庭は自嘲気味に話をまとめたものである。

「それは、これから調べます」一之瀬は何とか答えた。

「お願いします」真季が、テーブルにつくほど深く頭を下げた。

一之瀬は、硬い物を無理やり呑みこんだような気分になった。会社での事情聴取は楽なはずだったのに。

〈18〉

夜の捜査会議は、まだ混乱していた。めぼしい情報、なし。これまでの三回の襲撃事件についても洗い直しが行われたが、いくつかの共通点以外には注目すべきところがない。

襲われた時間帯、背後からいきなり近づいて来た犯人に襲われたこと、被害者の年齢――共通点といってもそれぐらいである。杏奈が襲われた事件を同列に捉えていいのか……一之瀬も混乱するばかりだった。

結論が出ないまま会議が終わり、一之瀬はストレスを抱えこんだ。亜佐美周辺の捜査はひとまず打ち切り。明日以降は、目撃者を捜す捜査に振り分けられた。やらなくてはならない仕事なのだが、どうしても歯車になってしまう感が否めない。もちろん、歯車がなければ、警察という巨大組織は動かないのだが。

「どうも嫌な予感がするね、俺は」藤島がぼやいた。

「何がですか?」

「今回は、上手くいかない感じがするんだ」

「もうお手上げですか?」

「この野郎」藤島が一之瀬の肩を小突いた。「諦めるわけないだろうが……ただしな、俺の経験からして、通り魔の捜査は一番難しい」

「何となく……分かります」

「結局、警戒を厳重にして、次の犯行を待つしかないかもしれない」

「それじゃ、また犠牲者が出るかもしれないじゃないですか」

「そうなんだよな……それにしても、おかしい」藤島が首を捻る。

「何がですか？」

「こんなに目撃者が出てこないものかね。俺たちは、東京の真ん中で仕事してるんだぞ？　皇居周辺は、夜中だって人通りがある。ランナーもたくさん走ってるだろう？　何で誰も見てないんだろうな」

「実際、ぽっかり空いた時間、場所もありますよ」それは一之瀬が自分で見て分かったことだった。

「そうか……」藤島が天を仰ぎ、溜息をついた。「それよりお前さん、若杉とはどうだった？」

「ああ」一之瀬はにやりと笑った。「あいつも大したこと、ないですね」

「そうか？」

「被害者遺族と対面するのは初めてだったんです」一之瀬は声をひそめた。「借りてきた猫みたいでしたよ」

「お前さんは、そっちは経験あるからな」

「ええ……慣れませんけどね」

「そんなことに慣れても意味はない」藤島が急に表情を引き締める。「被害者遺族に会って話を聴くのは、どんなベテランでも大変なんだ。逆に、ショックを受ける気持ちを忘れたら駄目になる」

「そうですね」

「ま、今日はご苦労だった。明日からも大変だから、さっさと帰って休めよ」

「明日の東京マラソン、大丈夫なんですかね」

「それは、警備部や地域部の連中に任せるしかない。俺らがいても役に立たないだろう」

「そうですよねえ……」

「真昼間から、東京マラソンに乱入して刃物を振りかざす人間はいないよ」

「ええ」急に切れる奴は間違いなく増えた——秋庭の言葉がまた脳裏に蘇る。華やかなレースをぶち壊しにしてやろうとする人間がいてもおかしくないだろうが……それは俺の考え過ぎか。

「とにかく、一休みだ」藤島が伸びをした。

「帰りますか」一之瀬も疲労を感じたが、何となく帰る気になれない。何の手がかりもなく一日を終えるのが、我慢ならなかった。もちろん、これだけ多くの刑事が走り回っていても、必ず手がかりが摑めるとは限らないのだが。

藤島が欠伸を嚙み殺した。その瞬間、遠くで電話が鳴る。一之瀬は何の気なしに音がした方を見た。刈谷管理官が受話器を手に、いきなり立ち上がったところだった——顔面は蒼白で、刑事たちに状況を知らせる声が震える。

「春木杏奈が襲われた?」

ざわついていた刑事たちが、一瞬にして静まり返った。

クソ、何でこんなことに……一之瀬は、現場へ急行する間、ずっと頭の中で怒りの台詞を繰り返していた。芸新社側の要請など撥《は》ねつけて、杏奈のガードを続けていればよかったのだ。

同時に、一連の通り魔事件から杏奈の件だけは省かなければならない、と判断した。今度は現場も状況も違う。杏奈は「自宅近く」で、「会食からの帰り」に襲われたのだ。

現場は、制服、私服を問わず警察官で溢れかえっていた。何しろ杏奈の家は半蔵門署のすぐ近くである。しかも捜査会議が終わった直後で、署員に加えて本部の捜査一課、機動捜査隊の面々が居残っていた。それが一斉に移動してきたのだから、現場は大変な混乱になってしまった。その中で一之瀬は、いち早く由貴を見つけた。杏奈のマンションの前で、呆然と突っ立っている。非常線を張ろうとしていた制服警官が気づいて建物から遠ざけようとしたが、その場で固まってしまったように動かない。一之瀬は慌てて彼女に近づいて、「この人は関係者です！」と叫んだ。

由貴が振り返った。その目は潤《うる》み、頬には涙が乾いた跡がついている。一之瀬は唾《つば》を呑み、彼女に向かってうなずきかけた。

「一緒だったんですか？」

「いえ、あの……電話があって、慌ててここに来たんですけど、もう救急車が行った後で」

「誰が連絡してきたんですか？」

「杏奈本人が……」

一之瀬は安堵の息を漏らした。電話できるなら、間違いなく生きている。しかし、その後何かの拍子で症状が悪化することもあるから、油断はできない。

「会社の人に連絡は？」

「それはまだ……」

「すぐに連絡して下さい！」

一之瀬が声を張り上げると、由貴がびくりと体を震わせた。慌ててハンドバッグからスマートフォンを取り出そうとして、取り落としかける。一之瀬も腕を伸ばしたが、由貴が辛うじて摑んだ。電話番号を呼び出そうとしたが、手が震えて上手くいかない。

「落ち着いて」

一之瀬が言うと、由貴が大きく深呼吸した。唇を引き結ぶと、今度は手も震えず、無事に操作を終える。スマートフォンを耳に当て、一之瀬に背を向けると、早口で話し始めた。すぐに振り向き、「病院はどこなんですか」と訊ねた。

「救急に確認しますから、会社には追って連絡して下さい」

一之瀬は自分も携帯を取り出し、確認を始めた。襲われたのは三十分前。既に新宿区内の病院に搬送されている。事務所からも近い場所だ。そこへは誰か、事務所の人に行ってもらえばいいだろう。由貴には、ここで話を聴かなくてはいけない。

由貴に病院を教えると、彼女はまた事務所に電話をかけて、手短に報告した。話し終えてスマートフォンを耳から離したが、ハンドバッグには入れず、手に持ったままにしている。これから何度も、電話がかかってくるだろう。

「ちょっといいですか」一之瀬は彼女の肘《ひじ》を摑み、現場から遠ざけた。既に非常線は張られており、鑑識の連中が作業を始めている。他の刑事たちも、道路をチェックしていた。犯人が何か残していないか……。

「凶器だ！」誰かが叫んだ。

声がした方を見ると、若杉が右腕を高々と掲げている。街灯の光で煌《きら》めいたそれは……包丁か、あるいは大きなナイフ。これまでの凶器は——前回杏奈が襲われた時も鈍器だったはずだ。それが今回は包丁？　となると、この事件だけが別物なのだろうか。

しかし、若杉……クソ、この一件ではポイントを先取《せんしゅ》されたな。気を取り直して、一之瀬は由貴を非常線の外へ連れ出した。近所に住む人たち、それに会社帰りのサラリーマンが、既に集まって来ている。野次馬に注目されると面倒なので、一之瀬は向かいのマンションの方へ由貴を誘った。こちらの方がより高級なようで、年配のガードマンが様子を見に外に出て来ている。一之瀬は彼にバッジを示し、ホールを使わせて欲しい、と頼んだ。勢いに押されたのか、ガードマンがオートロックを解除して二人をホールに案内する。

広いホールに置かれた豪奢《ごうしゃ》な応接セットで話ができそうだった。由貴は躊躇してなかなか歩き出そうとしなかったが、一之瀬は彼女の背中を押してソファの方に誘導した。一人がけのソファが四つ並んでいるのだが、どれもサイズはたっぷりしていて、革がぱんと張っている。座ると一之瀬は安心したが、由貴は落ち着かない様子だった。しかし、彼女が平静を取り戻すまで待っている暇はない。

「春木さんから電話があったのは何時ですか？」

「二十分……二十五分ぐらい前ですけど」

「電話を確認して下さい。着信記録で、正確に分かりますよね」

慌てて由貴がスマートフォンを見る。こんなことも分からないほど動揺しているのか、と一之瀬は同情した。

「十時七分でした」

「話の内容を詳しく教えて下さい」

「刺されたって、いきなり」由貴の声が震えた。

「どこをですか？」

「背中です」

「話はきちんとできる感じでしたか？　それとも辛うじて？」

「一応……苦しそうでしたけど、ちゃんと話はできました」

「救急車を呼んだのは、春木さん本人ですか？」

「私です。杏奈はそこまで気が回らなかったみたいで」

「場所はきちんと言えたんですね？」

「そうです。家の前だからって言って……だからすぐに一一九番通報して、それからこっちに向かったんです」

「あなたはどこにいたんですか？」

「事務所です」

　一之瀬は手帳にまとめて情報を書きつけた。十時七分、自宅前、一一〇番通報は由貴、事務所から急行……ぐちゃぐちゃになった文字は、後で判別するのに苦労するかもしれない。

「春木さんは、今夜は何をしていたんですか」

「夕方からオフで、友人と食事をしていたはずです」

「芸能界の友人ですか？」

「いえ。高校の時の友だちだと聞いています」

「会っていた人、それと店がどこだったかは聞いていますか？」

「そこまでは……」由貴が唇を噛む。「西麻布《にしあざぶ》だったと思いますけど、お店の名前までは分かりません」

一之瀬は「西麻布、会食」と書きつけた。この情報は、絶対に確認しなければならない。誰とどこで会っていたか——その後誰に、どうして襲われたか。もしかしたら彼女は、店にいる時から監視されていたのかもしれない。あるいは犯人が、家の前で待ち伏せしていたのか。

「それが分かるのは……」

「杏奈だけだと思います」

「友だちの名前、何とか分かりませんか」

「事務所の方で確認してみます。知っている人がいるかもしれないので」由貴が唇を噛む。

「お願いします」

「小池さん」

一之瀬は座り直し、改めて呼びかけた。由貴が顔を上げ、一之瀬の顔を真っ直ぐ見る。

「これは、通り魔ではないと思います。彼女は二回も襲われている。どう考えても、犯人は彼女を狙っていたんですよ。彼女は誰かに恨まれていないですか」

「私は知りません」

私「は」か。微妙な言い方が一之瀬の勘に引っかかった。

「あなた以外に、誰か知っている人はいないんですか？　事務所の他の社員の方とか」

「それは……私には分かりません。昔のことは……杏奈は、私より前から事務所にいますから」

「だったら、以前のマネージャーさんとか」

「ああ……」由貴が眉間に皺を寄せた。「私の前のマネージャーは、もううちの事務所を辞めてます」

「その人と何かトラブルがあったんですか？」

「違います」由貴が慌てて手を振ったが、その手はすぐにぱたりと落ちた。「違う、と思いますけど……入れ違いだったんで、はっきりしたことは言えません」

「何で辞めたか、知っている範囲で教えて下さい」

「独立したんです」

「喧嘩《けんか》別れですか？」

「まさか。違います」由貴が慌てて首を横に振った。「今も芸新社グループにはいますから。本人はミュージシャンのプロデュースをやりたかったみたいで、社長に頼みこんで、自分の事務所を立ち上げたんです。杏奈との関係は、よく分かりませんけど……」

「同じグループ内なら、簡単に摑まりますよね」一之瀬は彼女に迫った。「連絡を取ってもらえますか？　話を聴いてみたいんです」

うなずき、由貴がまたスマートフォンを耳に当てた。事務所の人間と話しているようだが、眉間の皺は深いままである。話し終えると、いきなり「ごめんなさい」と頭を下げた。

「摑まりませんか」

「今、海外なんです。レコーディングにつき合って……マイアミだそうです」

ずいぶん予算が潤沢なんだな、と一之瀬は皮肉に思った。今時、スタジオの機材などどこでも同じはずなのに。デジタル化されたレコーディング環境には、差がないはずだ。

「戻りはいつですか？」

「明日には帰って来ます。ちょうど今頃、向こうの空港だと思いますよ」

「じゃあ、しばらく連絡が取れませんね……帰って来たら、つないでもらえますか？」

「分かりました」

そこで一之瀬の電話が鳴った。藤島だった。

「今、何してる？」息せき切った様子だった。

「マネージャーさんに話を聴いています」

「すぐ、病院に向かってくれ。マネージャーさんと一緒がいいな。お前、顔見知りなんだから、被害者への事情聴取もやりやすいだろう」

「分かりました」一之瀬は立ち上がった。「つまり、話ができる状況ではあるんですね？」

「そういうことだ。とにかく急げ。できるだけ詳しく、事件当時の状況を聞き出すんだ」

そんなこと、言われなくても分かっている。一之瀬は由貴に事情を告げ、すぐに一緒にマンションを飛び出した。

杏奈は病室のベッドに座っていた。思ったよりも元気そう……なわけではなく、横になれないだけなのだと一之瀬はすぐに気づいた。背中を刺されたら、普通に寝るのも一苦労だろう。

化粧っ気のない顔、トレーナー一枚というラフな格好で、目は充血していた。しかもぼんやりしている。麻酔が効いているのかもしれない。一之瀬と同じぐらいの年齢の男が付き添っていたが、こちらはおろおろして、一之瀬と目を合わせようとしなかった。

「大丈夫ですか」

「ああ」かすれ声で杏奈が言った。ただ言葉に反応しているだけで、自分で何を言っているかも分からない様子である。

「少し話せますか」

「……はい」

杏奈が一之瀬を見たまま、サイドテーブルに手を伸ばした。由貴がすばやく近づき、ペットボトルを渡してやる。杏奈が震える手でボトルを受け取り、口元に持っていった。何とか飲んだが、水が一筋、口からこぼれてしまう。由貴が素早くボトルを取り上げ、ティッシュペーパーで口元を拭いた。杏奈はされるがままにしていたが、表情はずっと不機嫌だった。

一之瀬は、背後のドアを引いて閉めた。個室と言ってもそれほど広いわけではなく、椅子は二つしかない。一之瀬は部屋の奥に回りこんで、そのうち一つの椅子に腰かけた。ベッドとの距離が近い。並んで一緒に走った時よりも、ずっと接近している感じがした。

自分はどこか変なのかもしれない、と一之瀬は思った。普通、芸能人と一緒にいれば、多少は緊張、あるいは興奮するのではないか。しかし一之瀬の鼓動は、まったく平常だった。仕事だからと割り切れているわけでもなく……そんなことはどうでもいい。冷静に話ができるなら、それに越したことはない。

「今日は、食事をしてきたんですか」

「そうです。高校の時の友だちと……」

口調は相変わらずぼんやりとしている。友人たちの名前を確認するのは後にしよう、と一之瀬は決めた。杏奈に変な用心をさせないために、手帳はまだ広げない。

「一人で帰って来たんですね？」

「ええ」

「お店から家の近くまでは……」

「タクシーです」

「マンションの前で降りたんじゃないんですか」一之瀬も、現場で血痕を見ている。マンションの出入り口から、半蔵門駅に向かって十メートルほど離れた場所だった。むしろ、隣のマンションの前、と言っていい。

「家の前ではタクシーを降りないようにしてるんです」由貴が説明した。「家の場所を知られたくないですから」

「なるほど」確かにそうだった、と一之瀬はうなずいた。それにしても、用心が過ぎる感じはしたが。「降りた時、誰かにつけられていたとか、待ち伏せされていた感じはしませんでしたか？」

「全然分かりませんでした」

「相手は、後ろから襲ってきたんですよね」

「そうです」相変わらず声がかすれている。

「どこから出て来たか、分かりますか」

「それは……」杏奈が天井を見上げる。急に痛みが走ったのか、顔を歪めた。

「大丈夫ですか」

「大丈夫です」決して平気そうな様子ではなかったが、杏奈は意地を張った。弱っているところを人に見せるのが嫌なのだろう。

「あの辺に、隠れられるような場所はあるんですか」

「植え込みとか……もしかしたら、他のマンションのホールにいたかも」

そうか。確かにマンションのホールは、歩道から少しだけ引っこんでいる場合が多い。住人に見咎められなければ、張り込みには適していると言える。ただし、誰かに見られる可能性は覚悟しなければならない。

「食事をしていた店から、誰かにつけられていた可能性はありませんか」

「それは……分かりません」

「店の中で、何か変わったことはありませんでしたか」

「ない、と思います。分かりませんけど。ずっと個室にいたので」

もちろん、気づかなかったからこそ襲われたわけだが、杏奈も事務所も、少し事態を甘く見ていたのではないだろうか。警察のガードを断り、事務所できちんとやると言った割に、今日は完全に野放しにしていたではないか。杏奈自身も用心が足りなかった。こんな状況なのだから、仕事以外には外出を控えるべきだったのだ。何だかんだ言って、家が一番安全なのだから。杏奈のマンションはオートロックで防犯カメラも完備されており、一応、安全な部類に入るのだ。

「刺されたのは、どの辺りですか」一之瀬は話題を変えた。

「右の……肩甲骨のところです」左腕を右肩の上から回して傷を示そうとしたが、それはさすがに無理だった。顔が歪み、上げた左腕をすぐに力なく下ろしてしまう。

「相手がどんな感じで来たか、分かりますか？」

「いきなりぶつかって来て、急に肩が熱くなって……気がついたら倒れて、道路に血が流れていました」

「犯人は見ましたか？」

「……いえ……一瞬気を失っていたのかもしれません」

「何か盗《と》られていませんでしたか？　財布とか、携帯電話とか」言ってしまってから、馬鹿げた質問だと思った。携帯電話が無事だったからこそ、由貴に連絡を入れられたのだから。

「財布も携帯も無事でした。何も盗られていないと思います」

断定はできないが、強盗の線は考えなくていいだろう。襲って金品を奪うつもりが、相手の怪我が予想よりひどく、慌てて逃げてしまう強盗犯もいるのだが。

「相手は何か言っていませんでしたか？」

「言ってないと思います……いえ、よく覚えてません」

犯人につながる手がかりはなしか。一之瀬は休む間もなく質問を続けた。ただし、犯人についての話題は避ける」

「怪我の具合はどうですか？」

「刺し傷だけです」

「だけって……」一之瀬は顔を歪めた。「刺されてるんですよ」

「あ、でも、刺し傷っていうのは変かもしれません」杏奈が訂正した。「正確に言うと、切り傷ですね。刺されたんじゃなくて、切りつけられた感じです。だから、傷跡は長いですけど、そんなに深くはなくて……」

杏奈の声が、ようやく元気を取り戻し始めた。喋っているうちに安心してきたのかもしれない。

「それでも、しばらくはお休みですね」

「そうですね……でも、プレス・セッションがありますから」

「傷が残っていて、大丈夫なんですか？」

「水着になるわけじゃないですから」杏奈が穏やかな笑みを浮かべた。「それは、衣装で何とでもなると思います」

「あまり表に出ない方がいいんですけどね」

「どうしてですか？」

「状況を考えると、あなたは同じ相手に二回、襲われた可能性が高いんですよ。しかも武器が、鈍器から刃物へとエスカレートしています。二度あることは三度ある、と言うでしょう。相手は、仕損じたと考えているかもしれないし」

杏奈の顔から血の気が引く。しかし、仕事に関して譲る気はまったくないようだった。

「大事な仕事ですから。まだ先ですし、ちゃんと回復しますよ」

「無理しない方がいいですよ」

「分かりますけど、私たちみたいな仕事をしている人間は、上げ潮に乗っている時は、無理してでも頑張らなくちゃいけないんです。仕事に穴を開けたら、次がなくなるかもしれないんだから」

それはそうだ。一之瀬たちのように身分が保障されているわけではないのだから、仕事がある時には、何としても頑張らなければいけないだろう。

だがそれも、身の安全が確保できてこそ、だ。死んでしまっては仕事もできない。

「とにかく、無理しないで下さい。それに今後は、警察の指示に従ってもらうことになりますから」

「そんな……」杏奈が眉根を寄せた。

「事務所の方でも、その辺はご理解いただかないと困ります」

一之瀬は、ドアのところに立っている由貴に声をかけた。由貴は直立不動の姿勢を保っていたが、ハンドバッグをいじる手の動きは止まらない。

「明日にでも、もう一度社長と会わせていただきます……ただし今度は、私ではなくもっと上の人間と話してもらうことになると思います。よろしいですね？」

由貴が無言でうなずく。

「由貴さん、そんな、話を大袈裟にしないで……」杏奈が割って入った。

「駄目です」一之瀬はぴしゃりと言った。「もっと危機感を持って下さい。死んだら、何もできないんですよ」

冷たい沈黙が病室に満ちた。杏奈も、死という言葉をもっと重みを持って受け止めてくれないと。自分が死にかけたことを、未だに理解できていないのだろうか。

「小池さん、当然今後の春木さんのスケジュールは全部キャンセルですよね」一之瀬は念押しした。

「それは……ちょっと上と相談してみないと」

「キャンセルですよね？」一之瀬は念押しした。「仕事どころじゃないんですよ？　どうして分かってくれないんですか？」


〈19〉

信じられないことに、杏奈は襲撃から二日後の月曜日に退院してしまった。切りつけられた割に軽傷という診断ではあったが、あまりにも用心する気がなさ過ぎる。

しかも一之瀬がその事実を知ったのは、テレビの画面でだった。

「おいおい、何だ、これは」藤島が突然声を上げた。テレビの前で、腰に両手を当てて画面を凝視している。背中から怒りが立ち上っていた。「一之瀬、これ、ちょっと見てみろ」

一之瀬は慌てて立ち上がり、藤島の横に立った。病院の前で、杏奈が報道陣に囲まれている——以前見た光景の繰り返しだった。違うのは、そこに自分がいないことだけ。クソ、こんなことなら、制服警官を病院に張りつけておくべきだった。そうすれば、退院の情報をいち早く入手できたのに。由貴に文句を言ってやろうと思って携帯電話を手にしたが、思い直して画面に集中した。まずは杏奈が何を言うか、確認しておかないと。

画面には「生中継」の文字が入っていた。午後のワイドショーの時間に生中継するほどの大問題——杏奈はそれほどの大物タレントなのか？　しかし彼女が二度も襲われ、二度目は危うく死にかけたのは事実である。テレビ的には美味しいネタなのだろう。

杏奈の前にマイクが集中し、女性レポーターの声で質問が入った。

「怪我の具合はいかがですか？」

「はい、ご心配おかけしましたが、何とか大丈夫です。全治二週間の診断です」

深く頭を下げると、フラッシュが瞬く。政治家の謝罪会見のようだ、と一之瀬は一瞬思った。彼女が謝る理由は一つもないのだが。

「今回、襲われたのは二度目ですよね？　何か、心当たりはないんですか」

「全然ないんです」杏奈が困惑した表情で答える。

それにしてもこの会見は——一之瀬は次第に腹が立ってきた。杏奈は完璧に化粧をし、顔色を見ただけでは怪我人とは思えない。表情が曇っているのは、あくまで「作っている」ように見える。刑事として、被害者に対してそんな思いを抱いてはいけないのだろうが。被害者、悲劇のヒロイン——それは確かにそうなのだが、一之瀬は軽い反感を覚えた。

「それと……」ひとしきり続いた質問が切れた後、杏奈が自分から切り出した。「先日亡くなった加納亜佐美さん……同じランナー仲間として、お悔やみを申し上げたいと思います。私のイベントにも来ていただいて、お話ししたこともありました」

さらにレポーターたちから質問が飛んだが、杏奈はそれ以上答えようとはしなかった。深く一礼すると、細い指先で涙を拭って歩き出す。由貴と、先日病室にいた芸新社の若い社員が、二人だけで必死にガードしていた。見かねたのか、病院の警備員が手助けに入る。

「何だか売名行為臭くないか」藤島が白けた口調で言った。

「ええ……」さすがに藤島の言い方は意地が悪過ぎると思ったが、否定はできない。どうしてわざわざ、メディアに顔を出す必要があるのだろう。急な退院については、分からないでもないが……由貴から聞いた限り、杏奈は細かい仕事が詰まっていて、いつまでも入院しているわけにはいかないようなのだ。

しかし人は、仕事のためにここまで強くなれるのだろうか？　もしも自分が刺されたら、と一之瀬は想像した。怪我の程度にかかわらず、有休を一杯に使って休みを取り、深雪の看病に甘えるだろう。

ふと、小さな言葉が気になった。杏奈は本当に、亜佐美のことを知っていたのだろうか。イベント……確かに杏奈は、比較的頻繁にトークショーなどを行っていた。女性ファンは、ファッションショーを見るような感覚で参加していたのだろう。その中に亜佐美がいてもまったく不自然ではない。その後の握手会で一言二言話して――しかし、ほんの一瞬接触しただけの相手を、そんなにはっきりと覚えているものだろうか。そうでなくても杏奈は、毎日多くの人と会うはずだ。人間の記憶容量には限りがある……そう、杏奈は若杉と二度目に会った時に覚えていなかった。あるいは亜佐美は、それほど強く印象に残るタイプだったのだろうか。

どうも、何かがおかしい。

まさか、と一之瀬はある可能性に思い至った。

亜佐美が杏奈のファンだったらしいことは分かっている。彼女の部屋に置いてあった雑誌で、杏奈が載っているページの角が折り曲げられていたこと、杏奈と同じアップワイルドのウエアを愛用していたこと……亜佐美にとって杏奈が憧れの存在だったことは容易に想像できる。そのことを、一之瀬は昨日の捜査会議で報告――あくまで推測としてだが――した。

その件が、どこかから杏奈側に漏れたのではないか？

自分以外の警察官も、杏奈には接触している。そういうところからなのか？「この前亡くなった女性、あなたのファンだったみたいですよ」。囁《ささや》くような言い方さえ想像できる。しかし、何故漏らしたかが分からない。話の接ぎ穂《つほ》としてか、この情報をきっかけに、杏奈から何か話を引き出そうとしたのか。

しかし、これを知って杏奈がショックを受けるとは考えなかったのだろうか。同じような事件が何回も起きて、彼女自身も被害に遭っている。そこへこんな情報を伝えたら、精神的に不安定になっているはずの杏奈がさらに動揺する——していない。切りつけられた直後でさえ、杏奈は動揺してはいなかった。今考えると、あの時はまだ薬のせいでぼうっとしていたのではないかと思えるが、それでも泣くことも取り乱すこともなかった。

大した精神力だ。彼女なら、一連の不幸をプラスに転換できるかもしれない。「上げ潮に乗っている時は」という彼女の言葉を思い出した。多少無理をしてでもメディア露出を増やし、どんなことでも利用する——そんなしたたかさが、画面の彼女からは漂い出している。

「どうした」

藤島が訊ねる。誰かが杏奈に情報を漏らしたのでは——その疑念を伝えようとしたが、やめにした。こんなところで犯人捜しをしてもどうしようもないし、杏奈は別に悪いことをしたわけではない――倫理観の問題を除いては。

「何でもありません」

「しかし、こんなに早く仕事に復帰して大丈夫なのかね」

「怪我は、それほど大したことはないですからね」

「怪我よりも、精神的な問題の方だよ」藤島が肩をすくめる。「こういう商売をやっている人は、俺らが考えている以上にタフなのかもしれないな」

「ええ」

「さて……彼女が退院したとなったら、やることがあるな」

「まさか、またガードですか」一之瀬は思わず眉をひそめた。

「二度あることは三度ある。犯人は、二度もやり損ねてむきになっているかもしれない。今度は、事務所が何を言っても関係ないからな。ガード再開だ」

「同一犯、ですよね？」

「その疑いが強い。だから今度こそは、徹底してガードしなくちゃいけないんだ。いろいろあったが、予定変更だな――この仕事は、お前が軸になるんだぞ」

「はあ」既にガードを経験し、顔見知りでもあるから、それは当然だろう。だがどうしても、気合いが入らない。彼女は何か隠している。下手《へた》すると、自分も利用されてしまうのではないか――そう考えると、たまらなく嫌だった。

杏奈のガードに常時二人割くのは、警察としても大きな損失だ。一番大変なのは刈谷管理官だろうな、と一之瀬は密かに同情していた。捜査のやり方は、状況に応じて日々変わる。今日は聞き込みで埼玉に行っていた人間を、明日は凶器の調査で都内の会社を回らせる——そんな風に臨機応変に刑事たちを動かしていくだけでも大変なのに、その中からガードの人員を確保して、ローテーションを組まなければならないのだ。

そんな同情もあり、一之瀬は「自分が百パーセント張りつきます」と申し出てしまった。彼女といると何となく落ち着かず、苛々させられることも多いのだが、乗りかかった船である。それに彼女は、まだ何か隠しているのではないかと思えた。ずっと一緒にいて話をしていれば、そのうち矛盾に気づくかもしれない。それが解決へのとっかかりになれば、自分の手柄だ——というスケベ根性もあった。

ちょっと前までは、「手柄」のことなんか考えてもいなかったんだよな、と不思議に思う。一之瀬が警察官を職業に選んだのは、何よりも「安定性」のためだった。仕事で失敗し、失踪した父を見ていたから、金儲《かねもう》けを追求したり、ギャンブルのような仕事で冒険する気には到底なれなかった。利潤を考えない公務員なら精神的に安定して仕事ができるし、生活も保障されている。ただし、毎日同じような仕事を繰り返すだけの都庁や区役所で働く気にはなれない——多少の刺激を求めて警察官になったのだが、それでも警察学校で学んでいた頃や、交番勤務の初期は、何も起きずに平穏な日々が過ぎていくことだけを祈っていた。それが明確に変わったのは、やはり刑事になったことがきっかけだったと思う。

結局、一之瀬がメーンのガードで常時杏奈に張りつき、日毎にパートナーが変わるスタイルに落ち着いた。初日——退院初日の相棒は、半蔵門署の先輩刑事である井頭《いがしら》、三十五歳。一度本部の捜査一課へ上がったのだが、その後の異動でまた所轄へ出たのだという。その経歴を若杉から聞いただけで、あまりあてにできない人だな、と一之瀬は気を引き締めた。捜査一課で結果を出して評価されれば、管理職にならない限り、所轄に出されることはない。いや、本当に捜査一課に必要な人間なら、異動せずに一課の中で階段を上がっていくはずだ。

実際、井頭は見た目からして頼りなかった。丸々と太った男で、歩く際には足ががに股気味に開いてしまう。細い目には生気がなく、どういうつもりかは分からないが、しょっちゅう溜息をついて一之瀬を苛つかせた。

そういう頼りない先輩と一緒に、一之瀬は芸新社に詰めている。杏奈は、退院直後にスポーツ紙の取材を受けることになったのだ。病院前の囲み取材にもスポーツ紙の記者はいたはずだが、どうやらそれより詳しい「独占取材」の権利を一紙だけに与えたらしい。

会議室には、杏奈と記者、カメラマン。中に井頭を残し、一之瀬は由貴を廊下に引っ張り出した。こういうやり方は気に食わない。

「この取材の意図は何なんですか」

「意図って？」由貴の顔に戸惑いが浮かぶ。

「だから、どっちから話が出たんですか？」

「それは……うちですけど」

「あまりぺらぺら喋られると困るんですけど」

「おつき合いもありますから」

「おつき合い？」

「今日の新聞……東日スポーツさんは、杏奈を最初に取り上げてくれたメディアなんですよ」

「そうなんですか？」

「初マラソンに挑戦する時に、連載をやらせていただいて。それからずっと、いいおつき合いをしているんです」

東日の系列紙か……厄介なことにならなければいいが、と一之瀬は心配になった。東日新聞本体には吉崎がいる。妙にしつこいあの男に余計な情報が入ったら、また迷惑な記事を書いてくるかもしれない。今は、変に読者の興味や不安を煽るような記事は勘弁して欲しかった。杏奈がそこまで意識しているかどうかは分からなかったが、さすがに警察としても取材の内容にまでは口を出せない。

シャッター音が聞こえ始めたので、一之瀬は由貴にうなずきかけて会議室に戻った。杏奈はもこもこした素材の濃紺のパーカーというラフな格好で、窓を背にして座っている。テーブルの角を挟む形で記者、その後ろに女性カメラマンが控えていた。

「――いろいろ大変でしたね」

「びっくりしました」杏奈が両手を胸に当てる。

「怪我は大丈夫なんですか？」

「人より頑丈みたいです」

杏奈が微笑んで見せたが、一之瀬は顔が引き攣るほど心配になった。度胸があるのか危機意識が薄いのか……杏奈は本格的なランナーらしく、贅肉《ぜいにく》が一切ないスリムな体形である。肩甲骨付近、切りつけられた僧帽筋だって、それほど分厚いわけではないだろう。その辺を鍛えている人だったら、刃物傷のダメージも小さかったかもしれないが、彼女の場合、致命傷を負っていてもおかしくなかったのだ。

「犯人に心当たりはないんですか」

「ないです、まったく」杏奈の眉間に皺が寄る。

「人の恨みを買うようなことは……」

「ないですよ」少し怒ったような表情を浮かべ、真っ向から否定する。

あまり突っこむなよ、と一之瀬ははらはらした。スポーツ紙の芸能関係の記者は、一般紙の事件記者――遠慮もデリカシーもない――とはメンタリティが違うだろうが、思わぬ質問で危ない答えを引き出してしまうかもしれない。それこそ、捜査に影響を与えかねないような話を。

しかしこの記者の狙いは、事件の真相を明らかにすることではなかった。怪我の影響、今後の活動予定について――要するに完全な宣伝用の記事である。スケジュールの確認のようなインタビューがだらだらと続いたが、記者は最後に、加納亜佐美の話題を持ち出してきた。

「亡くなった女性のことなんですが、ご存じだったんですね」

「ええ……トークショーなんかに、何回か来てもらって」それまで気丈に話してきた杏奈の顔が曇る。

「顔見知り、ということですか」

「そうですね。トークショーの席ですけど、話したこともありますし」

「どうしてランナーばかりが狙われるんでしょうね」

「それは、私には分かりませんけど」杏奈が眉間に皺を寄せた。「でも、残念です。私たちはただ、楽しいから走っているだけなんですよ。そういう人、一杯いるじゃないですか。それが脅かされているんですから、怖いです」杏奈が胸の前で両手を握りしめた。

「そうですね……杏奈さん、これからランニングはどうするんですか？　これだけ何度も怖いことがあった後で――」

「私は走りますよ」記者の言葉に被《かぶ》せるようにして杏奈が言った。「走ることは、私の人生ですから。私の本当の人生は、走ることから始まったんです」

格好つけ過ぎじゃないか、と一之瀬は少しだけ白けた気分になった。走るしかない――言ってみれば、現在の彼女のタレントとしての存在価値は、その一点に限られるわけだ。こんな仕事を――女性ランナーたちのアイコンとしての仕事を、いつまで続けていけるのだろう。

由貴の携帯電話が鳴り出し、慌てて廊下へ出て行った。相変わらず彼女も忙しいことで……と思いながら、一之瀬は杏奈のインタビューに意識を戻した。

「怪我がよくなれば、またランニングは再開します」

「傷跡とか、残らないんですか」

「分かりませんけど、しばらくは、あまり露出しないウエアで走ります。アップワイルドの新しいウエア、Tシャツでも可愛いデザインが多いので」

ここでまた宣伝かよ、と一之瀬はさらに白けた。まさか記事に、こんなフレーズが盛りこまれるとは思えないが。

インタビューは三十分ほどで終わった。さすがに杏奈は疲れた様子で、「外でも写真を撮りたい」というカメラマンの要望は断った。由貴が丁寧に詫びて、記者とカメラマンを会議室から見送る。杏奈は急に不機嫌になった様子で、あらぬ方を見ながらペットボトルを引き寄せた。ボトルが倒れて、水がテーブルを濡らしてしまう。しかし杏奈は見向きもしなかった。由貴が慌てて飛んで行ってボトルを立て、自分のバッグからティッシュペーパーを取り出して水を吸わせる。

「何でキャップ、開いてるの」

杏奈の問いに、由貴は答えなかった。杏奈が自分で開けてそのままにしていたのだが、そんなことを指摘する気にもなれないのだろう、と一之瀬は推測した。杏奈は、この取材でだいぶ神経をすり減らしてしまったようだ。こんなことは簡単に予想されたことで、断ればよかったのに。

立ち上がり、一之瀬と視線が合うと、杏奈がにこやかな笑みを浮かべる。事件の後とは思えなかった。

「お疲れ様です」

「退院していきなり仕事は、大変じゃないですか?」

「でも、取材してもらえるのはありがたいことですから」杏奈が唇を尖らせる。

「こちらとしては、少し自粛してもらえると助かるんですが」

「それは、私が決めることじゃないんです。スケジュールは全部、事務所が管理しているので」

一之瀬は由貴を見た。怪我したタレントを無理やり働かせている？　しかし由貴は何の説明もせず、こぼれた水の始末を続けていた。

「今日からまた、警察としてガードに入ります」

「すみません、ご迷惑をおかけして」杏奈がきちんと両手を腿に揃えて頭を下げた。

「もちろん、捜査もきちんとやっています。今回のガードは、それと並行して、ということですから」

「はい」

「しばらくランニングはなし、ですね」

「そうですね」

それを聞いてほっとする。夜のランニングで彼女につき合うのは、運動の苦手な自分にはやはり無理だ。一種の拷問《ごうもん》である。

「仕事はできるだけセーブして、夜の外出も控えていただけますか」

「そうですね……」

杏奈がちらりと由貴を見る。由貴が素早くうなずいたのを見て一之瀬に視線を戻し、笑みを浮かべた。

「その辺は、由貴さんが調整してくれると思いますので」

「まず、怪我の養生をして下さい。退院したからと言って、完治したわけじゃないんですから」

「一之瀬さん、優しいんですね」

「いえ……」耳が少し赤くなるのを意識しながら一之瀬は言った。「仕事ですので。できたら、ずっと家に籠っていてくれるとありがたいです」

「それは無理ですよ。どうしても外せない仕事もありますし」

「その場合は、こちらで完全にガードします。鬱陶しいかもしれませんけど、何かあってからでは遅いですからね」

「分かりました。ご迷惑をおかけしてすみません」杏奈がまた頭を下げる。

「今日はもう、自宅に戻られますね？」

「ええ」

「送ります」

「はい」

素直に言って、杏奈が荷物をまとめ始めた。由貴が、びしょ濡れになったティッシュペーパーの塊を持って、一之瀬に近づいて来る。

「杏奈の前のマネージャー……成田に着きましたよ。さっき電話がありました」小声で告げた。

「すぐに会えますか？」先ほど携帯にかかってきた電話はその件だったのだ、と理解した。

「一度会社に寄りますから、会うならこちらで」由貴が手首を裏返して時計を確認した。

「六時過ぎですかね」

「話を聴きたいので、引き留めておいてもらえますか？　春木さんをお送りしたら、また戻って来ます」

「分かりました」

由貴の顔色は悪かった。しかし、彼女の健康的な表情は見たことがない。もはや、これが普通の顔になってしまっているのだろうか。同情しながら、自分も似たようなものだろう、と思った。

「お待たせしました」

杏奈が明るく言った。表情は明るく、とても退院してきたばかりには見えない。タレントっていうのは、恐ろしくタフなんだ——由貴と顔を見合わせ、苦笑を交換しようとしたが、彼女はすっと目を逸らしてしまった。そのままゴミ箱に歩み寄り、握り潰したティッシュペーパーを放りこむ。濡れた塊が不快な音を立てた。

何故、由貴は拒否するのだろう。訳が分からず、一之瀬は首を捻った。

〈20〉

杏奈の初代マネージャー、溝内恭彦《みぞうちやすひこ》は、さすがに疲れた様子だった。乗り換えを含めて、マイアミから十数時間のフライト。時差ボケもあるだろうし、きちんと話を聴ける状況とは思えない——だが一之瀬は、この機会を逃すつもりはなかった。話を聴ける時には、無理してでも聴く。そうしないと、二度目のチャンスが巡ってこないことも多い。

溝内はTシャツにダウンジャケットという軽装だった。芸新社の会議室は十分暖房が利いているのだが、ジャケットを脱ごうとはしない。さすがにTシャツ一枚では厳しいのだろう。中途半端な長さに伸びた髪に、長い顎。胸元では、シンプルな細い金のチェーンが光っている。欠伸を嚙み殺すと、コーヒーを一口飲み、大袈裟に目を見開いた。

「お疲れですね」一之瀬は軽い調子で声をかけた。

「さすがに、マイアミは遠いですね」

「どうしてまた、マイアミだったんですか？　担当しているのはデスメタルのバンドなんですか？」

溝内がにやりと笑った。何だか馬鹿にされたような気がして、一之瀬はつい早口で話した。

「デスメタルって、マイアミ――フロリダが発祥の地ですよね？」

「音楽、好きなんですね？」

「ええ、まあ……」

「デスメタルがフロリダっていうのは、ずいぶん昔の話だなあ」

「じゃあ、今回は？」

「プロデューサーがマイアミ在住で。彼のプライベートスタジオで、ベーシックトラックを録《と》ってきました」

「何日ぐらい行ってたんですか？」

「ほぼ二週間かな」溝内が、手首の幅からはみ出しそうな腕時計を見た。「結構タイトでしたね」

まったく日焼けしていないのも、忙しかった証拠か。マイアミなら、ちょっと散歩しただけでも真っ黒になってしまいそうだが。

「春木さんが襲われたニュースは……」

「それはチェックしてました」溝内の顔が瞬時に蒼くなる。「事務所と連絡は取ったんですけど、マイアミにいたら何もできませんよね」

「直接の担当でもないし」

「もう、会社も違いますからね」

今のところ話は上手く転がっている、と一之瀬は安堵した。少なくとも溝内は、由貴とは違うタイプのマネージャーのようだ。少し気さくで余裕があるのは、経験が長いせいか、あるいは杏奈と今は直接関係ないせいか。

「ストーカー、ないし人間関係のこじれから、春木さんが狙われた可能性もあると思っています」

「いや、それはどうかな……」溝内が首を捻った。

「と言いますと？」

「あいつ、男の影なんかないでしょう？　ずっとガードしていたんだったら、そういうの、分かりますよね」

「警察としては、プライベートなところまで完全に把握《はあく》しているわけではないですよ。電話やメールの内容までは分からないですし」

「ああ……そうですか」溝内が座り直した。コーヒーカップは握り締めたままである。

「でも実際、切った張ったのトラブルが起きるほど、男と深い関係にはないと思いますよ。昔も、です」

「そうなんですか？」

「ちょっとぐらいあってても、いいのにね」溝内が笑い、ネックレスを左手で弄った。「別に、清純派女優とかアイドルってわけじゃないんだから、男がいたって何にも問題ありませんよ。その方がむしろ、幅が広がっていいんじゃないかな。最近は、ママさんタレントの需要もあるし……もちろん、いきなり妊娠されたら困りますけどね」

「ええ」この事務所の人間は、よく「需要」という言葉を口にする。まさにタレントを商品としてしか見ていない証拠ではないだろうか。しかし杏奈本人も、そのことは分かっていて気にしていない様子である。「ということは、男性関係のトラブルは昔からなかったんですね？」

「ないですね」

「あなたが気づいていなかっただけ、ということはないですか？」

「それはないと思います」溝内の口調が硬くなった。「そういうこともちゃんと話し合えるぐらいじゃないと、タレントとマネージャーの信頼関係は成り立ちませんから」

「まったくない、というわけですね」

「ないです」

自信たっぷりの口調だった。あまりにも揺らぎがないので、一之瀬も質問を変えざるを得なかった。

「あなたがマネージャーを離れてから、春木さんはランニングを始めたんですね？」

「映画の仕事がきっかけで……その辺、小池からも聞いてるでしょう?」

「ええ」

「あれでやっと、自分の行くべき方向を掴んだ感じだけど……個人的には何だか惜しい気もしましたね」

「そうですか?」

「ブレーク――まだそんなにブレークしてるわけじゃないけど、そういうきっかけのタイミングに居合わせられなかったのは、マネージャーとして残念ですね。ちょっとしたタイミングのずれだけど」

「でも、他にやることがあったんでしょう?」

「まあ、俺は元々音楽志向だったんで……今はそれなりに充実してますけどね」

「最近、春木さんと会ったり話したりすることはありましたか?」

「ほとんどないですね。うちの会社もこのビルに入ってますけど、基本、仕事が違うので。最後に会ったのはいつだったかな……今年の始めぐらいかな?」

「その頃、もうアップワイルド社の話は決まってたんですか?」

「正式には決まってなかったんじゃないかなあ。でも、話はあったと思いますよ。あいつ、自分からその話をしてたから」

「じゃあ、張り切ってたんでしょうね。いい話ですよね?」

「いいというか、でかい話ですよ。会社としても、あいつとしても。まあ、張り切り癖が治ってなくて、相変わらずだな、と思いましたけどね」溝内が苦笑する。

「張り切り癖？」

「空回りするっていうか。ほら、張り切り過ぎて滑って、周りが白けちゃうみたいな感じ……分かるでしょう？」

「昔からそうなんですか？」一之瀬は目を細めた。

「そうだけど、何か？」溝内が顔を引き攣らせて引いた。

「いや……」一之瀬は言葉を濁した。妙だ。由貴は杏奈を評して、昔はそれほどがつがつしていなかった、と言っていた。仕事に対してやる気を見せるようになったのは、走るようになってから。ランニングが全てを変えたのだろう、と一之瀬も思いこんでいた。「昔から、アピールがすごい人だったんですか？」

「芸能人は、誰だってそうですよ」

「そうですか？　欲のない人もいると思うけど……友だちや家族が勝手にオーディションに応募してしまって、なんて言う人、いるじゃないですか」

　溝内が声を上げて笑った。

「そういうのは、後から作られた話ですよ。勝手に応募されて、そのままオーディションを受ける人なんか、いるわけないでしょう。自己顕示欲がない人間が、芸能人になろうとするはずがないんだから」

「春木さんも、オーディションでしたね」

「あちこち受けてたみたいですよ。なかなか最終選考まで残らなかったけど……当時は華がなかったしねえ」

　ずいぶんあからさまに言う男だな、と一之瀬は驚いた。別に隠しておくような話ではないだろうが、あんな事件のあった後である、誰かの悪口に聞こえそうなことだと思ったら、口を閉ざしておくのではないだろうか。

「じゃあ、最初は結構苦労されたんですね」

「正直、俺もよく分かってなかったし……杏奈にも悪いことしましたね。要するに、どう使っていくか、方針が定まらなかったんですよ。事務所の思いつきで開催したオーディションの準優勝者って言っても、それだけで需要があるわけじゃないし。ドラマなんかに何回か押しこみましたけど、後が続かなくてね」

「彼女は、そういう状況に相当焦っていた感じでしたか？」

「そりゃあ、もう」溝内がうなずく。「だから、映画の仕事が決まった時にはほっとしましたよ」

「拒食症の役だった映画、ですね」

「そう。主役じゃないけど、重要な役だったから、本人も乗ってました。残念ながら、俺は結果を見届けないで担当を外れることになったけど」

「それで引き継いだのが……」

「小池です。まあ、あいつの方が、杏奈の生かし方はよく分かってたんでしょうね。まさか、走るタレントに、あんなに需要があるとは思わなかったけど」

「その後は……今回のアップワイルドの件も含めて、順調にきていると言っていいんでしょうね」

「まあ、この先どうなるかは分かりませんけどね。ランニングブームが続くうちは出番はあると思うけど、そういうのもいつまで続くか、ねえ。本人も年を取ってくるし。この辺でまた、テレビの連ドラや映画の話がくれば、もう一段上げ潮に乗れるんだろうけど」

「そういう話、ないんですか？」

「どうかなあ」溝内が首を捻った。「今はもう、会社も違うので情報が入ってこないし……別に喧嘩別れしたわけじゃないけど、こっちはこっちで仕事がありますからね。一々気を配っていないんで」

「噂で聞くようなこともありませんか」

「映画の仕事でも決まれば、さすがにすぐに耳に入りますけど」

　それにしてもよく話す男だ。それも、相当露骨に……どこまで本音かは分からないが、この男は摑まえておかなくてはならない、と一之瀬は決心した。今のところ、決定的な情報は聞いていないが、今後、いいネタ元になるかもしれない。

……いや、今日も気になる情報が一つあった。微妙な問題ではある。タレントになったばかりの頃、杏奈はやる気満々だったのか、それほど欲がなかったのか。まったく逆の話ではないか。

あるいは杏奈は、人によって態度を変えているのかもしれない。これも珍しいことではないし、そもそも「A」という事実が、見る人によって「B」に見えたり「C」に解釈できてしまったりする。だいたい、由貴が言っていたのは伝聞に過ぎないのだ。彼女は、あの映画から、杏奈のマネージャーになったのだから、それ以前の様子をあまり知らないだろう。

だから、それほど気にする必要はないのかもしれない。しかし妙に引っかかる。この戸惑いをどう扱っていいのか、一之瀬には判断できるだけの経験がなかった。

半蔵門署の特捜本部に戻ると、妙に沸き立った雰囲気に呑みこまれた。凶器の包丁から、指紋の検出に成功したらしい。若杉が刑事たちの輪の中にいて、得意満面の表情を浮かべているのが見えた。まあ、見つけたのはあいつだから、自慢したくなる気持ちも分かるけどな……どこか白けた表情の藤島が近づいて来た。

「該当する指紋はなかった」

「じゃあ犯人は、前科のある人間じゃないですね」

「そういうことだ。指紋は、現段階では直接犯人に結びつかない……ただし、購入者の名簿から何とかなるかもしれない」

　藤島が、背広の内ポケットから、折りたたんだメモを取り出した。Ａ４判三枚に、びっしりと人名、住所、電話番号などが書かれている。メモを受け取って確認し、一之瀬は顔を上げた。

「これが名簿なんですか？」

「ああ」

「よく分かりましたね」

「ネット限定で販売されたから、ちゃんと名簿が残ってたんだ。百五十人……潰せない人数じゃないぞ。大量生産時代の弊害も、ネット通販のおかげで終わるかもしれないな」

　一之瀬はうなずいた。昔——それこそ昭和も半ばの時代までは、「ブツ」の捜査は極めて重要だったという。凶器の割り出し、販売店の特定、購入した人間の追跡。そういう地道な捜査で、犯人に辿り着くことも珍しくなかったそうだ。しかしその後の大量生産時代が、ブツの捜査を難しいものにしてしまった。何万、何十万と生産された製品から購入者に辿り着くのは、確かに困難である。

　しかしネットで購入したものに関しては、藤島が指摘したように、利用者の情報が完全に残っている。ただし、今回はたまたまラッキーだったと言えよう。全ての商品がネットで売られているわけではないのだから。

「それで、どうなりそうなんですか？」

「まだ手をつけたばかりだから、何とも言えないな。少し時間はかかるだろう。購入者は全国にいるしな……それで、お前さんの方はどうなんだ」

気になっていることを話していいかどうか、分からない。ホウレンソウの原則に従えば、耳に入れた情報は何でも上司に報告すべきなのだが、杏奈の過去の話が捜査に役立つかどうかは分からない。どうでもいい話ではないか、と判断しかけていた。ただし一之瀬の中では引っかかっている。

話さないことにした。話して藤島を悩ませるのも申し訳なかったし、そもそも「そんな話は関係ない」と馬鹿にされる恐れもある。一之瀬は、誰かに馬鹿にされたり説教されたりするのが大嫌いなのだ。藤島に言わせると、それこそゆとり世代の特徴だというのだが。

「次の山はどうなる？」

「人前に出る機会としては、まず二月二十九日にトークショーがあるそうで、心配です」

「そういう場所に、誰かが乱入してくるとは思えないがね」

「それはそうなんですが……」一番危険な状況は、人目につかない場所で彼女が一人きりになることだ。家にいる限りは安全だろうが、移動時、あるいはどこかで待機している時には油断できない。

「一之瀬」刈谷管理官が近づいて来た。今日も一分の隙もないスーツの着こなしである。最も評価できるのは、ちゃんと黒いプレーントゥの靴を履いていることだ。せっかくのスーツに、五千円ぐらいの安っぽい模造革の靴を合わせて、コーディネートをぶち壊しにしてしまっているサラリーマンは山ほどいる。

「はい」一之瀬は背筋を伸ばした。

「ガードの方、まだ続行でいいな？」

「はい」

「どうなんだ？　男の影とか、ないのか」

「今のところは、何もないです」溝内から聴いた話を報告した。「今は仕事が忙しくなって、それどころじゃない感じだと思います」

「どんなに忙しくても、男と女のことは別だぞ」

硬いイメージしかない刈谷がそう言うと、どこか妙な感じがした。笑いそうになるのを我慢しながら、一之瀬はうなずき、さらに反論した。

「事務所の人たちが否定していますから、間違いないと思います。普通の人じゃなくてタレントさんですから、プライベートもある程度は把握されているみたいですよ」

「しかし、何というか……」刈谷が珍しく苦笑した。「被害者に対してこんなことを言うのは何だが、かなりしたたかなタイプなんじゃないか？」

「ええ」確かに。今日の退院の時もそうだ。あれは絶対に、事務所側がマスコミにリークしたに違いない。その後で、スポーツ新聞一紙だけに独占取材させたのも戦略だろう。単独インタビューなら、間違いなく扱いが大きくなる。

「自分のトラブルも、結果的に宣伝材料にしてしまうんじゃないか？　何しろ被害者で、誰からも同情される立場だから」

「そうですね」

「まさかとは思うが、自作自演ということはないだろうな？」

刈谷にいきなり切り出され、一之瀬は口をつぐんだ。考えたこともなかったが、即座に否定はできない。たまたま起きた事件に便乗して、自作自演で自分を傷つけた……想像するのは簡単だが、裏づける材料は何もない。

「さすがにそれはないと思います」

「どうして」

今日の刈谷は妙にしつこく突っこんでくるな、と思いながら一之瀬は答えた。

「自作自演ということは、全部が演技、という意味ですよね」

「そうなるだろうな」

「その場合、もっと怯えた演技をするんじゃないですか？　その方が同情を引きやすいですし。でも彼女は、取り敢えず気丈に振る舞っています」

「気丈に振る舞うのも演技かもしれないぞ」

「管理官、本気で仰ってるんですか？」

「まだ、あらゆる可能性を捨て切れないということだ」刈谷が眼鏡の奥の目を細める。

「しかしこの件については、お前の勘を信じるとするか」

「はあ」

「人間観察の能力も、それほど低くはないみたいだから」

「そうですか？」

刈谷が声を上げて短く笑った。

「自分のことを分かってないのが、お前の一番の弱点かもしれないな」

うなずきかけると、踵を返して去って行く。一之瀬は多少の困惑を覚えて、藤島に目を向けた。

「管理官、何が言いたかったんですかね」

「さあね」藤島がにやりと笑う。

「俺、自分のこと、分かってないですか？」

「誰だって分からないだろう。世の中で一番謎《なぞ》の多い、理解不能な人間がいるとしたら、それは自分自身だろうからな」

〈21〉

本筋の捜査に加われない日々が続き、一之瀬は次第にストレスを感じ始めていた。杏奈のガードが大事な仕事だとは分かっているが、一人だけ取り残された感じもしている。もっとも、凶器の包丁を辿る捜査も難航はしているようだが……ドイツ製で、ネット通販会社が特注したこの製品は、刃渡り二十五センチの万能包丁である。購入者は全国に広がっており、全員のアリバイを潰すには時間がかかりそうだ。ひたすら面倒な仕事である。

しかし若杉は張り切っている様子で、たまに顔を合わせると「そっちはどうよ」と嬉しそうに話を振ってくる。一之瀬としては、答えることが何もなく、寂しげに笑って首を横に振るしかできなかった。ガードしながら手がかりを探せればいいのだが、自分はそこまで器用ではないし、時間もない。

二月二十九日、水曜日。退院した翌々日に、杏奈は書店でのトークショーに臨んだ。取材や収録と違い、不特定多数の人間が出入りするので、一之瀬は中止ないし延期を要請したのだが、事務所側が——あるいは杏奈が「どうしても」と押し通し、予定通り行われることになった。

場所は渋谷《しぶや》の書店。一階の売り場の一部を普段からイベントスペースとして使っているようで、狭い場所に椅子を詰めこんでいる。何かあったら身動きが取れない、と一之瀬は不安になった。藤島のアドバイスで、渋谷中央署の地域課から制服警官が二人応援に来ているのだが、これは正解だったと思う。華やかな雰囲気には場違いな存在なのだが、一定の抑止力になるのは間違いない。しかし、観客がそちらをちらちら気にしているのは、やはりまずい感じだ。

トークショーが始まる前に、一之瀬は控え室から会場まで、丹念に下見した。控え室は会議室を流用したもので、書店の店員たちが詰めているため、部外者が入りこむのは難しい。そこから会場へ至る通路は書店のバックヤードで、ここも関係者以外は入れない。やはり心配なのは、会場自体だ。

今回のトークショーは、杏奈の二冊目の本——二月初めに刊行された——に関連するもので、三十分程度のトークショーの後に、サイン会と握手会が予定されている。トークショーの最中も、サイン会と握手会の時も、どちらも危険だ。

トークショーの間、一之瀬は控え室から会場へ至る通路の出口にいることにした。ここにいれば、参加者全員の様子を正面から見守れる。何かあっても、飛び出せば杏奈を守れるはずだ。

控え室から会場まで、一之瀬は杏奈のすぐ後ろについた。杏奈は今日もジーンズにTシャツという軽装で、アップワイルドのウインドブレーカーを羽織っている。頭の傷はほとんど癒えているはずだが、髪型が決まらないのか、キャップを被っていた。見ようによってはこういう場に出るような格好ではないのだが、これが杏奈のパブリックイメージということなのだろう。たまにはもっとファッショナブルな——女性らしい格好で人前に出たいと思わないのだろうか、と一之瀬は訝った。しかし彼女は、プライベートでも似たような格好をしていることが多い。やはり好きなのだろう。

杏奈がテーブルにつくと、一之瀬は通路の端にある衝立《ついたて》の奥に引っこんだ。会場全体を視界に入れつつ、自分は参加者から見られない場所はここしかない。壁の時計を見て時刻を確認する。午後六時ジャスト、司会のフリーアナウンサーが第一声を発して、トークショーが始まった。

二冊目の本のテーマは、「走ること、お洒落すること」。いわゆる「スタイルブック」というやつで、事前にぱらぱらとめくって確認してみたところ、写真のページが多い。

会場は、女性ばかりで埋め尽くされている。事前に書店から聞いた話では、トークショーの参加者は五十人限定で、サイン会ではもう少し増えるだろう、ということだった。客席にいるのは、二十代前半から三十歳前後の女性がほとんど。杏奈と同じように、アップワイルドのウエアを身につけている人も多かった。特に何人かは、まったく同じダウンジャケット姿である。今年、街中でよく見かけた製品だ。アップワイルドが初めて手がけたダウンジャケットらしいが、薄手でスリム、スタイリッシュなのが特徴である。今日は最高気温が五度までしか上がらず、あれぐらいのダウンだと結構寒いはずだが。

　杏奈は最初に、今回の事件について謝罪した。

「個人的なことでご心配おかけして、すみません」一度立ち上がり、一礼する。座った時には、もういつもの杏奈に戻っていた。最初は声が少し震えていたが、それもなくなった。「怪我は大したことはありませんから、どうぞご心配なく。今日も元気にいきたいと思います」

　五十人分の拍手で会場が埋め尽くされた。参加者の顔が、心配そうなそれから、温かな笑みに変わる。

　それからの三十分が長かった……今日も一緒になった井頭が、一之瀬の後ろで欠伸をする。

「退屈だな、おい」

「聞こえますよ」一之瀬は低い声で忠告した。

「聞こえないだろう」呑気な声で言って、一之瀬から離れる。

　まったくこの人は……やはり、結果を残せないまま、本部の捜査一課を追われてきたのだろう。当てにはできないな、と一之瀬は気持ちを引き締めた。頼りにならない先輩より、会場の最後尾に控えた制服警官二人の方が、よほど安心感を与えてくれる。

杏奈の喋りは次第に熱が入ってきた。身振りも大きくなり、参加者は彼女の話に聞き入っている。どうやら無事に終わりそうだと、一之瀬は安堵の吐息を漏らした。だいたい、こんなオープンスペースで襲撃する人間がいるとは考えられない。

トークショーは無事に終わり、懸念された握手会とサイン会も、トラブルなく終了した。杏奈は、百人ほどの人に対応しただろうか、疲れた様子もなく、ずっと笑みを浮かべたまま、時には握手する相手の言葉に驚いて目を見開いて見せる。最後には立ち上がって丁寧に挨拶し、大きな窓の外――サイン会に参加せず、外に陣取って見ていただけの人が結構いた――に向かって大きく手を振る余裕もあった。近くにいた人たちに、「気をつけて帰って下さいね」と声をかけ、通路に戻って来る。一之瀬に向かってにこやかに笑いかけると、大股で控え室に帰って行った。一之瀬は短く息を吐き、遅れて付いて来た由貴に向かって「お疲れ様でした」と声をかける。由貴は一瞬だけ疲れた笑みを見せたが、すぐに表情を硬くしてしまった。

控え室に戻ると、杏奈が上機嫌で声をかけてきた。

「一之瀬さん、これから食事に行きませんか？」

「早く家に帰ってもらった方がいいんですが」いきなりの申し出に驚きながら、一之瀬は難色を示した。午後七時半。確かに夕食時ではあるが、外でうろうろしていて欲しくない……というより、彼女と食事というのは勘弁して欲しかった。味など分からないだろう。

「でも、いつもお世話になってるし、たまにはお礼でも」

「割り勘ならいいですよ」

一瞬、杏奈が真顔になった。冗談なのか本気なのか分からない様子で、苦笑しながら一之瀬の顔を見る。

「本気ですよ」一之瀬は忠告した。「警察官が奢《おご》ってもらうわけにはいかないんです」

「仕事だとしても？」

「仕事だからです」

「じゃあ、割り勘でもいいですから、仕事としてつき合って下さい」

杏奈はしつこかった。本当に好意からなのか、何か別の狙いがあるのかは分からないが、一つだけはっきりしているのは、彼女が帰らないと自分も帰れないということだ。

「……分かりました」

「よかった」杏奈の顔にぱっと笑みが広がり、胸の前で両手を組み合わせる。「代官山に美味しい中華があるんですけど、そこでどうですか？」

「いいですよ」代官山と中華料理屋は、合わない感じがするのだが……インテリアだけ凝っていて、量はほんの少しの気取った中華だろうか、と一之瀬は想像した。

どこかで携帯が鳴り、直後に井頭の野太い声が聞こえた。そちらを見ると、誰かと電話で話している。すぐに通話を終えると、一之瀬に向かって「一人で大丈夫だな」と念押しした。

「構いませんけど……」

「ちょっと呼び出された」

「何か動きでもあったんですか？」

「いや、そういうわけじゃないみたいだけど……あと、頼むな」

井頭がそそくさと控え室を出て行った。まあ、いいか……この先輩と一緒だと、それだけで何となく気が重いのだ。一人になった分、負担は増えてしまうが、それぐらい何とかしてみせる。いい加減一本立ちしないと、という思いもあった。


芸能人お勧めの店ということで、どんなものだろうと心配していたが、どうやら普通の中華料理屋のようだった。内装は豪華だが、気さくな町場の店でもない限り、中華料理屋はそんなものだろう。

通された個室は、円卓を囲む四人がけで、そちらは店内全体の華やかな様子とは打って変わって落ち着いた雰囲気になっている。ほっとしたが、メニューを見て一之瀬は思わず目を剝《む》いた。普通の中華の他にタイ料理などもある不思議な構成なのだが、とにかく高い。例えばトムヤムクンとチキンのサテ、北京《ペキン》ダックと、タイ・インドネシア・中国各国の料理が揃ったコースが五千二百五十円だった。芸能人がチャーハンだけ食べて帰るはずもないよな、と思ったが、一之瀬は財布の中身が心配になった。

杏奈はちらりとメニューを見ただけで、由貴に預けてしまった。

「ビールか何かにしますか？」杏奈が訊ねた。一之瀬に対しては愛想がいい。

「いや、仕事中ですので」そう言えば最近、アルコールを口にする機会が減った。仕事に振り回されているせいだが、特に寂しい感じはしない。このまま早々とアルコールを卒業してしまってもいいかな、という気になっている。金も溜まりそうだし。「春木さんはどうしますか？」

「私もウーロン茶にします。走り始めてからは、お酒はほとんど呑んでいないんですよ」

「そうなんですか？」

「体質が変わったのかもしれませんね」

「すっかりアスリート、という感じですか」

「そうかもしれないですね。でも、記録を見たら、まだまだアスリートとは言えません。偉そうなことが言えるのは、最低三時間を切ってからです」杏奈が肩をすくめた。

料理はさすがに美味かった。最初に、様々なハーブの入ったサラダが出てきて、ぴりぴりした味わいに食欲が湧きでてくる。しかし杏奈は、何故か不機嫌だった。一口食べただけで、箸《はし》を置いてしまう。サラダを口にした由貴が、はっと気づいたように「ごめんね」

と言った。

「いいけど……」そう言いながら、杏奈の機嫌は治らない。結局サラダにはほとんど手をつけないままだった。

もしかしたら、と一之瀬はサラダの中を改めた。独特の臭みと苦みのあるコリアンダーが、結構大量に入っている。苦手な人も多いし、杏奈もこれが気に食わなかったのかもしれない。

その後は普通に食べていたが、北京ダックが出てきた時に、杏奈の形相がまた一変した。由貴を睨みつけると、手をつける前から箸を置いてしまう。食べられる雰囲気ではなくなり、一之瀬は「苦手なんですか？」と訊ねた。

「好きでしたよ、昔は」杏奈が強張った笑みを浮かべる。「でも、基本的に脂が多いですよね、北京ダックは。最近は、こういう食べ物は避けてるんです」

「ストイックですね」

「走るのにベストの体重を保つには、ちょっとぐらい我慢しないと。元々、太りやすいんですよ」

杏奈の表情から強張りが消えたが、今度は由貴の焦った顔が気になり始めた。そう言えば、料理を注文したのは彼女である。杏奈からすれば、食べられないものぐらいちゃんと分かっていて欲しい、ということなのだろうが……いくら何でも我がまま過ぎないか？

アスリートとトレーナーの関係ではないのだから、杏奈本人が食事に気を遣うべきではないだろうか。一瞬、芸能人の身勝手さを垣間見《かいまみ》た気になって、一之瀬は不快感を抱えこんだ。

もっとも杏奈は、締めのグリーンカレーとデザートのタピオカミルクで機嫌を取り戻した。自分には絶対、芸能人のマネージャーは無理だな、と一之瀬は改めて確信する。由貴は途中からむっつりと黙りこんだまま、ひたすら黙々と料理を平らげていた。杏奈の方でも彼女に話しかけようとはせず、一之瀬と当たり障りのない会話を交わすだけだった。

穏やかな会食のはずだったのが、気づまりな空気のせいで、料理の味がほとんど分からなかった。そして最後に気になる支払い……一之瀬は由貴と少しだけやり合って、結局自分の分は自分で払った。七千三百五十円。財布がだいぶ軽くなってしまったが、変に借りを作らなくてよかったと考えることにする。

代官山から自宅へ戻るタクシーの中では、杏奈は終始上機嫌だった。後部座席で隣に座る一之瀬にしきりに話しかけてきたが、話題の中心はやはり、アップワイルドのプレス・セッションのことだった。たかが記者会見にどうしてそこまでこだわるのか、一之瀬には分からなかった。

「あの……アップワイルドの記者会見は、そんなに大変なんですか？」

一之瀬の質問に、杏奈が声を上げて短く笑った。

「一之瀬さん、記者会見って、どんな感じを想像しているんですか？」

「どうって……」一之瀬に縁のある記者会見といえば、事件の時ぐらいだ。捜査一課長や署長が会議室の前の折り畳みテーブルにつき、事件記者たちの荒っぽい質問をさばいていく——そういう場面を生で見たことはなかったが。

「大きな企業の会見って、それだけで一つのイベントなんですよ。アップワイルドみたいに大きな会社の場合、一種のパーティみたいになりますし」

「そうなんですか？」

「ええ。会場も大きいし、マスコミの人以外にも何百人規模で集まりますから。記者会見っていうか、お披露目みたいな感じですね」

「知りませんでした」

「来ていただければ、分かると思いますよ。それに、サプライズもあるかも」

「サプライズ？　何ですか？」

「言っちゃったら、サプライズにならないでしょう」杏奈が白い喉を見せつけるように、体を逸らして笑った。そういう動きをしても、背中の痛みは感じない様子である。どうやら、一之瀬が想像しているよりも回復は順調なようだ。

「そうですね」

「プレス・セッション、ぜひ来て下さいね。中に入れるように、パスを用意しておきますから」

「警察官は、バッジがあればどこにでも入れますよ」

杏奈が引き攣った笑みを浮かべる。一之瀬はさらに畳みかけた。

「まだ気を抜かないで下さい。犯人が捕まったわけではないので」

「ええ……分かってます。捜査はどうなっているんですか」

凶器の包丁の線を当たっている。購入者が見つかる可能性もある――しかし一之瀬は、それを言えなかった。言っていいのか分からなかった。被害者には捜査の状況を知る権利があるが、これはまだ微妙な状況である。

「一生懸命やっています」

「よろしくお願いします。犯人が見つかれば、安心できますから」

「そうですね」

微妙な話題を持ち出してしまったせいか、会話はそこで途切れた。しかしタクシーは、内堀通りを北上している。もう沈黙の時間に長く耐える必要はないのだから、と一之瀬は自分を慰めた。

マンションに消える杏奈の姿を見送って、一之瀬はほっと一息ついた。そして、ここがいいチャンスなのだと気づく。由貴に話を聴く時間ができた。

「この後、何か予定はありますか？」

「今日はこれで終わりですけど……」由貴が怪訝そうな表情を浮かべる。

「ちょっとお話しさせていただけないですか？　そんなに時間はかかりません」

「いいですけど」由貴が腕時計をちらりと見た。しばらくそのまま考えこむ。

「この前お茶を飲んだ店でどうですか？　まだやってると思いますけど」一之瀬は畳みかけた。

「ええ……」強引だと思ったのか、由貴が苦笑を浮かべる。「ややこしい話なんですか？」

「どうですかね……」あなたがすぐに、正直に喋ってくれれば、あっという間に終わる。しかしそんなことが言えるわけもなく、一之瀬は店に落ち着くまで沈黙を貫くことにした。

二人ともコーヒーを頼む。砂糖とミルクを加えたカップを目の高さまで持ち上げ、由貴が探るように一之瀬を見た。

「あなた、嘘ついてませんか」

「私が？　何でそう思うんですか？」

気色《けしき》ばんで由貴が言った。カップが揺れ、コーヒーが少し零れる。慌ててテーブルに戻した。

「昔の春木さんのことなんですけど……あまりやる気がないというか、がつがつしていなかった、という風に言ってましたよね」

「言ったかもしれませんけど、私はデビュー直後の杏奈のことはよく知らないので」

「でも、話はいろいろ聞いているでしょう？　引き継ぎもあったでしょうし」

「それがどうかしたんですか」由貴が開き直る。「勘違いぐらいで、そんな……」

「いや、勘違いだったらそれでいいんですけどね」一之瀬は一歩引いた。「春木さんは、最初から——芸能界に入った時からやる気満々だったんだと思います。だから逆に、昔はストレスも溜まっていたんじゃないんですか」

「どういう意味ですか」由貴がカップに被せるように右手を置いた。

「仕事をしたい——早く有名になりたいのに、いい仕事がこなければ、ストレスも溜まるでしょう」

「別に、会社がサボっていたわけじゃないですよ」由貴が言い訳した。

「そうですよね。実際、仕事がなかったわけじゃないですし」一之瀬は密かに、杏奈の仕事をまとめ始めていた。ネットで拾えるものだけだが、それでもデビューからの数年間も、「たまに仕事をしている」という状況でなかったことは分かっている。年に数回、テレビテレビドラマに端役で出演したり、雑誌のグラビアを飾ったりするのがどれほど忙しいのかは想像もつかないが。「でも、いくら仕事しても手ごたえがなかったら、苛つくでしょうね」

「杏奈はそういうタイプじゃありませんよ」

「それなら、俺の印象とは違いますね」

「あなた、春木さんとあまり上手くいってないんですか」

質問を変えると、由貴が唾を呑んだ。カップを持ち上げようとして、またソーサーに戻してしまう。

「どんな風に？」

「タレントさんとマネージャーの関係がどういうものなのか、俺は詳しくは知りません」一之瀬は努めて落ち着いた口調で言った。「どういう関係が普通なのかも想像できない。でも人間同士、いろいろな組み合わせがあるから、本当にそれぞれなんでしょうね」

「ええ」

「春木さんは、あなたに対して時々強く出ることがありますよね」

「それは――」由貴が声を張り上げかけたが、すぐに低い声色に切り替える。「それぐらい気が強くないと、タレントなんてやっていられませんよ」

「そうですか？　俺にはただの我がままに見えたけど……今日の食事もそうです。彼女、パクチーが苦手ですよね？」

「あれが得意な人、日本にはあまりいないでしょう」

「北京ダックも？　嫌いなんですか」

「と言うより、本格的に走る人は、一滴の油だって気にするんですよ」

「それは極端過ぎるんじゃないですか？　別に、本格的なマラソンランナーじゃないんですから。それに油が嫌なら、中華料理は食べなければいいでしょう。ただ嫌いな物が出てきたから不機嫌になったんじゃ、子どもですよ」

由貴がさらに真剣な表情になった。唇を引き結び、テーブルの上に身を乗り出して、一之瀬の顔を真っ直ぐ見る。それが五秒ぐらい続いた後――一之瀬には一時間にも感じられた――ゆっくりと口を開く。

「杏奈は、アイコンなんですよ」

「それは分かります。女性ランナーの憧れの存在ですよね」

「だからいつも、ベストコンディションを保っていなければいけないんです。見た目が変わっただけでも、何だと思われますから。そこに気を遣うのも、私の仕事です」

仕事だと言われれば、一之瀬も突っこみをやめざるを得ない。腕を組み、彼女の顔を見返す。ひどく真剣で、反論を許さない表情を浮かべていた。

「辛くないですか」

一之瀬の言葉に反論しようとしたのか、由貴が唇を開く。しかし言葉は出てこなかった。辛いのだ、と一之瀬は判断した。あれで何とも思っていなかったら、人間らしい心がない。だいたいこれまでも何度か、杏奈が由貴にきつく当たっている場面を一之瀬は見ていた。二人の微妙な関係に、もっと早く気づいておくべきだったと思う――もしも由貴に、杏奈を憎む気持ちが少しでもあるなら、むしろ情報が出てくるはずだ。

「春木さんと加納亜佐美さん……亡くなった加納さんとの関係ですけど」

「はい」由貴が顔を上げた。

「春木さんは、加納さんを認知していたんですか？」

「本人は、そのつもりで喋ったんだと思います」

「どこで知り合ったんですか？」

「え？」

「だから、最初のきっかけというか……」

「今日みたいなトークショーだったと思いますよ。その後のサイン会とか」

「そういう場で、相手が誰か、認知できるものなんですか？　握手なんか、一瞬でしょう。自分のメアドや電話番号を渡すファンがいるんですか？」

「中には」

「そういうの、事務所でチェックしないんですか」

「しますよ」

「だったら、加納さんはそこから漏れていたんですか？　春木さんは、彼女と個人的なつき合いでもあったんでしょうか？」

「あの……」

「はい？」

「ごめんなさい」由貴がいきなり頭を下げた。「本当は加納さんのことを杏奈に教えたの、私なんです」

一之瀬は由貴をまじまじと見つめた。由貴が溜息をつく。言ってはいけないことを言ってしまった、と悔いているのだ。

「あなたが二人の間をつないだんですか」

「違います」由貴が苦笑した。「加納さんという女性が亡くなったって聞いた時、名前に憶《おぼ》えがあったからチェックしてみたんです。何度かサイン会やトークショーに来ていただいて、杏奈にプレゼントをくれたこともある人だって分かりました」

「ええ」うなずき、一之瀬は先を促した。

「そういう時、タレントには直には渡さないで、事務所で全部チェックします。変な物が入っている時もありますから」

「それで、問題なければタレントさんに渡す――」

「杏奈は受け取りませんけどね」由貴が皮肉な笑みを浮かべる。「そういうの、好きじゃないんで」

「そういうのって？」

「ファンの人と、仕事の場以外で接点ができるのが」

「そうなんですか？」

「けじめをつけてるんです」

だったら今日のイベントでの愛想の良さは何だったんだ、と一之瀬は訝った。あれも営業用ということなのか。

「事務所側としては当然、プレゼントをくれた人の名簿を作っているわけですね」

「名前を書いてある人に関しては。いつ何があるか、分かりませんからね」由貴が素早くうなずき、「今はそういう時代なんです」とつけ加えた。

「その名簿の中に、加納さんの名前があったんですね」

「ええ」

「あなたは、名前を憶えていた」

「そうです。あの事件があった後に……杏奈の耳に、その話は入れました」

「春木さんは、彼女の名前を出して、お悔やみの言葉を言いましたよね」何のために？ 心の底から悼んで？ 売名、という言葉が浮かぶ。しかしそのことについて、由貴に確認する必要はなかった。彼女も一之瀬も、杏奈の狙いについては無言の了解ができているはずだ。

しかし由貴は認めないだろう。一之瀬も自分からは言うまい、と決めた。

「彼女は、何をしたいんですか」

「何って……」由貴が眉根を寄せた。

「何になりたいのか。最終的な目標は何なのか」

「そんなの、どんどん変わりますよ。五年後……三年後のことだって分かりません。まずは、アップワイルドの広告塔としての役目をきちんと果たすことですね」

「その先は？　アップワイルドの仕事の後には何があるんですか？」

「まあ……」由貴が指先を弄った。マニキュアもしていない、素っ気ない指先。「いろいろ話は——計画はあります」

「例えば？」

「言えないことも多いんですよ」

「差し支えない範囲で教えてもらえれば」

「例えば映画、ですかね」

なるほど……一之瀬はうなずいた。邦画の沈滞は著しく、今や映画に出ることにどんなステータスがあるかは分からなかったが。

「どんな映画ですか？」

「近々発表されるんですけど……」自分の口からは言いたくない様子だった。「そんなことを知って、捜査の役に立つんですか？」

「分かりません」一之瀬は首を横に振った。「分からないけど、事件の関係者については、何でも知っておきたいんです。どんなことが手がかりになるか、分からないんだから」

「関係ないと思いますよ」

「いや……例えばですよ、その映画のオーディションで春木さんに負けた人が、恨みでやっているとは考えられませんか」

由貴が声を上げて笑った。ひどく硬く、無理して笑っているのは明らかだったが。

「前にも同じようなこと、言ってましたよね？　いつの時代の話ですか……っていうか、そんな話、私は聞いたことないですよ」

「都市伝説ってやつですかね？」

「まあ……外の人が想像するのは勝手ですから。だいたいこの映画の出演は、オーディションじゃないんですよ」

「そうなんですか？」映画の話自体は本当なのだ、と分かった。

「とにかく、映画に出るにもいろいろなルートがありますから」

「いつ発表になるんですか？」

「近いうち、です」由貴はあくまで言わないつもりのようだった。

「じゃあ、制作発表の記者会見があるんですね」露出が増えているな、と一之瀬は思った。まさに上げ潮である。

「正式に決まれば、ですけどね」

「そうですか……」もう少し突っこんでみたかった。何か裏がありそうな気もするし――

しかし一之瀬の追及は、携帯電話の着信音によって邪魔された。由貴に目配せして、「失礼」と言ってから電話を耳に当てる。

「ちょっと半蔵門署に上がって来いよ」

藤島だった。前置き抜きにもほどがある、と苦笑してしまう。

「何ですか？」

「通り魔事件の容疑者確保に立ち会いたくないか？」

〈22〉

走った——店を出た瞬間に全力疾走し始め、息が上がるのを必死で我慢して走り続ける。脱げやすいスリッポンを履いていることを悔いたが、裸足《はだし》になるわけにもいかない。途中から足を引きずるようになってしまったが、何とか半蔵門署に辿り着いた。

特に騒がしい様子はなかった。刑事たちが忙しく出入りし、出番を待つ覆面パトカーが、新宿通りにずらりと並んでいる様を想像していたのだが……静かだった。もしかしたら完全に出遅れた？　藤島は、いかにもこれからという感じで話していたのだが。

階段を二段飛ばしで上がり、特捜本部に飛びこむ。こちらも静か……数人の刑事がいるだけで、藤島は部屋の中央付近の椅子にだらしなく腰かけ、新聞を読んでいた。一之瀬に気づくと、軽い調子で右手を上げる。

「よ、早いな」

「すぐ近くにいたんですよ」会議室の中を見回す。「……どうなってるんですか？」

「今、所在確認中だ。分かったらお前も行ってみればいいだろう」

「そんな、呑気にしてていいんですか」一之瀬は苛立ちを隠せず、藤島に詰め寄った。

「何が？」

「だって、犯人逮捕なんでしょう？」

「犯人と決まったわけじゃない」

藤島が右手を伸ばし、一之瀬に座るよう促した。仕方なく椅子を引いて、膝を突き合わせるようにして腰を下ろす。

「現段階では、複数の目撃証言から、怪しい人間が浮かび上がったっていうだけだから」

「でもイッセイさん、犯人って言ったじゃないですか」

「お前さんの聞き違いだろう。俺は容疑者と言ったはずだけどな……それで、確保の現場には行きたくないか？」

「ええ、まあ……」不必要に逸《はや》っていたのが恥ずかしくなる。「行きたいです」

「そう思ったから呼んでやったんだよ」藤島がにやりと笑う。

「何者なんですか？」

「やっぱり、皇居ランナーの一人だった。最近様子がおかしいっていう話を、他のランナーから聞きこんできてね。周辺の事情聴取を進めたら、『大変なことをしてしまった』と漏らしているっていうんだな」

「物証は？」

「物証はない。包丁の購入者名簿には、名前はなかったからな。でも、アリバイがないんだ。少なくとも最初の二件の襲撃事件の時には、本人も走っていた、少なくとも皇居周辺にいた可能性が高い。ランステーションを使った記録が残っている」

うなずいたが、これでは弱いと思った。もう少ししっかりした証拠がなければ……任意で叩いて、本人が自供するかどうかだな、と一之瀬は思った。

「場所は……自宅ですか？」

「ああ。つい十分ほど前に、何人かが先回りで向かった」藤島が膝を叩く。「さて、俺たちも行くとするか」

「イッセイさんも行くんですか？」

「俺だって、バックアップ要員ぐらいにはなる」

「分かりました」

一之瀬が拳を握りしめると、藤島がそれをちらりと見た。

「あのな、一々興奮するなよ」

「いや、でも……」

「仮にこの男が犯人でも、逮捕は最初の一歩に過ぎないんだぞ。何件も容疑があるんだから、逮捕してから事実関係を固めることの方がよほど大変だ。変な期待をするな」

裏づけ——確かに、逮捕後にはより地味な作業が待っている。しかしこの男が犯人だと確定できれば、多くの問題が解消するのだ。杏奈の面倒を見る必要もなくなる。そう考えると、肩の重しが急に消えたようだった。

自分は、自覚していた以上に杏奈のガードに苦労していたのだと、一之瀬は改めて自覚した。


問題の男は、斉木和生《さいきかずお》、神田神保町の印刷会社に勤務する三十五歳のサラリーマンだった。独身で、自宅は京王《けいおう》線の笹塚《ささづか》。この男も杏奈と同じで、皇居ランに便利という理由で家を選んだのだろうか、と一之瀬は訝った。京王線から都営新宿線経由で、神保町の勤務先までは一本。そして走った後の帰りも楽だ。

自宅は笹塚駅の北側、甲州《こうしゅう》街道を渡った先の住宅街にあった。一之瀬は甲州街道に覆面パトカーを停めて、すぐに走り出した。信号が赤になったところでようやく藤島が追いつき、息を切らしながら言った。

「お前さん、ランニングの効果が出てきたんじゃないか？」

「そうかもしれません」確かに息も上がっていないし、足取りも軽い。革のスリッポンという悪条件はあるのだが、走ること自体にはまったく抵抗がなかった。

夜十時半……帰宅するサラリーマンの姿も少なくなり、住宅街は静まり返っていた。そもそも人気がない。しかし一之瀬は、あちこちに刑事たちが潜んでいるのにすぐ気づいた。電柱の陰、建物の角――問題のマンションから、概《おおむ》ね二十メートルほどの距離を置いて監視を続けている。

一之瀬はいきなり腕を引っ張られ、バランスを崩して倒れそうになった。慌てて睨みつけると、逆に若杉の強烈な視線が突き刺さってくる。

「何してるんだ、お前」

「手伝いだよ」

「春木杏奈の面倒を見てたんじゃないのか」

「今日はもう終わった」

「いいところだけ持っていこうと思ってるんじゃないだろうな」

「まさか」お前とは違う。口にしそうになって、何とか言葉を呑みこんだ。こんなところで内輪揉めしていたら、間抜けである。

「足を引っ張るなよ」若杉は一之瀬の腕を離し、さっさと行ってしまった。

「奴の自意識過剰は相当なもんだな」藤島が呆れたように言った。

「ああいう奴もいるでしょう」半ば諦め、一之瀬は言った。「俺には関係ないですよ」

「今後も組む可能性はあるぞ」

「どうですかね……」一之瀬は肩をすくめた。「それより、配置はどうしますか?」

「俺たちは後方支援だな。バックアップのバックアップだ」藤島がマンションの先を指さした。「逃亡阻止要員はもう配置についている。俺たちは、さらにその後ろにつくんだ。むしろ、邪魔しないように気をつけよう」

ついでかよ、と一之瀬は少し腐った。まあ、そもそも逮捕術には自信がないから、トラブルになったら対応できるかどうかも分からない。まずは見学、ということにしておこう。

二人は、斉木のマンションの奥にある、一回り小さなマンションの横に回った。人工芝と煉瓦《れんが》が敷かれた細長い公園になっており、小さな植えこみもあるので、姿を隠すには適している。公園の中で、一之瀬はマンションとの境になっているブロック塀の陰に身を潜めた。イヤフォンを耳に突っこみ直し、音声だけで状況を把握しようと努める。

空電音。今のところ、動きはまったくない。斉木を発見すれば、そこからリレー方式で追跡が始まるし、最悪でも自宅マンション前まで戻って来れば見逃がすことはないだろう。

夜になって急に冷えこんできている。一之瀬はダウンジャケットの前を締め、両手を擦り合わせた。明日から三月なのに、今年は春が遅い感じがしている。

「こんなに簡単に容疑者が見つかるものなんですか」

「上手くいく時はな……今回は、ランナーの間でも自主的に警戒する声が高まっていたらしい。その中で、怪しい人間の目撃証言が出たんだ」

「だったら、もっと早く情報が入ってきてもよかったですよね」

「人に頼るな。さっさと見つけ出せなかった俺たちが情けないんだぞ」藤島が、どこか諦めたような声で言った。次の瞬間には急に真剣な表情になり、イヤフォンを耳に強く押しこむ。「来たぞ」

一之瀬も無線に意識を集中した。

「――マル対を甲州街道の交差点で捕捉、現在信号待ち。自宅まであと五分の見こみ」

どの交差点だろう。笹塚付近には大きな交差点がない。新宿と東京西部を結ぶ大動脈の甲州街道と交差するのは、毛細血管のような細い道路ばかりだ。一度捕捉したら、絶対逃がさないだろうが。斉木は、警察の動きにはまだ気づいていない様子だという。

「マル対の服装は、濃紺のウールのコート。下は薄いグレーのスーツ。靴は茶色。バッグは黒いショルダー」

短く的確な報告が続く。見逃がすことはないだろうが、一之瀬は意識して集中力を高めた。

「もう少し前に出ませんか」

「そうだな」

藤島の前に立ち、隣のマンションの前まで進む。一階が駐車場で、太い柱がいい隠れ蓑になっていた。道路が細かく折れ曲がっていて、見通しが悪いのは困るが……街灯の灯りも頼りなく、十メートル先にいる人の顔も判別できないぐらいだ。

「――マル対、自宅へ向かう一方通行路へ侵入。あと三分で到着の見こみ」

一之瀬は目を凝らした。今のところ、こちらへ歩いて来る人の姿は見当たらない。腕時計に視線を落とし、秒針が二回りするまで待つ。顔を上げた瞬間、背中を丸めた男が、早足で近づいて来るのが見えた。

「あいつだな」背後で藤島が囁く。

「どうしますか？」

「様子見だ」

斉木がバッグに手を突っこむのが見えた。鍵を取り出しているのだろう。手間取っているうちに、二人の刑事が左右から挟みこむ形で近づいて行く。異変に気づいたのか、斉木が突然走り出した。二人の刑事が慌てて腕を伸ばしたが、それを突破して逃げ出す。

そこへいきなり、若杉が突っこんで来た。体格を利用して、横から強烈なタックルを見舞う。斉木は数メートルも吹っ飛ばされて横倒しになり、道路に転がった。啞然としているうちに、他の刑事たちがわらわらと寄って来て取り囲む。一歩遅れた一之瀬と藤島も、斉木を囲む輪に加わった。

「すみません、すみません」バッグを抱えるように座りこんだ斉木は、泣きそうな声で謝るばかりだった。

一之瀬は唖然とした。こんなに簡単に容疑を認めてしまっていいのか？


順調だったのは最初だけだった。

翌朝から本格的な取り調べが始まったのだが、斉木は最初の二件については簡単に容疑を認めたものの、杏奈に対する二度の襲撃事件、それに加納亜佐美殺害については頑強に否認した。しかもはっきりしたアリバイを持ち出したので、一之瀬たちはその裏取りに走らされることになった。

杏奈に対する二度の襲撃の際には、会社で残業していたという。これはＩＤカードの記録からも明らかで、同僚の証言も得られた。また、加納亜佐美が襲われた時には、学生時代の友人たちと呑み会の最中だった。これも、友人たちの話で証明されている。また、凶器の包丁に残された指紋と斉木の指紋は一致しなかった。

斉木は週二回ペースで皇居周辺を走るランナーだった。特にタイム短縮を狙っているわけではなく、目的は健康維持。ごく普通の皇居ランナーと言っていいが、大きなストレスを抱えていた。半年前、勤務先で大きなミスをして、閑職に回されていたのだ。会社としては、明確な処分こそしていなかったが、本人の方から「辞める」と言い出すのを待っている節がある。そのストレスが犯行の動機だ、と斉木は早々と自供した。

「同じような立場の人間を困らせると、すっとした」

「女性ランナーなら、簡単に殴れる。追いかけられずに逃げられると思った」

二回で襲撃をやめたのは、自分以外の人間も同じようなことをしていると知って怖くなったから……勝手な言い分に、一之瀬は呆れた。ストレス解消の手段ぐらいいくらでもあるはずなのに、何故暴力に突っ走ったのか。

斉木は元々、気の弱い男のようだった。刑事たちに取り囲まれた時、いきなり謝罪したのがその証拠だろう。だからこそ、影のように背後から他のランナーに忍び寄って襲いかかる方法を選んだのかもしれない。そして全速力で現場を離脱する――そのスリルが、ストレス解消に役立っていたというのだろうか。

「犯人は一人じゃなかったわけだ」夜、藤島は怒りと焦りを辛うじて抑えた口調で言った。

「そうなるでしょうね」

一之瀬は、この事実が分かってからずっと、呆気にとられていた。同じような事件が同時に起きていた？　確率としては極めて低いはずだ。だからこそ、杏奈に関しては個人的な恨みによる犯行、という線が再び浮かび上がってくる。しかし加納亜佐美は何故殺されたのだろう？　もしかしたら、一連の事件の犯人は三人いたとでもいうのか。

「訳が分からないんですけど……」

「そうだな」藤島が膝を叩いて立ち上がる。

「これからどうするんですかね」

「それは上が決めるだろう」藤島はもう、全てを放り投げてしまった様子だった。容疑者確保ぐらい何ということもない——昨夜は平然としていたのだが、藤島ほどのベテランでも、さすがにこういう複雑な事態は予想していなかったのだろう。

一之瀬はガムを口に放りこんで立ち上がった。窓辺に寄り、冷たいガラスに額をつけて、新宿通りを見下ろす。この位置からは、皇居ランを楽しむ人たちの姿は見えない。「通り魔逮捕」の一報は既に報じられているのだが、とても「安心して下さい」とは言えない状況だ。むしろ事態は、さらにややこしくなっている。

思いきり顔を擦って、窓から離れる。無事解決したつもりが、二つの事件が残ってしまった。特捜本部全体としては、まだ最初の二件の捜査に追われており、残りの事件については棚上げになっている。

どこへ向かうべきか……一之瀬は近くの椅子に座りこんで考えた。捜査の行方《ゆくえ》——頭の中をそれで満たさなければならないのに、気になるのはむしろ、杏奈の性癖である。最初から前のめりだったのか、あるいは途中から性格が変わったのか。それが捜査に関係あるかどうかは分からないのだが、ずっと小さな棘《とげ》のように心に引っかかっていたのだ。

一之瀬は、この引っかかりを思い切って藤島に話した。

「確かに、少し変だな」

「そうなんですよ」藤島が同意してくれたので少しほっとしながら一之瀬は続けた。「もちろん、事件に結びつくかどうかは分からないんですけど」

「春木杏奈の件は、やっぱり彼女の個人的な事情に起因するのかもしれないな」藤島が足を組み替える。

「通り魔の可能性、低いですかね」

「同じ時期に、同じ場所に何人も通り魔がいるとは考えにくい」

「ええ……でも、加納亜佐美の件についてはまったく分かりませんよね。個人的な恨みを買っている可能性も低いと思います」

「そうなんだよな。普通に考えれば、犯人があと二人いることになる。そんなに複雑な事情のはずがないんだよな……」

「そうですよね」

「何、しけた顔してるんだよ」

顔を上げると、通りかかった若杉が一之瀬を見下ろし、馬鹿にしたような表情を浮かべていた。

「いや、別に……」

「お前も、もうちょっとしっかりしろよな」

「してるよ」

「昨夜も、何の役にも立ってなかったじゃないか」

「犯人を怪我させても、手柄にはならないと思うけど」

若杉の頬が引き攣る。昨夜若杉のタックルを食らった斉木は、左肩を脱臼《だっきゅう》してしまったのだ。特に叱責されることはなかったが、逮捕の手柄が帳消しになるぐらいのヘマではある。ただし若杉本人は、気にしている様子ではない。

「まあまあ、それぞれの持ち味で頑張ればいいんじゃないか」藤島がにやにや笑いながら言った。「刑事にも個性があるんだから。勢いがいいのが、お前さんの個性だよな」

「オス」若杉が顔を輝かせた。

これで褒められていると思ってるのか……本当に疲れる。この事件の捜査で、いや、将来的にももうこの男と組むことがないようにと、一之瀬は真剣に祈った。

〈23〉

取り敢えず、一之瀬は再び杏奈に張りつくことになった。何しろ彼女を襲撃した犯人は、まだどこかに潜んでいるのだから、ガードは解除できない。

先日のトークショー以来、一之瀬に対する杏奈の距離感が変わってきたように感じる。以前とは打って変わって話し方が柔らかくなり、自然な笑顔を向けてくることも多くなった——一之瀬の方では、まったく気持ちを許していなかったが。

三月二日、夕方に仕事が終わってマンションまで送って来た時、杏奈は久しぶりにランニングを再開する、と宣言した。当然一之瀬は、やんわりと諌《いさ》めた。

「怪我なら大丈夫ですよ」杏奈の口調は柔らかかったが、引くつもりはないようだった。

「今日、病院でお墨付をもらいました。順調に回復していますから」

「でも、肉離れや骨折とは違うんですよ」

「きつくなったらすぐにやめますし、今日はジョギングペースにしますから」

彼女の「ジョギング」は、一之瀬にとってはかなりのハイペースである。自分一人ではガードしきれない――プライドはずたずただが、ここでそんなことを気にするのは筋違いだ。一之瀬は応援を頼むことにした。

「何時から走りますか？」

「八時、ですね」

「もう一度言いますけど、思い直しませんか？　あなたを襲った犯人は、まだ捕まっていないんですよ」時刻は午後八時――過去二回の襲撃時刻に近いのが気になる。

「それは分かっています」杏奈が顎を強張らせるようにしてうなずく。

「ガードはしますけど、犯人に隙を見せることになりますよ。向こうは、あなたを監視している可能性が高いんだから」

「監視していても、警察は気づかないものなんですか？」

突っこまれ、一之瀬は思わず言葉を失った。確かに……これまで襲撃者の影がまったく見えていないのもおかしい。あれだけ大胆な犯行なのに、目撃証言がないのは変だ。

「一つ、聞いていいですか？」

「何ですか」杏奈が涼しい口調で言った。

「どうしてそこまで、走ることにこだわるんですか？　一週間や二週間ぐらい走らなくても、大した影響はないでしょう」本格的なアスリートならともかく。

「走るのは、息をしたり、水を飲むのと同じですから」杏奈がさらりと言った。「それに、役作りの意味もあるんです。今はもっと、自分を追いこむようにしないと」

「役作りですか……映画にでも出るんですか」先日由貴が言っていた件だろうか、と一之瀬は想像した。まだ極秘扱いのようだが、本人が喋っているなら話を合わせても問題ないだろう。

「まだ決まってないんですけど、予定はあります」

「そのために、走ることが大事なんですか？」

「あの、若生佳澄《わかおかすみ》さん、ご存じですか？」

「ええ、もちろん」

オリンピックのマラソン銅メダリストだ。一躍日本のヒロインになったが、メダル獲得から三年後、アメリカで合宿トレーニング中に、交通事故で不慮の死を遂げている。亡くなったのは、もう十年も前だっただろうか。

「彼女をモデルにした映画なんです。だから、走っているシーンにも、本格的なスピードが求められるんですよ」

「それでトレーニングが必要なんですね」

「ええ」杏奈がうなずく。「サボっていられないんです」

また事件が起きたら、映画どころではないのだが……しかし杏奈の決意は固そうだ。ガードするのも仕事のうち、と一之瀬は自分を納得させた。

「とにかく、今日はおつき合いします……少しゆっくり走って下さいね」

「そんなに無理はしませんよ」杏奈が苦笑した。「体を鈍らせないようにするだけですから」

一度杏奈と別れてから、一之瀬は応援を要請した。藤島が電話を受けてくれたが、「ちょっと難しいかもしれない」と言われる。いきなりガードを増やせと言われても、人の手配はできない……だが、藤島の方から電話がかかってきた時には、二人が一緒に走ってくれる、という話がまとまっていた。千代田署ランニングクラブのメンバーが、協力を申し出てくれたのだ。いつも走っている人たちだから安心だ、と胸を撫で下ろし、一之瀬も一度署に戻った。

早目の夕食を済ませて胃を落ち着かせ、ランニングウエアに着替えてまた署を出た。その格好で皇居のランニングコースを歩いているとひどく不自然な感じがしたが、服装が問題なのではなく、他のランナーとは逆方向に歩いているからだと気づく。皇居ランは、反時計回りが基本なのだ。

寒さに耐えながら——しかも時折雨がぱらつく——待った。三月なのに、いつまでも寒い。少しだけ保温性のあるウエアは、走っている時にはちょうどいい暖かさを提供してくれるのだが、ただ立っているだけだと役立たずだ。いつの間にか、足踏みを始めていた。

約束の時間の五分前に、応援の二人が姿を現す。二人とも自分よりだいぶ年上なのだが、準備運動のつもりか、既にここまで走って来たようだ。軽く汗をかいており、体の動きが軽い。ランニングクラブの二人から、「ちゃんとストレッチしないと怪我するぞ」と忠告され、一之瀬は歩道の端の方でアキレス腱や膝を伸ばし始めた。

すぐに杏奈が下りてくる。いつものアップワイルドのウエアにボディバッグ。今日はペットボトルを四本、抱えていた。

「お疲れ様です」

応援の二人にも愛想を振りまき、ボトルを渡す。一之瀬はそのスポーツドリンクを確かめ、「U」と「W」を組み合わせたアップワイルドのロゴがついているのに気づいた。

「こんなの、売ってましたっけ」

「もらったんです。これから売り出す予定の新商品なんですよ」

「じゃあ、テストみたいなものですね」

「結構、美味しいですよ。走りながら試して下さい」

杏奈が、歩道の手すりを使って、下半身のストレッチを始めた。本格的なアスリートというほど筋肉質ではないが、タイツに包まれたすらりとした脚は、やはり長年走りこんできたランナー特有のしなやかさと強靭《きょうじん》さを感じさせる。オリンピック銅メダルランナーの人生をリアルにドラマ化するなら、主役は彼女しかいないだろう、と感じさせる。そう言えば若生佳澄も、女性としては長身のランナーだったはずだ。

「お待たせしました」杏奈が、余裕を感じさせる笑みを浮かべてストレッチを終えた。怪我の影響はなさそうで、走り出してみても軽さを感じさせる。フォームにも特に変化はなく、どこかを庇《かば》っている感じはしない。

皇居周辺のコースに出ると、応援の二人のうち一人が前に、もう一人が後ろにつく陣営になった。一之瀬は杏奈と並んで走り出す。さすがに今日はスピードを抑えているようで、いつもの速さはない。これなら何とか――一周ぐらいならついていけそうだ、と一之瀬は安心した。

杏奈の自宅からランのコースに出ると、ちょうど最初の襲撃現場の近くになる。さすがに杏奈は緊張するのではないかと思ったが、気にしている様子はまったくない。やはり神経が図太いのか……あるいは自作自演。そんなことはあって欲しくないと思うが、落ち着いた態度を見ていると、どうしてもそう考えてしまう。

この辺りから警視庁に至るルートは、緩やかな下り坂になっているのだが、杏奈は無理にスピードを上げなかった。わざとゆっくり走るのも大変だと思うが、体の調子を確かめているのだろう。彼女は何日走っていなかったのか……ピアニストが「一日弾かないと取り戻すのに三日かかる」とよく言うが、ランニングも同じかもしれない。

「この辺からは、スカイツリーは見えないんですね」

杏奈が走りながら唐突に言った。そう言えばスカイツリーは完成したばかりで、確か今日が竣工式である。

「そうですね」苦しい息の下、一之瀬は辛うじて答えた。「でも、見えればいいってものでもないでしょう」

「私の実家、あの近くなんですよ」

「あ、そうでしたか」そのデータは頭から抜けていた。

「スカイツリーのおかげで、ずいぶん様子が変わりました」

「そう、でしょうね」呼吸の弾みが、言葉のリズムを奇妙なものにしてしまう。「でも、それが東京じゃないですか？　変わっていくのが普通でしょう」

「一之瀬さんも東京ですか？」

「二十三区の西の外れの方です」

「残っていて欲しいものもあるんですけどね……押上《おしあげ》辺りって、昔は本当に何もなくて。でも、それがよかったんですよね。昔の東京の下町って、あんな感じだったんじゃないかと思います」

　ずいぶん妙なことを懐かしがるものだな、と一之瀬は首を傾げた。変化しない東京は東京ではないと一之瀬は思っているのだが……ふと、彼女は東京と同じなのだ、と考える。これまで多くの物を捨ててきたはずだ。失敗、苦しい思い、すがりつきたい人。そうして出来上がった今の自分に対して、満足しているのだろうか。

　杏奈は結局無理をせず、皇居を一周しただけだった。走り終えても、汗もかいていない。彼女にすれば、ほとんど歩くようなものだろう。

「怪我はどうですか」一之瀬は呼吸を整えながら訊ねた。

「百パーセントじゃないですけど、大丈夫です」杏奈の表情は明るい。

「無理はしないで下さいよ」

「分かってます」

「今日はもう、大人しく家にいて下さい」

「何だかマネージャーみたいですね」杏奈が笑った。

　マネージャーの方がよほど楽だよ、と一之瀬は胸の内でぼやいた。由貴は、杏奈につき合って走るわけではないのだから。久しぶりに走ったので脛《すね》が痛く、腿にも鈍重な疲れが残っている。まったく、鍛え方が足りないなと内心ぼやきながら、一之瀬はマンションに消える杏奈を見守った。

　一緒に走ってくれた先輩二人に丁寧に礼を言い、一緒に千代田署まで帰る。しかし途中から二人は走り始めてしまい、結局一人取り残されてしまった。何なんだ、あのタフさは、と唖然とする。自分が鍛え足りないだけなのか。

　意識してゆっくり歩きながら、ボディバッグに入れたスポーツドリンクに口をつける。こいつが重かったせいで走りにくかったのかもしれない……一人言い訳してみたが、むしろ惨めな気分になった。機動隊の連中は、もっと重い装備を背負ったうえで、平然と走り続けるのだから。

アップワイルドのドリンクは、やや酸味が強いものの、疲れた体には心地よかった。あっという間に半分ほどを飲んでしまうと、今度は寒さで震えがくる。何だか爽やかにいかないな、と苦笑して、ペットボトルをボディバッグに戻そうとした瞬間、携帯が鳴った。慌てて取り出すと、由貴である。何だか嫌な予感がして、取り落としてしまったペットボトルを追いかけながら、電話に出る。

「一之瀬です」

「ああ、あの……小池です。もう走り終わりました？」

「ええ。たった今、マンションまで送り届けました。何かありました？」

「いえ、あの……捕まった犯人、結局杏奈を襲った人じゃなかったんですよね？」

「違いました」

「そうですか……」溜息をつくと、一瞬沈黙が流れる。

「まだ捜査は続行中です」

「あの」

「はい？」

「唐突で申し訳ないんですが、私、三月一杯で会社を辞めます。今日、会社の方から了承を得たので」

「どうしたんですか？」驚いて、一之瀬は足を停めた。摑み損なったペットボトルが、歩道の端を転がっていく。もしかしたら、杏奈の我がままに付いて行けなくなった？　表面上は穏やかかな——あるいはプロフェッショナルな関係かもしれないが、内心ではストレスが積み重なっていたのかもしれない。

だがその疑問を口にする前に、由貴が自分から説明した。

「転職するんです。四月一日付で」

「ああ」想像もしていなかった答えに、一之瀬は気が抜けるのを感じた。このご時世に、という懸念がまず頭に浮かぶ。大学を出て芸新社に就職した由貴のキャリアは、一之瀬とほぼ同じだ。最近よく言われる「三年離職」からは外れているが、一からやり直すのが大変なのは間違いない。「これからどうするんですか」

「別の事務所へ行くんです」

「そういうの、芸能界では普通なんですか？」同業他社への移籍が、いろいろと都合の悪い事態を引き起こすことは簡単に想像できる。業務上の秘密も握っているはずで、芸新社側としては流出を恐れるだろう——それは芸能界に限らないか。普通の会社でも事情は同じだろう。

「普通じゃないですけど、今とは全然違う仕事をするので、利害関係はないというか」

「何ですか？　差し支えなければ……」余計な好奇心かもしれないと思いながら、一之瀬はつい訊ねてしまった。

「音楽関係です。仕事はマネージャーでもありません。でも今は、これ以上は言えないんです」

「分かりました。秘密はありますよね」彼女が芸新社を去るまであと一か月か……それまでに、何とかこの事件の決着をつけたい、と一之瀬は思った。というより、決着しなければ。彼女は、まだ秘密を握っているのではないかと疑っている。別の事務所に行ってしまえば、これまでのように頻繁には接触できないだろう。

「それで……話は違うんですけど、ちょっと会えませんか？」

「今からですか？」

「できれば」

「いいですよ」腕時計を見る。午後九時。会うのに遅い時間というわけでもない。「今、どこにいるんですか」

「事務所です」急に声を潜める。誰かに聞かれるとでも思ったのかもしれない。

「じゃあ、昨夜の喫茶店でどうですか？　今、まだその近くにいるんですよ」本当は、汗をかいたウエア姿でうろつくのは嫌なのだが。

「分かりました。三十分後ぐらいに？」

「そうしましょう」

思いつき、一之瀬は電話を切ってすぐにタクシーを拾った。もったいないが、風邪をひくよりましである。汗臭いのはどうしようもないにしても、スーツに着替えてダウンジャケットを着こめば、風邪をひく心配はなくなるだろう。

風邪をひくより悪いことが待っているかもしれないが。


約束の時間に五分遅れた。由貴は既に店に到着して待っていた。何だかすっかりこの店とも馴染みになってしまったな、と思いながら席につき、アイスコーヒーを頼む。途中から走って来たので、また汗をかいてしまった。

「遅れました——どうもすみません」

「いえ」由貴が強張った笑みを浮かべる。

「で、どういう話ですか」

アイスコーヒーを一口飲んでから、一之瀬は訊ねた。由貴はそわそわしていて、しきりに周囲を見回している。誰か知った人がいないか、心配している様子だった。

「誰もいませんよ」一之瀬はすかさず声をかけた。この店は、さすがに九時を過ぎると客が少なくなる。

「ええ」由貴は納得していない様子だった。相変わらず視線が泳いでいる。

「大丈夫ですよ。話して下さい」

「杏奈のことなんですけど」

「ええ」

「彼女、昔、つき合っていた人がいます」

「それは――」何故急にこんなことを言い出す？　今まで、この件については否定の言葉しか聞かなかったのに。

「嫌な別れ方をしたみたいです」

「そうなんですか？」これは重要な情報だ。過去のトラブルは、いつでも現在の事件に結びつき得る。「相手は……」

「それは、私は知らないんです」

「正確にはいつ頃ですか？」

「私がマネージャーになった直後で、例の映画の撮影に入るぐらいのタイミングでした」

「じゃあ、忙しくなって……ランニングが仕事の肝になり始めた頃ですね？」

「ええ」

「別れた話は、春木さんから直接聞いたんですか？」

「何となく、です……はっきり聞いたことはないんですけど、結構荒れてました。元々そういう人なのかなと思いましたけど、他のスタッフの話を聞いた限りでは、そんな感じでもなかったので」

一之瀬は、頭の中で話をまとめにかかった。どういう原因かは分からないが、杏奈には「嫌な別れ方」をした恋人がいた。別れたぐらいのタイミングで、彼女の仕事は上向きになり出した。それから数年、大きな仕事が次々に入るようになって、かつての恋人がまとわりついてきたら……あまりぴんとこない。失恋の痛手はいったいどれぐらい長引くものだろう。そこからさらに気持ちが歪んで、相手を傷つけようとするだろうか。あるいは彼女の成功に嫉妬《しっと》した？

一之瀬が首を横に振ったせいか、由貴が急にむきになって喋り始めた。

「その昔の恋人が、最近目撃されたんです」

「誰が見たんですか？　春木さん本人が？」一之瀬は思わず身を乗り出した。

「いえ……溝内さんが」

「彼とは、この前会いましたよ。その時はそんなことは言ってなかった」そもそもあの男は嘘をついていたわけだ――男の影などないと言っていたのに。

「溝内さんがその男を見たのは、昨日ですから」

「昨日ですか」

「ええ。それで、急に当時のことを思い出したみたいで、私に電話してきたんですけど……」

歯切れが悪い。ここまで普通に喋ってきたのに、急に都合が悪いことに思い至った様子だった。

「それで、どうしたんですか?」

「本当は私、喋っちゃいけないいんです」

「どうして」

「だから……」由貴がゆっくりと唇を閉ざす。「今日になって、辞めることが正式に決まったんです」

「会社を辞めることと、この件と、どんな関係があるんですか」

「心配になったから、一之瀬さんには伝えておこうと思ったんです」

「よく分からないんですが」一之瀬は首を傾げた。

「事務所は、この件を隠すつもりです」

「どうして」

「だって、考えて下さい……仮に、昔つき合っていた男に襲われたんだとしたら、大変なスキャンダルですよ」

「そうかもしれないけど、彼女は被害者でしょう」

「事務所も被害者ですよ——もしもこんなことが表沙汰になったら」

「事件は事件なんです。事務所だって、犯人が捕まらないと困るんじゃないですか」一之瀬は詰め寄った。

「事務所はそれよりも、スキャンダルの方が怖いんです。せっかく金と時間をかけて売り出してきたタレントがスキャンダルで潰されたら、馬鹿みたいでしょう」由貴も次第にむきになってきた。辞めると決めた事務所でも、方針はあくまで弁護したいのかもしれない。

「今時、恋人の存在なんかスキャンダルにもならないでしょう。アイドルじゃないんですから」

「でも、それが事件につながったらどうですか？　恋人の存在が発覚したとか、そういうこととはレベルが違うんです」

「それは分かりました」確かに……一之瀬は一息つき、椅子に背中を預けた。由貴との距離が空くと、少しだけ冷静になれた。「それで、事務所としてはどうしたいんですか」

「この事実は公表しません」

「つまり、警察にも言わないと？」

「ええ」

「それは無茶だ」事実関係が発覚すれば、スキャンダルになる可能性もある。しかし警察に捜査を引き渡さなければ、元恋人は、また犯行に走るかもしれない。二度あることは三度ある。

「事務所は、警察がガードしている限り、もう事件は起きないと思っています。警察が手を引いたら、自分たちで金を出して、本格的な警備を続けるつもりです」

「無理です。素人《しろうと》にはできませんよ。この前もそれで失敗したでしょう」何度同じことを繰り返すのだろう。

「だから、一之瀬さんに話したんです」

「つまりあなたは、警察に捜査して欲しいんですね？」

一瞬間が空いた後、由貴が素早く、無言でうなずいた。

「事務所を離れるからですね？」

「この先も芸新社にいるなら、こんなことは言えません。どんな結果になっても、会社の指示には従わないといけないので」

「辞めるとなったら……」

「事務所の方針なんか、どうでもいいです。私は、杏奈が心配なだけですから」由貴が口調を強めた。「犯人が捕まらない限り、安心できないでしょう？　だから、捕まえて欲しいんです」

「それはもちろん、全力を尽くしますが……」一之瀬は口元を引き締めた。杏奈との関係を考えると、由貴の決断を素直に評価できない。どうせ辞めるのだから、思い切って聞いてみるか。「あなたは、春木さんが嫌いなのかと思ってました」

「そういうのとは違うんです」由貴が即座に否定する。

「でも、彼女に手を焼いていませんでしたか？」

「タレントとマネージャーは、四六時中一緒にいるから、家族みたいな感覚になることが多いんです。どんなに嫌いでも、家族を見捨てることはできないでしょう？　私と杏奈は同い年だし、この四年ぐらい、ずっと一緒に苦労もしてきたから」

「そうですか……」

「だから、杏奈を助けて欲しいんです。事務所の方針はともかく、私自身は、スキャンダルなんかどうでもいいと思っています。そんなもの、世間の人はすぐに忘れます。でも、死んだら全部なくなっちゃうんですよ」

〈24〉

かつての交際相手が分かったからといって、すぐに犯人だと決めつけるわけにもいかない。実際、一之瀬がこの件を報告しても、特捜本部の反応は鈍かった。具体的には、刈谷が乗ってこない。会議が始まる前に相談したのだが、一之瀬の予想に反して、すぐには言葉も出て来なかった。

「弱いな」

ようやく言ったと思ったら、否定的な答えだった。

「しかし今のところ、トラブルの原因になりそうなのはこれしかないんですよ」

「分かるが、もう少し傍証が欲しい。この……」刈谷が自分の手帳に視線を落とした。

「大西礼一郎《おおにしれいいちろう》は、そもそも何者なんだ」

「分かっている限りでは、普通のサラリーマンです」

「そんな人間がどうして怪しいんだ？　ストーカーなのか？」

「現段階では、ストーキングしている証拠はありません。春木杏奈の初代マネージャーの溝内という男が、自宅近くで目撃しただけです」

それはまったくの偶然だった。昨日になって、杏奈のことが心配になった溝内は、彼女を食事に誘って話を聞いた。マンションまで送って帰る途中、タクシーの車中から大西を確認したのだという。溝内は、大西の存在を認識していた。事務所は、基本的にタレントを「恋愛禁止」で縛ることはなかったが、仕事に差し障るようだと困る。それ故、交友関係にはそれなりに目を配っていたのだという――彼の説明とはほぼ反対だったが。結局杏奈は、大西と自然に別れたというのだが……「嫌な別れ方をした」と由貴は言っていたが、ちょうどマネージャー交代の時期であり、溝内は直接その状況を知らなかったようだ――一之瀬は、彼は嘘をついたのだとまだ思っていたが。

「たまたま見かけた、ということもあるだろう。東京は狭いぞ」

「マンションの前の植え込みに姿を隠していたら、自然とは言えませんよね」一之瀬は食い下がった。

「気になるか？」刈谷が両手を組み合わせ、そこに顎を乗せた。

「なります」

「だったら調べてみろ。ただし人手はないから、お前一人でやるんだぞ」

そんな無茶な——という言葉を、一之瀬は呑みこんだ。刑事は、トラブルを避けるために二人一組で動く。その原則を崩して一人でやれというのは、やはり刈谷はこの件をどうでもいいと思っているのか。

「分かりました」応援を、と泣きつく気にはなれない。こうなったら自分一人でも、大西に食いついてやる。

しかし、自信はなかった。一人の人間を丸裸にする作業は、案外大変なものだ。それこそ何人もの刑事が取りかかってやるのが普通である。どこから攻めるべきか……特捜本部を出ようとしたところで、藤島にぶつかった。

「どうした、慌てて」

「慌ててませんけど」

「いや、慌ててたぞ」

そうだったか？　自分でも気づかぬうちに？　だとしたら、相当焦っていたに違いない。一之瀬は思い切って、藤島に相談することにした。普段一緒に組んでいる先輩なのだから、遠慮することはないだろう。

「ちょっと相談があるんですが」一之瀬はちらりと振り返り、会議室の中を見た。まだ多くの刑事たちが居残っている。

「外へ出るか？」

「いいですか？」

「中だと話しにくいことなんだろう？」藤島がにやりと笑う。

どこかの店へ行くのかと思ったが、藤島は署の外へ出ただけだった。半蔵門署から少し離れたコイン式駐車場へ行き、自動販売機で熱いウーロン茶を二本買う。一本を一之瀬に放り、自分は早くも口をつけた。ビルとビルに挟まれて三方が壁になっている駐車場なので、ここで話している限りはそれほど目立たない。風が奇妙に渦巻いていて寒いのは応えたが、熱いウーロン茶がカイロ代わりになった。一之瀬はキャップを開けず、両手を温めることにした。

「で、どうした？」

一之瀬はかいつまんで事情を話した。監視と調査の両方が必要なこと、しかし応援が出ないこと——一之瀬としては、「だったら俺が手伝ってやるよ」と藤島が言ってくれるのを望んでいた。しかし藤島は、時折相槌を打つだけで、一向に自分からは口を開こうとしない。

「……どうしたらいいですかね」

「それぐらい、自分で考えろよ」藤島があっさり突き放した。

「分からないから聞いてるんですけど」

一之瀬は露骨に不満を口にした。藤島が鼻で笑って、「考えない刑事は豚だ」と暴言を
吐いた。

「豚って……」

「人の食べ物になる分、豚の方がましかもしれないな」藤島が真顔で言った。

「そうかもしれないですけど、これは捜査なんですよ？　犯人に迫れる可能性もあるじゃ
ないですか。でも俺があれこれ考えているうちに、どこかへ逃げてしまうかもしれない」

「逃げないと思うな」

「どうしてですか？」

「家の前で張ってたんだろう？　危険を冒してまで、どうしてそんなことをしたと思う？

まだやり残したことがあるからだよ。諦めてないんだ。こっちの動きにはっきりと気づか
ない限り、犯人は逃げない」

「それは……気づかれないようにしますけどね。極秘で動きますし」

「で、そいつの住所や勤務先は分かってるのか」

「四年ぐらい前の情報しか分かりませんけど……住所は変わっていないようです。勤務先は、再確認が必要ですね」

「じゃあ、まずそこからだな」

「勤務先ですか？」

「適当な理由をつけて、本当にそこで働いているかどうか、確認する。確認できたら、どんな仕事をしているか、何とか聴き出す。外で仕事をしている人間なら、会社の外部の人間ともつき合いがあるだろう。そういう人に話を聴いていけば、本人の実像に迫れるよ」

「だけど、春木杏奈をストーキングしているかどうかは……」

「昼間に捜査して、夜に尾行するんだな。さすがにそいつも、真っ昼間から春木杏奈に接近するような真似はしないだろう。やるなら夜だよ。今までの二回も、彼女が襲われたのは夜なんだから」

「はあ」

「何だよ。昼夜働くのが嫌なのか？」

「そういうわけじゃないですけど」

「だったら、自信がないのか？」

一之瀬は唇を噛んだ。自分でも認めたくない本音をずばりと指摘されると、さすがに言葉を失ってしまう。

「ま、とにかくやってみろよ。ただし、慎重にな。こっちが動いていることがばれたらおしまいだ。こういう時は、忍者みたいに上手く身を隠しながら動かなくちゃいけない」

「失敗したら……」

「えらいことになるだろうねえ」藤島が呑気な口調で言った。「筋を一本なくすと、リカバリするのは大変だから」

一之瀬としては、それだけは絶対に避けたかった。失敗が——失敗して誰かに責められるのが死ぬほど嫌いなのだ。我ながらメンタルが弱いと思うが、これればかりはどうしようもない。

「どうしましょうか」

「そこは自分で考えろよ。いいか、捜査っていうのは、ジャズのアドリブみたいなものだ。その曲のリズム、コードなんかは守らなくちゃいけないけど、その範囲内で自由に動いて、自分の音を作っていい。取り調べも同じで、法的、手続き的に禁止されていること以外には、何をやってもいいんだ。相手の出方に応じて、こっちもどんどんやり方を変える。それができないと、会話も平行線をたどるぞ。中にはジョン・スコフィールドみたいに、アウトサイドが得意な人もいるけど」

「イッセイさん、ジャズなんか詳しいんですか?」初耳だった。

「若い頃からずっと聴いてるよ。日本では少数派だろうな」

一之瀬は思わず黙りこんだが、藤島が言うアドリブの理論についてはよく理解できた。いつも同じフレーズを繰り返していたら、観客にはすぐに飽きられる。相手が予想もしていないフレーズを繰り出すために日々練習を繰り返し、参考のために人の曲を聴き……刑事の訊問も同じようなものだろう。どんな人間を相手にしていても同じようなトーンで同じような質問をぶつけていたら、いい答えが引き出せるわけがない。

ただし一之瀬は、それほどアドリブが得意ではない。ジミヘンからコピーしたフレーズに、自分のオリジナルのフレーズを織り交ぜる程度……それが、警察の仕事にどう関係するかは分からない。


嘘の前提を貫きながら、真摯《しんし》に対応する——一之瀬は変則的な手法を選んだ。まず、大西の会社に電話し、直属の上司につないでもらう。そこで、大西がある事件の犯人と顔見知りらしい、と嘘をついた。共犯などではなく、ただの知り合い。本人にも事情を聴きたいのだが、その前に周辺の捜査をしたいのだと嘘をついて、呼び出すことに成功した。間に土日が挟まり、その間に何か動きがあるかもしれないと恐れたが、これればかりは自分の力ではどうしようもない。

大西は、渋谷に本社のあるビル管理会社に勤めていた。所属は「資産マネージメント事業局」。主に賃貸マンションのオーナー探しと、その管理ということらしい。それほど忙しい仕事ではないようだ。

月曜の午前中、一之瀬に対応してくれた大西の直属の上司、菅原《すがわら》は、不安気な態度を隠そうともしなかった。会社の近くにある喫茶店で会ったのだが、一之瀬と挨拶を交わした後も、椅子に浅く腰かけたままで、すぐにでも逃げ出したい様子だった。

「もう一度申し上げますが、大西さんは犯罪には一切関係ありません」

「そう言われましても」今日も肌寒い陽気なのに、菅原の額には汗が滲んでいる。

「大西さんの知り合いが、詐欺《さぎ》容疑に問われています」

「詐欺……」

菅原の丸い頬が引き攣る。一般企業にとって、経済犯罪は最もかかわり合いになりたくないものだろう。

「オレオレ詐欺なんですよ」

「まさか」

「いや、本当です。それで今、詐欺グループの実態を把握しようとしているんですが、大西さんの名前が使われたようなんです。この名前、ご存じないですか?」

一之瀬は手帳から一枚のメモを抜いてテーブルに置いた。この名前は本物である。二月ほど前に、本部の捜査二課が摘発した詐欺グループの首謀者三人だった。

「いえ」しばらくメモを凝視していた菅原が顔を上げた。不安そうに目を細めている。

「そうですか……この三人のうちの一人、室生《むろお》という男が、大西さんの知り合いだと言っているんです。以前、仕事で知り合ったという話なんですが」

「仕事というのは、うちの仕事ですか？」

「室生はそう言ってるんですけどね。親がマンションを持っていて、その管理の関係で、と証言しています」

「調べてみないと分かりませんが、私の知る限り、うちのお客さんでそういう名前の方はいないと思いますよ」

「とすると、やっぱり嘘かな……」わざとらしいかなと思いながら、一之瀬は顎を撫でた。案外すらすらと嘘がつながっていくことに、自分でも驚いてもいる。まさか、こういうのは父親譲りではないだろうな、と心配になった。口八丁手八丁。「営業の仕事ですから、あちこちに名刺をばらまいていますよね？」

「それでも、他の業種の営業の人に比べれば、少ないと思いますよ。マンションを経営される方は、それほど多くはないので」

「でも、長い間この仕事をやっていれば……大西さん、こちらでは長いんですか？」

「そうですね、新卒で入って四年で、ずっと営業をしていますから、もう長いと言っていいでしょうね」

「名刺がどこかへ流れることもありますから、それを悪用されたかもしれませんね。大西さん、最近どこか様子がおかしいとか、そういうことはありませんか？」

「大西を疑ってるんですか？」

「いやいや、そういうわけではないです」一之瀬は大袈裟に手を振った。「あくまで万が一、ですよ。とにかく細かいのが刑事の習性なので」

「でも、そう言われるとちょっと気になるな……」菅原の眉間の皺が深くなる。

「何かありましたか？」

「ああ……最近ちょっと有給が多かったり、夜も早目に引き上げることが多いですね」

「それは、会社としてまずいことなんですか？」

「いやいや、仕事はちゃんとしてますから」

「でも、様子がおかしかった？」

「まあ……多少は。でも、こういう話を聞いたから、そう思うのかもしれません」

「そうですね。別に、問題はないんでしょう？」一之瀬は菅原を安心させようとして言った。

「就業規則に違反しているわけでもないですからね。でも、確かに最近、ちょっと変わりました」

「どんな風に、ですか？」

「苛々しているというか……笑顔が消えたし、同僚ともあまり話さなくなったし」

「会社には、普通に来ているんですよね」一之瀬は確認した。

「ええ……」菅原の顔は強張っている。「元々大人しい人間なんですけど、最近はちょっと暗過ぎます。まさか、本当に詐欺グループと関係しているんじゃないでしょうね？」

「お話を伺った限りでは、それはないと思いますよ」

「それならいいんですけど……ちょっと心配になってきました」

「このこと、ご本人には内密にして下さいね。捜査上の秘密ですから。だいたい私も、大西さんが何かしたとは思っていないんです。犯人たちが変なことを言っているから、裏を取りに来ただけで……大西さんご本人に直接会わないのは、不安にさせたくないからですよ」

「そうですか……」納得したのかしていないのか、菅原がぼんやりとうなずく。

「とにかくこの件は、大西さんには内密にお願いします」一之瀬は頭を下げた。

「ええ――あ、そうか」菅原が突然顔を上げた。

「何かあるんですか？」まさか、でっちあげで話した詐欺グループの話が本当になるのか？

「いや、そう言えば……あまり関係ないかもしれませんけど」

「教えていただければ……」

「ラジオなんですけど」

「ラジオ？」一之瀬は首を捻った。あまりにも話が飛び過ぎている。

「いや、変な話なんですけど、私も彼もラジオをよく聴くんですよ」

「それは……珍しいですね」今時、どんな人がラジオを聴いているのだろうと一之瀬は訝った。長距離トラックの運転手ぐらいではないだろうか。

「まあ、私は昔からの——受験生の頃からの趣味なんですけどね。今でも、夜十一時を過ぎたらラジオなんです」

この男はいったい何歳ぐらいなのだろう。受験勉強の友にラジオ、というのもずいぶん古い話のように思えるが。

「大西も同じなんです。ああいう習慣は、一度身に着くと、なかなか消えないもので……」菅原の表情が緩んだ。

「分かります」自分にとってのギターのようなものだろう、と一之瀬は納得した。

「同じ番組を聴いていることもあって、たまに話をするんですけど、最近そういう話に乗ってこなくてね……乗ってこないというか、『ラジオはクソですよ』なんていきなり言ったんです」

「ええ……」どう反応していいか分からず、一之瀬はこの情報を取り敢えず記憶した。役にたつかどうか分からないが、大西が最近何らかの理由で変化したことを証明するものでもある。変化というにはあまりにも小さい感じがするが。「それ、いつ頃ですか？」

「去年の暮頃だったかなあ。あまり急に言い出すから、びっくりしたんですけどね」

「何かあったんですかね」

「いつも聴いている番組で、何か不快なことがあったみたいですけど……変な話ですよね。ラジオなんて、不特定多数の人間が聴くものでしょう？　ハガキでも読まれない限り、自分のことを言われるわけがないですよね。たまたま何か言われたにしても、それが自分のことだと思いこむのは……ちょっと変ですよね」

何かが引っかかった。こんなことに引っかかっている場合ではないと思いながら、どうしても無視できない。

「その番組が何だか、分かりますか？」


何でこんな細かいところにこだわるのか。自分でも不思議に思いながら、一之瀬はラジオ局を訪ねた。過去の放送データを教えてもらって……最初はそれだけのつもりだったが、どうしても放送内容を直接聞きたくなった。大西と杏奈の関係が、ここで――細くだがつながってきたのだ。

ディレクターと面会しようとして、偶然由貴に出くわす。杏奈の番組の関係で打ち合わせに来ていたというのだが、あまりに偶然なので、二人とも苦笑せざるを得なかった。しかし、会社を辞めることになっても、ぎりぎりまで仕事か……一之瀬が部屋に入って行った時には話は終わりかけていたようで、由貴が席を立つ。その瞬間スマートフォンが鳴り出し、画面を見た由貴が顔をしかめた。一之瀬に背を向け、小声で話し出す。相手の話が長引いているようで、相槌を打つだけだったが、奇妙な緊張感は漂っていた。ディレクターと話を始められる雰囲気でもない。ようやく話し終えて一之瀬の方を向くと、目に涙が浮かんでいるのが見えた。仰天して、何事か訊ねようと思ったが、由貴は素早く一礼しただけで、会議室を出て行ってしまった。

「ああ……」ディレクターが困ったようにつぶやく。「杏奈ちゃんだな、あれ」

「そうなんですか？」

「よく泣かされてるから。物凄く頻繁に電話がかかってくるんだけど、無茶ぶりするみたいですね。愚痴をこぼしたこともあるけど、やっぱりマネージャーだから……呑みこんで、文句はあまり言わないんだ。でも、杏奈ちゃんの扱いは大変だろうなあ」

「あなたもですか？」

「いやいや」ディレクターが首を横に振った。「外――うちなんかと仕事をしている時は、愛想はいいですよ。使いやすいぐらいで。でも、内輪に対しては厳しいんじゃないかな」

由貴は呼び出されたのだろうか。会社を辞めることがばれて、杏奈から詰問《きつもん》される――想像するとぞっとする光景だったが、由貴に話を聴くべきこととも思えない。

ディレクターと少し話をして、問題の放送内容をCD‐ROMに焼いてもらい、ラジオ局を後にする。幸運なことに千代田署のすぐ近くにある局だったので、そのまま自分のパソコンを使って放送を聴く。人気お笑いタレントがパーソナリティを務める番組で、基本的には一人でぐだぐだ喋りながら、途中からゲストが入ってくる構成のようだ。肝心のポイントは……実質五十分程度の放送の二十分過ぎだった。

聞き慣れた杏奈の声だが、こうやってラジオ——厳密にはCDだが——から流れてくると不思議な感じがする。生身の人間として接していた杏奈が、急に「芸能人」に思えてくるのだ。

パーソナリティの軽快な関西弁は、ゲストの「乗り」を引き出す効果があるようだ。いつもの杏奈と違い、笑いを交えながら自然に会話が転がっていく。これが素の杏奈なのか、パーソナリティの力によるものかは分からないが。

話は笑いを交えてあちこちに飛んでいく。どうして大西がこれを気にしたのか分からないが……突然、ある話が一之瀬の耳を引きつけた。戻してもう一度聴く。そこで一度ストップし、今度は内容を書きとめた。上を納得させるためには、だらだらと放送を聴かせるよりも、メモを読ませた方が早い。

しかし……これが全てのきっかけだったのか？　こんなことが？

〈25〉

上への報告は後回しにして、一之瀬は大西を徹底的にマークすることにした。すぐに手を出せるわけではないが、まず相手の顔ぐらいは確認しておかなければならない。

大西が勤める会社は、宮益坂《みやますざか》沿いにあるオフィスビルの五階と六階を占めている。一之瀬は一階のロビーで待った。ブレザーに濃いグレーのパンツ、白いドットの入った茶色のネクタイ。足下はいつものスリッポンだ。黒いナイロン製のショルダーバッグも、サラリーマンの標準装備に見えるはずで、この場の雰囲気に馴染んでいるだろう。

大西の容貌に関しては、菅原から詳しく聞き出していた。髪をソフトモヒカンにしているのですぐ分かる、と菅原は自信ありげに言った。今時ソフトモヒカンか……あれが流行ったのは十年ぐらい前、一之瀬が中学生か高校生の頃だったのではないだろうか。確か、日韓サッカーワールドカップの時に、ベッカムがこの髪型で来日して大流行したのだ、と思い出す。

もう一つの目印はバッグだ。どういう趣味か分からないが、大西は常に白いバッグを持っているという。男性サラリーマンで白いバッグを持っている人は珍しいから、これはいい目印になる。

六時二十五分、大西らしき男がエレベーターホールの前にあるゲートから出て来た。中肉中背、容貌にはそれほど特徴がないが、髪がソフトモヒカンなのはすぐに確認できた。そして、黒いコートにきっちり線を引くような、バッグの白い肩紐。横を通り過ぎたところで確認すると、ビジネス用というより、一泊二日の小旅行用のボストンバッグという感じだった。デザインからはどこのブランドか分からないが、ユニセックスかもしれない。

一之瀬は尾行を開始した。大西は一人で、宮益坂を降りて行く。郵便局の前を行き過ぎ、そのまま明治通りとの交差点まで降りると、地下鉄の出入り口に入って行った。副都心線か半蔵門線か、あるいは他の路線を使うのか……渋谷駅は、今や新宿駅を上回る複雑な迷宮である。一之瀬にはあまり縁のない駅なのだが、普段使っている人でも迷うのではないだろうか。来年には東急東横線と地下鉄副都心線の直通運転が始まり、東横線のホームも地下化される。そうなったら、駅の中はさらに迷路化が加速するだろう。

大西は、半蔵門線の改札に入った。ここのホームは狭く、いつ行っても人が溢れている——ちょうど下りの帰宅ラッシュの最中で、大西は人ごみをかき分けるようにしてホームの中ほどまで進んだ。一之瀬は、混雑の中に紛れそうになる大西を必死で追う。黒に白——コートとバッグのコントラストが頼りだった。

大西はホームのちょうど中央付近から、押上行きの電車に乗った。おかしい……彼の自宅は荻窪《おぎくぼ》である。帰宅するなら、山手《やまのて》線経由で新宿から中央線に乗るはずだ。どこかに用事でもあるのか――まず、一之瀬は危険を感じた。渋谷から、杏奈の自宅の最寄り駅である半蔵門までは、十分ほどである。

もしかしたら大西は、毎日杏奈の家を見張っていたのだろうか。それに気づかなかった自分の鈍さにぞっとするが、後悔しても仕方がない。

押上行きの電車はほぼ満員だった。朝だけでなく、夜も混んでいるのか……そう言えば半蔵門線に接続する田園都市線の上り、池尻大橋《いけじりおおはし》と渋谷の間は、都内でも有数の混雑区間として知られているはずだ。朝のラッシュは、渋谷を越えても続くのだろうかとぼんやり考えながら、一之瀬は何とか大西の姿を視野に入れ続けた。大西も人ごみに揉まれているが、慣れているのか、特に不機嫌そうな様子でもない。両耳から白いイヤフォンのコードが垂れており、目を閉じて音楽に意識を集中しているようだ。

予想通り、大西は半蔵門駅で降りた。まずい……本当に杏奈を監視するつもりなのか。今のうちに応援を貰った方がいいかもしれない。

しかし大西はまず、食事を摂ることにしたようだ。この辺はよく知っているらしく、杏奈の家の方へ向かって歩き出した直後、迷わず一軒の蕎麦《そば》屋に入って行く。いわゆる「町場の蕎麦屋」で、外に張り出されたメニューを見ると、蕎麦だけではなく丼物《どんぶりもの》や定食も充実しているのが分かった。「サバ味噌煮定食」があるのは、蕎麦屋としてどうかと思うが。

中に入るかどうか、迷う。控えめな店構えからして、店内はそれほど広くなさそうだ。ちょうど夕食の時間帯だし、相席になって顔を覚えられたら困る。しばし迷ったが、結局店の外で待つことにした。

蕎麦屋なので時間はかからないだろうと思っていたら、予想通り、入ってから十分ほどで大西は店を出て来た。腹が膨れた直後というのは、どんな人でも少しは緩んだ表情になるのだが、大西の顔つきは厳しく引き締まったままである。中肉中背、特徴のない容貌とはいうものの、実際に顔を見た印象では、非常に痩せた、眼光鋭い男であった。しばらく餌《えさ》にありついていない猛禽《もうきん》類のような――その餌が何なのかを想像すると、一之瀬は思わず身震いした。

大西は今度こそ、真っ直ぐ杏奈のマンションの方へ向かって行った。一之瀬は、次第に鼓動が高鳴るのを意識した。この情報はヒットだと確信し、一刻も早く上の人間に報告したいという欲求に襲われる。

大西はついに、杏奈のマンションの前に達した。向かいの歩道からマンションを見上げ、しばらくそのポーズのまま固まる。コートのポケットに両手を突っこみ、ぴんと背筋を伸ばしたその姿からは、「絶対に逃さない」という強い意思が透けて見えるようだった。一之瀬は大西の目を避け、手前の交差点で電信柱に身を隠した。コートの襟《えり》を立て、顔の下半分が見えなくなるように気を遣う。

大西がゆっくりと視線を普通に戻した。コートのポケットに手を入れたまま、左右を気にしながら素早く道路を渡る。何度かマンションの前を往復していたが、やがて左側――一之瀬が待機している向かい――にある植え込みに身を隠した。意外に鬱蒼としており、外からは大西の姿は見えなくなってしまった。

一之瀬は腕時計を確認した。七時三十五分。杏奈は今夜、走るのだろうか。今日はオフで一日家にいるはずなのだが。

七時五十五分、杏奈がマンションから出て来た。一人……当たり前だ。本来ガードしていなければならない自分がここにいるのだから。杏奈はいつものように、アップワイルドのウエア姿だった。何となく違和感があるのは、今まで見たことのないものだったからだろう。下から上へ、薄い紫から白に変わっていくウインドブレーカー。下のジャージは、逆に上から下へのグラデーションになっていた。結果、体の中心が濃い紫色に見える。胸元には「U」と「W」を組み合わせた控えめなアップワイルドのロゴ。

彼女はいったいどれぐらい、ランニングウエアを持っているのだろう。一度クローゼットを覗いてみたいと思ったが、そう考えた瞬間、かすかな違和感を覚えた。何だろう？　いつもと違うウエアだから？　いや、そんなことはない。同じアップワイルドの製品であることに間違いはないのだから。しかし違和感の原因を頭の中で追求しているわけにもいかず、一之瀬は大西に意識を集中した。動きはない。ここからだと、かすかにしか大西の姿は見えないのだが――黒いコートのせいだ――蒼白い顔がかすかに窺えた。微動だにしない。表情までは分からないものの、杏奈をじっと観察しているのは明らかだった。応援をもらうために電話しようかとも思ったが、今は二人に気づかれたくない。

いつものように、杏奈がストレッチを始める。普段より入念なのは、今夜はひと際冷えるからかもしれない。やがて肩を一度上下させてから、ゆっくりと走り出す。内堀通りを渡ってコースに出るまでは準備運動のつもりなのか、少し早く歩いているだけだった。歩幅を広くし、股関節を伸ばすような意識があるのだろう。

一之瀬は彼女の帰りを待つことにした。一周で戻って来れば三十分弱、二周しても一時間だ。それぐらい待つのは何でもない。

だが、大西は動いた。植え込みから姿を現すと、杏奈の背中をじっと見送る。強い執念を感じさせる立ち姿で、両手をきつく拳に握り、背中を強張らせているのがコートの上からでも分かる。いつまでも動き出さず、歩道の上で固まっている姿は、不気味の一言だった。どうするつもりなのか……見ていると、マンションのドアの前に立った。外側の扉が自動的に開き、中に吞みこまれていく。その奥にはさらにオートロックの扉があるのだが、まさか、いつの間にか合鍵を手にいれたのでは――一之瀬は慌ててホールの正面に向かおうとしたが、一歩を踏み出した途端に大西が戻って来たので、その場で踏みとどまった。

さすがに合鍵までは持っていないようだが、大西の存在は危険だ。オートロックのドアでも、住人が外に出て来るタイミングに合わせれば、簡単に中に入りこめる。しかし大西は、そこまで思い切った冒険をする気はないようだった。道路を渡って向かいの歩道に向かうと、ホールを斜め右から見守る位置に陣取る。一之瀬と同じ側にいることになり、彼の様子が見えにくい。幸い、大西はマンションの監視に集中している様子で、他のことに注意を払う余裕はなさそうだったが。

内堀通りの方から、サラリーマンらしき男が二人、話しながら歩いて来た。それが気になるらしく、大西は急に視線を下げて道路を横断し、マンションのホール前に立った。自動ドアが開いた瞬間、中に飛びこむ。一之瀬はその動きを見て、急いで隠れていた電柱の陰から飛び出して、杏奈のマンションの隣のマンションへ走った。自転車置き場へ向かう狭い通路に身を隠し、ブロック塀の陰から大西の様子を見守る。

男二人が通り過ぎてしばらく経ってから、大西が出て来た。背中を丸め、コートのポケットに両手を突っこんでいる。少しだけほっとした表情を浮かべ、また植え込みに身を隠した。一之瀬との距離は、十メートル程度。

腕時計を何度も確認することになった。こういう時は、時間が経過するのが遅い。三十分……杏奈はやはり二周するのだろうかと考え始めた瞬間、彼女の姿が見えた。暗い道路の向こうから、弾むような足取りでマンションへ向かって来る。ボディバッグを探ってキーを取り出した瞬間、大西が植え込みから飛び出した。一之瀬は一瞬出遅れた。

杏奈が短く悲鳴を上げる。大西が杏奈の前に立ちはだかり、右手を大きく振りかざした。包丁……新しく用意したのだろうか。逃げてくれ、と一之瀬は心の中で杏奈に呼びかけた。ダッシュし始めている時には、大声を上げるのは難しい。

しかし杏奈は、その場を動こうとしなかった。何かを覚悟したように、両手を体の脇にだらりと垂らして、立ち尽くしている。一之瀬は強くアスファルトを蹴った。ソールも革なので結構な音が響いたが、大西は気づく様子もない。頭が熱くなっていて、聞こえないのだろうか。

大西が一歩を踏み出す。右手の先で包丁が煌めいた。一気にダッシュして襲いかかろうとしたのだろうが、それより先に一之瀬はトップスピードに乗っていた。スピードを落とさぬまま、大西の首に後ろから肘をぶち当てる。バランスを崩した大西がよろけ、アスファルトに膝をついてしまった。一之瀬は声を上げてさらに襲いかかり、大西の背中に膝を落とした。分厚い背中の筋肉が膝を受け止めたが、それなりのダメージは与えたようで、アスファルトの上に這《は》いつくばらせることができた。一之瀬が背中に乗っているので自由は利かないが、右手をやたらに振り回しているので包丁が危なくて仕方がない。ぐらぐら揺れる体の上で何とかバランスを取りながら、一之瀬は大西の右腕を何とか摑んだ。左手で肘を、右手で手首を摑み、腕全体を捻《ねじ》り上《あ》げる。大西の手が軋《きし》んで白くなり、包丁が道路に落ちた。右手で腕を摑んだまま、左手を自分の腰に回し、何とか手錠を取り出す。後ろ手にはめ、ようやく一息ついた。しかし完全に安心はできない——背中に乗ったまま、大西に話しかけた。

「大西だな？　大西礼一郎」

「ぐ……」満足に呼吸できないようで、大西はきちんと声を出せなかった。一之瀬が少し膝の位置をずらすと、ふっと大きく息を吐く。首を持ち上げていたのをおろし、頰をアスファルトにつけた。

背後からクラクションの音が響く。振り向くと、ヘッドライトの光に目を焼かれた。一之瀬は、左手を上げて車を停めた。ドライバーが怪訝そうな表情を浮かべて、車から降りてくる。バッジを示すまでの余裕がなく、一之瀬は「警察を呼んで下さい！」と叫んだ。

大西の体から力が抜けた。諦めたか……一之瀬は、ようやく周囲を見回す余裕ができた。まず、杏奈——凍りついている。だが怯えているわけではなかった。これまで見たことのない、氷のように冷たい表情を浮かべている。一之瀬を……いや、大西を見下している感じ。自分を襲おうとした人間を、虫を見るような目つきで見下ろしている。

何なんだ？　一之瀬は、二人の間に、自分には想像もできない壁がそびえているのを意識した。絶対に分かり合えない二人の間で起きた悲劇なのか？

それからの五分が長かった。その場に立ち尽くしたままの杏奈に声をかけてマンションの中へ避難させ、飛び出して来た管理人が手を貸そうとするのを制して、一人で大西を立たせる。後ろ手にはめた手錠をきつく握ったまま、応援の到着を待った。半蔵門署のすぐ近くなので、こういう時は助かる……しかし、パトカーのサイレンが聞こえてくるまでには、ひどく長い時間がかかったように感じた。

何故か、パトカーには藤島も乗っていた。制服警官に大西を引き渡し、ようやく手ぶらになった一之瀬を見て、目を細める。次の瞬間には、平手で思い切り一之瀬の頭を叩いた。

「どうして連絡しなかった」

「……すみません」そこまで余裕がなかったと言い訳するのは簡単だが、ここは素直に謝った方がいいだろう、と判断する。

「損害、でかいな」怒ったのは一瞬で、藤島の口調はすぐに平静に戻った。

「はい？」

「そのズボン、もう駄目だろう」

見下ろすと、右膝のところに大きなかぎ裂きができていた。ショックで眩暈《めまい》が襲ってくるようだった。インコテックスの自慢のパンツだったのに……銀座のバーニーズでこれを買う時、財布の中身を何度も確認したのを思い出す。

「道理で足が寒いと思いました」泣き言を言うわけにもいかず、一之瀬は強がりで冗談を言った。

「どういうことか、説明しろ」藤島は、普段見せないぶっきらぼうな表情を浮かべた。

一之瀬は、今日の動きを順を追って説明した。藤島の表情に変化はない。話し終えると、沈黙が待っていた。一之瀬は、鼓動が次第に速くなるのを意識した。怒られるようなことだろうか……。

「あの」思わず先に言い訳してしまう。「人手がなかったんです。刈谷管理官にもそう言われました」

「知ってる」

「今日だって、別に逮捕するつもりはなかったんです。だけどいきなり、包丁で襲いかかったから……」

「包丁、見つけました」近くを捜索していた制服警官が声を上げた。二人の下に駆け寄って来て、包丁を見せる。

「ご苦労さん」藤島が低い声で言った。「大事な証拠だ。しっかり保管してくれ」

制服警官がパトカーの方へ戻って行くと、藤島が一之瀬に顔を向け、口を開いた。

「怒ってるわけじゃない。事情は俺も分かってたんだから」

「はい」

「怒ってるとしたら、自分に対してだな」

「どういうことですか？」

「昔……二十年以上も前だが、当時の相棒が一人で突っこんで行ったんだ」

「何の現場ですか？」

「覚醒剤《かくせいざい》中毒の男が、銃を持って民家に立てこもった」

「そういうの、一課の特殊班の仕事ですよね」

「俺たちは所轄にいて、初動で現場に行ったんだ。その家の奥さんが人質になって……玄関のところで、頭に銃を突きつけられてたんだよ。男の言動はおかしかったし、今にも撃ちそうな様子だった。だから俺の相棒は、一人で突っこんだんだ。そして、撃たれた」

一之瀬は唾を呑んだ。この話は初耳だ……藤島にとっても、話すのが辛い過去なのかもしれない。

「その人は……」

「いや、死んでないよ」わざとらしい素っ気ない口調で藤島が言った。「ただ、右膝を撃たれた。シャブでヘロヘロになってる奴の撃った弾が、膝に当たるのも、すごい偶然なんだが……結局、ずっと足を引きずるようになった。刑事は辞めて、その後はずっと警務畑にいる」

どう反応したらいい？　よく分からないまま、一之瀬は無意識のうちに「すみませんでした」と謝ってしまった。

「謝ることじゃない」藤島が不機嫌に言った。「人手が足りないのは分かってる。こんなに早く事態が動くことも考えられなかった。だけどな、俺はそこまで読んで動かないと駄目なんだよ。もう、相棒に怪我して欲しくないからな」

藤島のひどく真剣なまなざしを見て、一之瀬は固まってしまった。返すべき言葉もなく、黙ってうなずくしかできなかった。

「さ、仕事だ、仕事」いきなり平常運転モードに入り、藤島が言った。「この事件、これからが面倒だぞ。二人の関係を解きほぐして、動機をしっかり固める。厄介だし、時間もかかる」

「分かってます」

「さて、まずはお姫様のご機嫌伺いといくか」

藤島が、マンションに向かって歩き出した。お姫様……彼がそう言うのは何となく理解できるが、実態は違うのだ、と一之瀬は思った。先ほど見せた氷のような表情が気になる。あれはとても、お姫様などとは言えないものだった。

〈26〉

先ほど現場で見せた冷たい表情が嘘のように、杏奈は泣きはらした後の顔で出て来た。ロビーで話を聴くわけにもいかず、そのまま半蔵門署へ向かうパトカーに乗せたのだが、短い道のりを行く間も、ずっと鼻をぐずぐず言わせていた。今になってショックが襲ってきたのだろうか、と一之瀬は訝った。もちろん、かつての恋人がいきなり包丁を持って襲ってきたら、ショックを受けないわけがないのだが。

大丈夫ですか、と声をかけるのは簡単だ。だが一之瀬は、何故か口を開けなかった。隣に座る杏奈の体温が、鬱陶しく感じられる。何だろう、この妙な感触……彼女は被害者だ。今回は怪我はなかったとはいえ、同情され、気を遣われるべき立場であるのに変わりはない。だが一之瀬は、どうしても「可哀相《かわいそう》だ」とは思えなかった。

気になっていることがあるが故に。

署につくと、テレビカメラの放列に出迎えられた。正面玄関脇につけようとしたパトカーが、立ち往生してしまう。報道陣に怪我をさせないようにじりじりと進み、ようやく停まったが、一之瀬は呆然としてしまった。杏奈が襲われてまだ三十分も経っていないのに、どうしてこんなに報道陣が集まっている？　広報が情報を流したとしたら、あの連中は大馬鹿者だ。大切な事情聴取が始まる前に、杏奈を動揺させたくない。

いや……違うかもしれない。

さすがに警察署の前なので、報道陣も好き勝手にはできない。特捜本部の刑事たちと当直の署員たちが駆けつけて報道陣を脇に押しやり、車のドアから署の入り口まで、通路を確保した。

先に車を降りた一之瀬はドアを押さえ、杏奈が外へ出る手助けをしてやった。杏奈がゆっくりと車を降り、一瞬立ち止まる。それから毅然《きぜん》と顔を上げ、正面を見たまま深く一礼した。そんなことをしている場合ではない――一之瀬は、杏奈の腕を取って足早に歩き出した。「何があったんですか！」「犯人とは顔見知りなんですか？」。矢継ぎ早に質問が飛ぶ。

杏奈は一切答えず、署の入り口に向かって真っ直ぐ歩いて行く。決然と顔を上げ、全ての妨害を突き抜けるように。一之瀬は何となく、「花道」という言葉を思い出していた。

署に入ると、騒音がいきなり遮断《しゃだん》される。強い暖房も相まって、一之瀬は体が溶け出すような感覚を味わっていた。杏奈が一度立ち止まり、肩を上下させる。一之瀬は彼女の腕を放したが、その瞬間、彼女が今回もしっかり化粧をしていることに気づいた。汗をかいたランニング用のウエアを、黒いカットソーとスリムなデニム、薄手のダウンジャケットに着替えているのは当然としても、短い時間で化粧まで終えていたとは……芸能人はさすがに違う、と変なことに感心してしまった。

いや、おかしい。何故化粧する必要がある？　事情聴取するのは顔見知りの自分であり、テレビカメラの前に姿を晒すのは、予定外のことだったはずだ。それとも、こんな風にテレビに映ることを事前に知っていた？　それどころか、自分からマスコミに連絡した？

一之瀬は体を捻って杏奈の顔を見た。彼女は真っ直ぐ正面を見据えており、一之瀬を見ようともしない。シャープな顎のラインが、普段よりも強張っているように見えた。

「一之瀬さん」

呼びかけられて振り向くと、由貴が飛びこんで来たところだった。一之瀬は、杏奈を制服警官と藤島に任せ、由貴の腕を引いて近くのベンチに座らせた。交通課の前で、当然この時間には人はいない。

「犯人、逮捕したんですか」由貴が息をはずませながら訊ねる。

「まだ、これまでの襲撃事件の犯人かどうかは分かりません。今回、春木さんを襲おうとしたことは間違いないですけど……俺の目の前で包丁を振りかざしたんですから」

由貴の顔から瞬時に血の気が引いた。ゆっくりと立ち上がり、一之瀬の正面に立つ。

「怪我は……」

「ああ、春木さんは大丈夫です。俺のズボンが破けたぐらいで」一之瀬は膝を指さした。

「怪我はないんですか」

「大丈夫です」

「よかった……」由貴がベンチにへたりこむ。

見下ろしたまま話してもよかったのだが、一之瀬は彼女の隣に腰を下ろした。少しだけ距離を置いて。

「春木さんから連絡、ありました?」

「は? はい……あの」

「あなたは怪我したかどうかも知りませんでしたね」

「電話がかかってきただけです。襲われたって」

「それで慌てて飛んで来たんですね」

「ええ」

「マスコミに連絡しましたか?」

「私が?」由貴が自分の鼻を指さした。

「あなたなのか、事務所の誰かなのか、あるいは春木さん本人か、分かりませんけど……報道陣が集まるタイミングが早過ぎる」

「何でそんなことをしなくちゃいけないんですか」由貴が憤然として言った。

「目立つため、ですかね」

「そんな――」由貴が反論しかけて口をつぐむ。

彼女自身は、報道陣が集まっていることは予期していなかったようだ。杏奈が自分で連絡したのか、他のスタッフに頼んだのか……いずれにせよ、これは仕組まれたものだろうと一之瀬は判断した。

「彼女は今、上げ潮ですよね。それに、前に出たがるタイプです。もしかしたら、病院を出る時に待ち構えていた報道陣にも、彼女が自分で連絡したんじゃないんですか」

「それは……私は知りません」

「そうですか」一之瀬は背筋を伸ばし、ゆっくり深呼吸した。この件は、突っこもうと思えばもっと突っこめる。しかし本筋とは関係ないのだから、これ以上話しても仕方がないと判断した。

「あの……問題の人だったんですか」

「そうです」一之瀬は事情を説明した。周辺を調べ始めていたこと、尾行していたらいきなり杏奈に襲いかかったこと。「この件を先に話してくれていたら、もっと早く逮捕できていたと思います。事務所としては、大西という男の存在をずっと前から把握していたんでしょう?」

「でも、何年も前に別れた男が……そんなこと、普通、考えられないでしょう」

「男はしつこいんですよ」しかも、何か特別なきっかけがあれば、いきなり爆発する。実際一之瀬は、「特別なきっかけ」ではないかと思われる出来事を摑んでおり、後で大西に直接ぶつけてみるつもりだった。

「信じられない……」

「でも、こういう事件は多いんです」

「そうなんですか？」由貴が顔を上げた。

「男は馬鹿ですからね。それにいつまでも、昔の傷を引きずるんです」

「あの、杏奈は……」

「まず、事情聴取します。それが終わったら今夜は家へお帰りいただきますけど、あなたは待っている必要はないですよ。警察の方で何とかしますから」

「でも私、まだ彼女のマネージャーですから」由貴が決然とした態度を取り戻す。

「いや、単純に時間がかかるということです。彼女が素直に話してくれるかどうかによりますが……話してくれますよね？　彼女は被害者なんだから」

「待ちます」由貴が、一之瀬の質問を無視して答えた。「ここで待っていていいですか？」

「構いません。当直の連中に言っておきます」一之瀬は立ち上がった。「ただし、ロビーにいて下さい。中に入るとややこしいことになりますから。何かあったら、俺の携帯を呼んで下さい」

「そうします」由貴がスマートフォンを取り出した。「事務所と連絡を取りますから」

うなずき、一之瀬は階段へ向かって歩き出した。これで事件は解決——のはずだ。なのに何故か、気持ちは晴れない。嫌な予感がしていた。これは単に、事件の入り口に過ぎないのではないか、と。

杏奈はやはり化粧をしていた。気にはなったが、そこに突っこんではいけない気がして、一之瀬は触れないことにした。広い会議室に二人きり。暖房が切れていたので慌ててスウィッチを入れたが、部屋が暖まるまではまだ時間がかかりそうだ。仕方なく一之瀬は、コートを着たままでいることにした。杏奈も薄手のダウンジャケットを脱ごうとしない。

「色々大変でした」

「いえ」

「あの男——大西礼一郎はあなたの知り合いですね？」

「ええ」

あっさり認めたので、一之瀬は少しだけ気が抜けた。

「つき合っていたんですか」じわじわと突っこむ。

「ずいぶん昔の話です」

「いつ頃ですか？」大まかには分かっていたが、本人の口から聞きたかった。

「二十歳ぐらい……二十二歳ぐらいまで、だったかな」

「もうデビューしてましたよね」

「でも、仕事が全然なかった頃で」自虐的な台詞。薄い唇が皮肉に歪んだ。

「例の映画の仕事が入る前ですね」

「そう、その頃です」

「つき合っていたのは二年ぐらいですか？」

一之瀬は手帳を広げていたが、まだ何も書くことがない。ボールペンの先が描く小さな点だけが増えていった。隣に座る藤島も同様で、先ほどからボールペンを構えたまま、固まっている。

「元々、どこで知り合ったんですか」

「あの、ここで恋愛話をするんですか？」杏奈はいかにも居心地が悪そうだった。

「違います」この状況を真剣にとらえていない彼女の態度に、少しだけ苛立った。「大西の動機を知りたいだけです。そのためには、あなたからもきちんと事情を聴く必要があるんですよ」

「……そうですよね」杏奈が唇を嚙んだ。

「ええ。ですから、できるだけ詳しく教えて欲しいんです」

「高校の同級生なんです」

「そうなんですか？」

「ええ。私は、高校卒業とほぼ同時にこの世界に入って……でも、最初の頃はあまり仕事がなかったから、時間は余ってて……それに、色々考えることもあって」

「焦りですか？」

杏奈が寂しそうに笑い、髪をかき上げた。かすかに刺激的な香りが、一之瀬の鼻をくすぐる。

「そう、焦りだったかもしれません。この世界の人間って、忙しい人とそうでない人の落差が激しいんですよ。売れてる人って、毎日三時間睡眠で乗り切ってるぐらいで、大変なんです。それで体を壊しちゃう人もいますし。でも仕事がなければ、むしろそういう状態に憧れます。大学なんか行ってる場合じゃないのにって、いつも思ってました。でも、自分で営業もできないでしょう？」

「ええ……そうなんでしょうね」あまりにも自分とは縁のない世界なので、一之瀬にはぴんとこなかった。警察の仕事にも、部署によって仕事の「量」の違いはある。今の自分のように、いつ寝ているのか分からない、家にもろくに帰れない人間もいるし、定時出勤、定時退庁の毎日が定年まで続く人もいる。だが芸能人の仕事は、そういうのとはまったく異質だろう。

「でも、私が一人で頑張るにも限界がありますから。一生懸命やったんですよ。でも、私たちの仕事って、結局需要と供給の関係で決まるんです」

「仕事がないストレス、ですか……」

「そう、です。今なら認められますよ」杏奈が寂しそうに笑う。「今なら」。この世界に入って八年、ようやく上げ潮に乗って仕事がたくさん入るようになったら、当時のことも何とか冷静に語れるようになったわけか。

「大西は、厳しい時代を支えてくれた恋人、ということですか？」

「そう、ですね」杏奈が認めた。嫌々ながら、ではない。淡々とした調子だった。

「何で別れたんですか？」

「何となく、としか言いようがないんです。ちょうどあの人が大学を卒業して就職したのが、時期的なタイミングだったんですけど……就職すると、それまでと生活が完全に変わるじゃないですか」

「ええ」

「あの人も忙しくなったし、私も映画の仕事が入ったり、走るようになったりして、段々忙しくなってきたので……すれ違いもあったし」

杏奈が急に嗚咽《おえつ》を漏らし始めた。別れがそれほどショックだったのか？　そんなはずはない。むしろ昔の恋人に襲われた事実が、今になって怖くなってきたのだろう。

「嫌な別れ方をしたんじゃないんですか」

「嫌じゃない別れ方なんてあるんですか？」

ない……だろうな。自分の乏しい恋愛経験を考えても、嫌な想い出ばかりだ。相手を嫌いになって別れる、嫌われて別れる、どちらにしても感情的なしこりが残るし、そうではない、どうしようもない理由であっても、綺麗《きれい》な想い出にはならないだろう。ここ五年ほどは、深雪との穏やかな関係に慣れてしまっているのだが。

「その後、連絡は途絶えていたんですか？」

「途絶えました」

「完全に？」

「ええ」

「メールも電話もなしで？」

「……なかったですね。私も本格的に忙しくなってきたので。あの人も同じだったと思います。仕事を始めた頃って、とにかく忙しいじゃないですか」

「そうですね」

「だから私も、もう完全に終わったと思ってたんです。ようやく仕事も面白くなってきたし、過去のことだと割り切ってました」

「この件、事務所は知ってたんですか？」

「……知ってました」どこかバツが悪そうに杏奈が言った。

「止められなかったんですか？　自分の会社の所属タレントが恋愛したら、色々都合が悪いと思うものでは？」

「うちの事務所は、そういうことを煩《うるさ》く言わないので」

「そんなものですか？」

「アイドルとかだったらまた別でしょうけど、私、そういうのじゃなかったから」

そういうものか……基準がよく分からなかったが、初代マネージャーの溝内も「放任主義」を認めていたから、嘘ではないのだろうと判断する。

「今回どうして襲われたか、心当たりはないですか」

杏奈が頬に手を当てた。不安そうな表情のまま頬を擦り、ぱたりと手を下ろす。

「……分かりません」

「まったく？」

「ええ」

「もしかしたら、別れてから今日初めて会ったんですか？」

「そうですね」

「すぐに分かりました？」

「分かりますよ」杏奈が淡々と言った。「だって、二年もつき合ってたんですから。それで、別れてから四年……四年ぐらいじゃ、そんなに顔も雰囲気も変わらないでしょう」

「昔から暴力癖のある人だったんですか？」

「そんなこと、ないです」杏奈が顔の前で激しく手を振った。「基本的には大人しい人でした」

「大西がこんなことをすると考えたことはありますか？」

「ないです。まったくありません」杏奈が即座に、強く否定する。強過ぎるぐらいだった。

「今までも、あなたを見張ったりしていたようですよ。全然気づかなかったんですか」

「……ええ」

「事務所の方では把握していましたよ」

「溝内さんから聞きました」

「聞いて、何とかしようとは思わなかったんですか」

「思いましたけど、私にできることはないし……一之瀬さんがすぐに動いてくれるって思いましたから」

「前の二回の襲撃ですけど、その時に、大西だとは思わなかったんですか」

「全然考えてなかったです。今さら……」

「なるほど……」

話が繰り返しになってきている。一之瀬は藤島の顔をちらりと見た。藤島は手帳に視線を落としたままだったが、かすかに首を横に振った。

「今日はこれで終わります……申し訳ないですが、またお話を聴くことになると思いますので」

「はい」杏奈が肩をぎゅっと体の中心に寄せるようにした。細い体が、一層細く絞れて見えた。

「あの……一つ聴いていいですか？」

「ええ」杏奈が顔を上げる。戸惑いが感じられた。

「今日、署の方にマスコミの人がたくさん来ていました。あれ、あなたが呼んだんじゃないんですか」

「まさか」杏奈が目を見開く。「何でわざわざ、そんなことをしなくちゃいけないんですか」

悲劇のヒロインとして目立つために——露骨な推測をぶつけてもよかったが、一之瀬は言葉を呑んだ。彼女はあくまで被害者であり、不要な一言で精神的に追いこまれる可能性もあるのだ。「口は慎め」ハコ長の秋庭にもよく言われたものだ。矢継ぎ早に質問をぶつけるのは構わない。しかし単なる好奇心から、失礼な質問を口にしてはいけない、と。警察官が話を聴こうとすれば、相手は話さなければいけない、と感じるものだ。その結果、捜査とは直接関係ないことでも口にせざるを得なくなり、結果、トラウマを抱えこむ可能性もある。相手がどう感じるか、一々想像しながら質問しないと危険だ。

もちろん、恋愛感情のもつれによる事件だったら、被害者のプライベートな事情にまで突っこまなければならないのだが、今回は少し事情が違う。過去の——終わった恋愛。そして杏奈としては、今回の事件について思い当たる節がまったくないという。となると、根掘り葉掘り聴くことが正しいのかどうか。

「あなたが呼んだんじゃないんですね？」一之瀬は念押しした。

「違います……でも、芸能人としては喜ぶべきかもしれませんね」

「どうしてですか？」

「悪名は無名よりましだから、です」

事務所は「悪名」を避けたがっていたはずだが。二十歳ぐらいの時の杏奈と今の杏奈では、立ち位置が違う。今はスキャンダル御法度《ごはっと》、という事務所の考えは、一之瀬にも理解できた。

「芸能人は目立ってこそ、ですか」

「芸能マスコミにも取り上げられなくなったら、終わりじゃないですか？」

本気で言っているのか？　プライバシーを切り売りするような生活も当然だと考えている？　一之瀬には理解できない世界だったし、何となく気に食わなかったが、これ以上は追及しないことにした。本筋とは微妙に違うのだから……だがかすかな不快感は、棘のように一之瀬の心に食いこんだ。

「気に食わないね」パトカーが杏奈と由貴を送り届けるのを見送ってから、藤島がつぶやいた。

「何がですか？」

「お前さんが感じてるのと同じことだろうな」

「俺は、別に……」一之瀬は言葉を濁した。

「そうか？　俺には、彼女の説明は、予《あらかじ》め用意した台詞を喋ってるように聞こえたけどな」

確かに。建前を並べ立てただけで、微妙に核心をはぐらかされたような不快感は拭えない。

「まあ、直接関係ないかもしれないし、動機は大西に聴かないと分からないだろうが、何だか気に食わないね」

「そう、ですね」

「大西は、容疑自体は認めたそうだ。というか、現行犯だから否定しようもないわな」藤島が背広のラペルを撫でつけた。「詳しい動機の追及は、明日以降だな」

「それ、俺が調べさせてもらうわけにはいかないですかね」

「そりゃ無理だろう」藤島が否定した。「合同の特捜本部とはいえ、うちはあくまでお手伝いなんだから。一課の刑事か、半蔵門署の人間が取り調べの担当になると思う」

「それは分かりますけど、気になるんです。彼女が言ったことに対して、大西がどんな反応を示すか、見てみたいんです」

「ほう……」藤島が目を細めた。「なるほどねえ」

「はい？」

「できるかどうか分からないけど、ちょっと上にかけ合ってやるよ」

「あ」一瞬虚を衝かれたようになり、一之瀬の言葉は遅れた。「ありがとうございます」

「いや、礼を言われるようなことじゃないけどな。やる気を出した若い奴の気持ちは尊重するべきだろう？　お前さんの同期の連中は、どうも引っ込み思案……というか、前に出てこなくて困る」

「そうですか？」若杉のように、出過ぎる人間もいるのだが……確かに、同期の連中の顔を思い浮かべても、ばりばり仕事をしているイメージは湧かない。

「仕事でむきになるのは馬鹿馬鹿しい、とでも思ってるんじゃないか」

「そんなこと、ないですよ」

「そうかね？　だったらお前さん、仕事の面白さが分かってきたのかな？」

「面白さじゃなくて、辛さかもしれません」一之瀬は唇を噛んだ。傷ついた人、傷つけた人——それぞれとつき合っていると、痛みが伝染してくるような感じがする。一々そんなことで辛い思いをするのは馬鹿らしいのだが、これが自分の性癖かもしれない、と思い始めている。

「そうか。それはそれで悪くはないな……とにかく、ちょっと上と相談してみる。何事も経験だからな」

「ええ」

「よし、今日は解散だ」藤島が腕時計を確認した。「もう十時過ぎかよ……明日は朝から捜査会議だからな。遅れるなよ」

「はい」

　遅れはしない。むしろ、早く朝になって欲しかった。犯人を確保して、特捜本部としては仕事が一段落した感覚なのかもしれないが、一之瀬は「知りたい」という欲求で胸が溢れそうになっているのを意識していた。


　あれこれ考えていても腹は減る。というか、空腹で眩暈がしそうだった。半蔵門駅付近には、この時間になると食事ができる店がほとんどないし、家のある下北沢へ戻るまで我慢するのも辛い。一之瀬は少しだけ歩いて、地下鉄麴町《こうじまち》駅の近くまで行くことにした。確か新宿通り沿いに、二十四時間開いている牛丼屋があったはずだ。

　赤い看板を見てほっとし、キムチ牛丼の大盛りを五分でかっこんで一息ついた。一之瀬にしては食べ過ぎで、後で苦しくなるのは分かっていたが、今は腹を満たせればそれでよかった。

後は家に帰るだけか……水を飲み干して店を出ようとした瞬間、一番会いたくない人間と鉢合わせした。吉崎。相変わらずくたくたに疲れた様子で、何となく午後十一時の牛丼店にはぴったりの雰囲気だ。無視して立ち去ろうと思ったが、吉崎が「どうも」とやけに明るい口調で言ったので気勢をそがれてしまう。何とか気を取り直して店の外に出ると、吉崎が引き返してついて来た。

「無事解決みたいじゃないですか」

「俺に聴かなくても分かってるでしょう」

「まあね。でも、お祝いぐらい、言わせて欲しいな」

それは筋違いだと思った。別に、新聞記者に祝ってもらわなくてもいい。こっちにはこっちの仕事があり、それは吉崎たちの狙いとは別物のはずだ。

「しかし、あの被害者——春木杏奈っていうのも、相当なタマじゃないかな」

「どうして？」

一之瀬は思わず振り返った。吉崎はにやにやしながら、コートのポケットに手を突っこんだまま立っている。

「事務所から、マスコミに連絡させたらしいよ。俺らじゃなくて、テレビ局とかスポーツ紙とか、芸能記者にだけど……うちの系列のスポーツ紙の記者が呆れてた」

やはりそうか……無名より悪名。分かっていながらそれに乗ってくるマスコミも、どうかと思った。

「警察には関係ないですけどね」

「うちも関係ない」

「同じマスコミなのに？」

吉崎が苦笑した。背中を丸めて煙草を口に押しこんだが、火はつけない。棒つきのキャンディーをくわえているようだった。

「スポーツ紙と一般紙じゃ、扱うニュースも紙面の作りもまったく違うでしょう？　読めばすぐ分かるよ」

何だか無知を責められたような気分になって、一之瀬は耳が赤くなるのを感じた。

「とにかく俺としては、彼女にはあまり同情できないね」

「そんなこと言って、いいんですか？」

「個人の感想だから」吉崎が肩をすくめる。「俺の気持ちと記事には、何の関係もないでしょう」

「もう原稿、書いたんですか？」

「いや」吉崎の唇が少しだけ歪む。

「だったら、こんなところでのんびりしていたらまずいんじゃないですか」

「サツ回りが、担当している署の原稿を必ず書くとは限らないんでね。このレベルの事件になれば、うちの場合は警視庁クラブが持って行く。俺は現在、単なる雑用係だね」

自虐的な台詞を聞いて、一之瀬は彼もまた、自分と同じような下っ端なのだと思い知った。所轄を担当するサツ回りの上には、当然警視庁の本部を担当する事件記者たちがいる。彼らが全てをコントロールし、サツ回りは使いっ走り——まさしく、所轄の刑事一年目の自分たちと同じではないか。

そう考えても、この男に対して親近感を抱くことはなかったが。

「それと、一つ誤解しているかもしれないから、今のうちに言っておくけど」

「何ですか」

「俺が最初に、この件——通り魔の件を記事にした時のことだけど」

「ああ」誰が情報を漏らしたのだ、と怒ったのを覚えている。

「あれ、ネタ元は警視庁の中の人じゃないからね。そもそものネタ元って意味だけど」

「違うんですか？」

「サツ回りの情報源は、警察官だけじゃないよ。二回も続けて同じ事件が起きれば、走っている人たちの間でも噂が広がるでしょ？　新聞にタレこみする人がいてもおかしくないよね」

一之瀬は言葉をなくした。そうか……考えてみれば当たり前の話である。サツ回りといえば、刑事に頭を下げ続けて、ネタを放ってくれるのを待っているだけだと思っていたのだが。

「ま、こっちとしてはどうでもいい話なんだけど——それより、まだ事件は終わってないけど、そっちの方はどうなの？」

「終わってない？」

「おいおい、マジで言ってるわけ？」吉崎が苦笑する。「一番大きな事件は片づいてないじゃない。人が一人殺されてるんだぜ？　そっちの件はどうなってるの？」

〈27〉

言われてみれば、一連の事件で一番の「肝」については、まだ手つかずのままだ。自分だけがそれに気づいていなかったことを、一之瀬は翌朝の捜査会議で思い知らされた。

殺人事件の捜査は振り出しに戻った感じで、特捜本部の主力はそちらに振り分けられている。大西の担当はわずかに数人。一之瀬もこちらに回されたが、それでも大西本人の取り調べは許されなかった。思わず藤島に食い下がってしまう。

「ま、そういうことだ」藤島は、特に何も感じていない様子だった。

「駄目なんですか」

「この世界、順番と役割ってものがあるからな。諦めて、自分の仕事をきっちりやれ」

一之瀬の役割——地味な仕事が待っていた。大西の行動の確認。凶器の購入方法の調査等々。そういう仕事をこなしながら、一之瀬は大西の取り調べを担当している本部の先輩刑事にできるだけ接触し、情報を引き出そうとしていた。幸いこの先輩刑事、福良《ふくら》は話し好きな男で、取調室の中で起きた出来事を機密扱いするつもりはないようだった。

「動機がはっきりしないんだよなあ」ある日、半蔵門署の喫煙部屋——一之瀬には地獄だったが、話を聴きたいがために我慢した——で煙草を吸いながら、福良は首を傾げた。

「そこを突いても、はっきり言わないんだ」

「ちょっと思い当たる節があるんですけどね」

「もしかしたら、ひどい別れ方をしたっていう話か？　どうかねえ。被害者の話だと、そんな感じでもないんだろう？」

「自然消滅だって話してますけど、本当のところがどうかは分かりませんね」

「被害者が嘘をついていると？」

「嘘とは言えないんですが」

福良が、巨大な空気清浄機に肘をつき、煙草をふかした。一之瀬としては我慢ならない環境だったが、もしかしたら「だったらお前、大西の調べをやってみるか」と言われるのではないかと期待して我慢している。

「動機面は情状《じょうじょう》の重要なポイントになるけど、現段階ではそこばかり気にしてもしょうがないな」福良が煙草を灰皿に押しつける。

「そうですか？　一番重要なところだと思いますけど……」

「まだ逮捕して三日だぞ。まずは事実関係を固めるところからだ。お前が動機を気にするのは分かるけど……ま、大西もいずれは話すだろう」

「そうですかねえ」

「大西は普通のサラリーマンだから、勾留《こうりゅう》生活にいつまでも耐えられるはずがない。すぐにプレッシャーに負けて、全面自供するよ」

「はあ」

「それより、殺しの方の捜査を振られなくてラッキーだったな」福良が声を潜めて言った。「向こうは、相当難儀してるみたいだぞ。だいたい、紛らわしいよな。似たような事件が四件……五件か。それで犯人が現在二人だ。どうなってるのかね」

「それは……」一之瀬は口ごもった。吉崎に言われたことが頭にこびりついている。

「もう一人犯人がいるのか？　だとしたら、えらく偶然が重なったもんだね。普通、事件には、偶然っていうのはあまりないんだが」

「そうですか?」

「そうだよ。だいたい、必ず合理的な説明がつくんだ。偶然が重なって、なんていうのは、下手くそなミステリの世界だけの話だぜ? まあ、いずれは何とかなると思うけどな。通り魔事件の犯人は、逃げ切れないんだよ。緊急配備に引っかかるか、あるいは次の事件を起こして……」福良の顔が歪んだ。「それで警戒していた警察に捕まる——そういうパターンが多いんだ」

加納亜佐美に関しては、完全にとばっちりとしか考えられなかった。杏奈をアイコンにしてランニングを楽しんでいた女性が……アイコン? その瞬間、ある可能性が頭の中で閃《ひらめ》く。一之瀬は喫煙部屋を飛び出し、誰にも言わずに新宿方面へ向かった。


しつこく刈谷に頼みこんで、ようやく大西の取り調べが許可された。興奮と緊張を何とか抑えながら、テーブルにつく。記録係として福良が同室したが、不機嫌の波が一之瀬のところまで伝わってくるようだった。それはそうだろう、若造が急に入って来て、自分の仕事を横取りしたようなものだから。しかし一之瀬は、この件をどうしても自分で確かめたかった。

一之瀬は、目の前の雑誌に意識を集中した。アップワイルドのウエアを着た、杏奈のグラビア。加納亜佐美の部屋の、デスクの上にあったのを借りてきたのだ。

「大西さん、このグラビアを見て下さい」

一之瀬は、雑誌を反対側に向けて、大西の方へ押しやった。しかし大西は顔を背けてしまい、直視しようとはしない。

「見て下さい」一之瀬は少し口調を強めて、もう一度言った。

大西は相変わらず、一之瀬の要請を拒否し続けている。無理にうつむいているようで、首の辺りが細かく震え始めた。明らかに様子がおかしい。一之瀬は雑誌を引き取り、手に取った。

「春木さんは、アップワイルドの日本進出に際して、広告塔になる予定です。以前からこのブランドのウエアを愛用していて、グラビアなどでも積極的に着用していたんですね。彼女に憧れる女性ランナーは多い……春木さんは一種のアイコンですから、彼女の格好をそのまま真似する女性ランナーも、たくさんいるんです」

それは相当ダサい行為なのだが、と一之瀬は思った。自分も『ビギン』や『モノ・マガジン』を愛読しているが、誌面の着こなしをそのまま真似することはない。しかし亜佐美は……このグラビアは、亜佐美にとっていい手本になったようだ。結果的には「いい」わけではなかったが。これが彼女の命を奪ったのかもしれない。

「このスタイル……特徴的ですよね。特にウインドブレーカーは、よく目立ちます」

細かい色のタイルを並べたようなデザインで、遠目には青っぽく見えるのだが、角度によっては赤、あるいは黄色が目立つ。一之瀬の目からは、とんでもない色使い、デザインに見えるのだが、走るためのウエアは、安全性も大事である。車から見て目立たなければならないから、こんな風になってしまうのだろう。

「それにキャップ。皇居の周りはたくさんの人が走っていますが、これは目立ちます。つまり、目印ですよね」

大西がぴくりと体を震わせる。

「あなたの部屋から、これと同じ雑誌が見つかっています。それにあなたは、春木さんを尾行したり見張ったりして、普段どんなウエアを着ているか、把握していたはずだ。皇居ランのコースの中で、襲撃可能な場所は相当暗い。顔よりもウエアが目印になったんですね？」

質問ではなく確認するつもりで言ったのだが、大西は反応しなかった。無理に反応しないようにしているように、一之瀬には思えた。少しでも弱みを見せたら終わりだ——逮捕されてから数日ぐらいでは、容疑者はまだ突っ張っていることも多い。

「殺された加納亜佐美さんは、襲われた時、このグラビアの春木さんとまったく同じウエアを着ていました。あなたは、春木さんのランニングの予定も摑んでいたし、どんなウエアを着ていたかも分かっていたはずだ。待ち伏せして、予定の時間にまったく同じウエアを着た人がやってきたから、春木さんと勘違いして襲った。焦りもあったんでしょうね……違いますか？　それに加納さんは、背格好や髪型も春木さんとよく似ていた」

依然として無反応。ただし、大西の喉仏がゆっくりと上下するのが見えた。

「千鳥ヶ淵公園は、都会の真ん中にあるにしては、夜は暗い場所です。走っている人は多くても、危険なポイントと言っていい。それに気づいて、ストレス解消のためにランナーを襲った馬鹿がいたんですよ。あなたも、その件については知っていましたよね？」

東日の記事によって。吉崎は、読者からの情報提供で記事を書いたと言っていたが、一之瀬にすれば、やはり余計なことだった。あの記事が、大西に襲撃のヒントを与えてしまったのだろう。通り魔事件に紛れて杏奈を襲う——もちろん、その前から杏奈を監視していたのだろうが、「襲う」決意を固めさせたのは、あの記事の存在だったのではないか。吉崎とは一度、きちんと話して、猛省を促さなければならない。

「大西さん、あなたはネット通販で包丁を購入しましたね」例の名簿にも大西の名前があった。購入者を追跡していた刑事たちは、まだ大西にまで辿りついていなかっただけだった。「それに凶器の包丁から、あなたの指紋が検出されたんです」

大西がびくりと体を震わせた。当たりだ——言い逃れできない物証。一之瀬が鑑定を急がせた結果である。しかし大西は口を開かなかった。喋らないことで、何とか理性を保とうとしているのだろう。

「大西さん、今ここで喋ってもらった方が、こちらとしても都合がいいんです」

沈黙。大西が両手をテーブルの上に置いて、きつく組み合わせた。関節が強張るほどの強さで、自らの指を折ろうとしているようにも見える。一之瀬は、意識して話を変えた。

「春木さんと何があったんですか？　嫌な別れ方をしたんですよね？」

「それは……」大西の声はかすれていた。

「つき合っていたのは事実ですよね？　それは春木さんも認めました」

「半同棲だったので」

一之瀬はうなずき、無言で話を促した。相手が喋り始めている時には、余計な質問をさし挟まない方がいい。話の腰を折ってしまうこともあるのだ。しかし彼の言い分が引っかかり、訊ねざるを得なかった。

「私が春木さんから聴いていたのとは、少し違いますね」

「あいつの言うことを信じたら駄目ですよ」かすれた声で大西が言った。

「嘘をついている、と言うんですか？」

「ほとんど嘘だと思った方がいいんじゃないですか」

「それは……」言い過ぎではないか、と一之瀬は思った。いくら何でも、そこまで嘘で塗り固めた人生というのは……もしかしたら自分も騙《だま》されている？　嘘だと気づかせなかったのは彼女のテクニックなのか？

「高校の同級生なんですよ」

「それは春木さんから聞きました」

「あいつ、卒業する直前にオーディションに受かって、大学へ入ってから本格的に芸能活動を始めたんですけど、最初はさっぱり売れなかったみたいですね。俺も、グラビアなんかで見たことはあったけど、それぐらいで」

「ええ」

「その頃、たまたま街でばったり会って。相当悩んでいたんですよ。これからどっちの方へ行ったらいいか、分かってなくて。自分の色を出せなくて困ってたんでしょうね」

「それで、あなたに悩みを相談するようになって」

「別に、相談はされませんでしたよ」大西が鼻で笑った。「俺はただの大学生で、芸能界のことなんか何も分からなかったから」

「でも、恋愛関係にはなったんですよね」

「向こうも、仕事と関係ない人間が相手の方が、気が楽だったんじゃないですか」

「当時は、どういう関係だったんですか？　芸能人と一般人……いろいろ難しいように思いますけど」

「どうかな……彼女がグラビアやテレビに出てるのを見ると、複雑な気分になりましたけどね。やっぱり自分の手が届かない世界にいる人なんだって……今考えると俺は、ごみ箱みたいなものだったと思う」

「ごみ箱?」

「ストレスがあると、俺に文句を言うみたいな」

「それは——よくあることじゃないですか」大西の反応は少し大袈裟過ぎるように思えた。

「つき合っていれば、喧嘩したりするのも珍しくないでしょう」

「こういうこと言うのは、恥なんですけど」

大西の言葉に、一之瀬は何も言わずにうなずいた。ようやく話す気になっているのだから、腰を折る必要はない。

「モラハラって、知ってるでしょう」

「モラル・ハラスメントですか?」

「そういうの、長く傷として残るんです。分かりますか?」

分からないでもない……話としては。事件として扱ったことがないから、実感できないのだ。

だいたい、モラル・ハラスメントというのは、一種の「態度の暴力」ではないのか。一般的な家庭内暴力と違い、物理的に相手に危害を加えることはない。ただ相手を無視したり、一緒に食事をしなかったり、わざと音をたててドアを閉めたり——しかし決して暴言は吐かず、手を出すこともない。大抵の場合、自分が精神的に優位に立つために、相手に

「自分が悪い」と思わせようと追いこんでいくのだ。表に出にくい分、家庭内暴力と同じように——あるいはそれよりも悪質だと言える。

「どういう感じのモラハラだったんですか」

「あの頃のあいつ、いつもイライラしてたんです。だいたい野心が強いから……高校の頃からそうだったんですよ。あちこちのオーディションに書類を送りまくって」

「そうだったんですか」

「後でいろいろ調べたんですよ。モラハラをする人間っていうのは、『自己愛的な変質者』なんだそうです。罪悪感がないとか、他人にすぐに責任転嫁するとか……何かあった時に自分を守るために、他人を壊してしまう。要するにナルシシズムが極端なところまで行ってしまった感じなんですよ。しかも本人は、それが当然だと思っている」

「——だいぶ悪質ですね」

「一方で、モラハラを受けやすい人間の特徴っていうのもあるみたいですね。絶対に相手を悪いと思わずに、何かあっても、結局自分の方が悪いと思ってしまう——」大西が大きく息を吐いた。「俺みたいに」

「つまり春木さんは、自分の仕事が上手くいかない腹いせに、あなたをモラハラのターゲットにしていた……」

「馬鹿だったんですよね、俺も」大西が首を横に振った。「マメなんで、飯を作って待ってたりしたんですよ。で、あいつが、後から帰って来るでしょう？　そうすると食事を見ただけで『もう九時過ぎてるから』なんて言うんですよ。九時過ぎてから食べると太るからって。そんなの、初耳でしたよ。その前の日も、二人で夜十時ぐらいにラーメンを食べに行ってたのに。あと、いきなりＣＤを捨てられたこともあったな……昔はまってたアイドルのＣＤが、ある日突然なくなってたんですよ。あいつ、捨てたことは認めたんですけど、理由は『邪魔だったから』ですからね。意味、分かりません。だけどたぶん、あいつにとっては、俺が他のアイドルじゃないのにＣＤを聴いたりするのが我慢できなかったんでしょうね。あいつは別に、アイドルじゃないのに。ジャンルが違うのに」

　その話は、一之瀬に衝撃を与えた。しかし何とか呑みこんで話を続ける。

「結局、何で別れたんですか」

「我慢できなくて、出たんですよ。俺が借りてたマンションだったのに……その後、大変でした。あいつ、仕事先にまで現れたりして。事務所の人に間に入ってもらったんですけど、あいつはその時も、自分は悪くないの一点張りでしたからね。最後まで、俺があいつの足を引っ張ってるって言い張って。俺は散々、サポートしてきたつもりだったんですけど、やっぱり芸能界なんかにいると、考えがおかしくなっちゃうんですかね」

「あなたはその件を、忘れようとしましたよね」

「当たり前ですよ」大西が憤然と言った。「あんな嫌な記憶、いつまでも抱えていたら死にます」

「乗り越えられたんですか？」

「何とか。仕事、忙しかったですしね。毎日時間がないと、余計なことを考えている暇もなくなるんですよ」

「あのラジオがなければ、そのまま何も起きなかったですよね」

アッパーカットでも食らったように、大西がいきなり顔を上げた。それまで泳いでいた目が急に真剣になり、一之瀬を真っ直ぐ見詰めてくる。

「ラジオ番組のゲストに春木さんが出た時……あなた、たまたま聴いたんじゃないですか？」

「何で知ってるんですか」

一之瀬は質問に答えず、大西の顔を凝視した。大西は目を逸らさない。一之瀬は彼の質問には答えず、話を続けた。

「私もその放送は聴きました。後から、ラジオ局に音源を借りたんですけどね。別にごく普通のトーク——恋愛の話だと思いましたけど、今は、あなたが彼女を殺したいほど憎んでいたのも理解できます」

そう、あんなものはただの笑い話だ——当事者を除いては。一之瀬は念のために、CD-ROMからMP3プレーヤーに落とした音源を持ってきていた。小型のスピーカーにつなぎ、再生する。杏奈の声が流れてきた瞬間、大西の顔が目に見えて蒼褪めた。

「――それじゃ杏奈ちゃんは、結構男運が悪い方なんやね」

「そうなんですよ。昔つき合ってた人とか、本当にひどくて」

「え、どんなん？」

「いやあ……ちょっと」

「もう時効でしょ？　話してみ？」

「ご飯作って待ってたりするわけですよ」

「杏奈ちゃん、ご飯作るんや？」

「作りますよー。でもその人、食べないんですよね。ちらっと見て、何も言わないで外へ出て行っちゃって。それでどうしたと思います？　たこ焼きを買って帰って来たんですよ。それで一人で食べてるの」

「そらひどい男やね。他には？」

「同じ人なんですけど、私のＣＤ、捨てちゃったんですよ」

「そらまた、なんで？」

「自分以外の男のＣＤが気に食わない、みたいな？」

「何や、その男ってミュージシャンか？　それともアイドルとか？　それやったら、スキヤンダルですよ、スキャンダル」

「普通の人ですよ。全然普通の人」

「そら、えらい自意識過剰やね。そんで、その男とはどうなったん？」

「最初は、私が何か悪いことしたのかと思って我慢してたんですけど、そのうち怖くなっちゃって。逃げ出してそのままです」

「えらいひどい男に引っかかったんやね。杏奈ちゃん、もしかしたら、男を見る目、ないんか？」

「うーん、そうかも。やっぱり、走ってる方が楽ですね」


途中で大西が手を出し、再生をストップさせるのではないかと思っていたのだが、彼は凍りついたように微動だにしなかった。顔面は蒼白で、唇は痙攣《けいれん》するように震えている。

一之瀬が停止ボタンを押すと、取調室に沈黙が押し寄せてきた。

「今、あなたから聴いた話と逆ですね。どっちが本当なんですか」

「俺は……俺は、嘘をついてもしょうがないでしょう」

「どうして」

「逮捕されてるんだから。あいつを殺そうとしたのは間違いないんだから。それに……間違って人を殺してしまったし」

一之瀬は、福良をちらりと見た。こちらに背中を向けて座っていたのだが、振り向いてすさまじい形相を浮かべる。ここで落とすとは……と驚いているに違いない。だが一之瀬は、まったく爽快感を覚えなかった。ただ、目の前にいる男の罪が重くなったと実感するだけである。

「あなたが春木さんにされたこと……彼女はそれを逆にして、自分が被害者だということにしてラジオで話した。トークを盛り上げるネタだと思っていたんでしょうし、これが嘘だと分かるのは、世界中であなた一人だと思いますけど……あなたにとっては、ショックだったんですよね」

「ショックというか、絶対に許せないと思った。何とか忘れたのに、急に嫌な想い出が全部甦ってきて」

「そうですか」分かります、とは言えなかった。

「あいつは自己愛の塊だから。自分が一番可愛い、そのためには他の人間が犠牲になるのも当然だと思っている。そういうのは、今も治ってないんですよ。だから、絶対に許せないと思った」

「苦労したんですね」

「え？」大西が目を見開いた。

「男女の関係では、たとえトラブルになっても、一方的にどちらかが悪いということはないと思います。でも時には、例外もありますよね。その結果犯罪が起きた時……情状酌《しゃく》量《りょう》の余地は出てきます」

「俺がそうだと？」

「もちろん、間違いで人を殺してしまったり、春木さんを三度も襲おうとしたことは許されません。でも、動機は重要だと思います。私は、それを調べます」

「参ったね」福良が両手を上げて「降参」の姿勢を見せた。

「余計なことをしました。すみません」一之瀬は頭を下げた。

「お前に持っていかれるとは思わなかったよ」福良は悔しそうだった。

「そういうつもりじゃないんですけど……」

「殺しの方は、いずれは奴の犯行だと断定できただろうな。しかし、滅茶苦茶な話だよななあ」

「そうですね」

　昨年末のラジオ番組の一件をきっかけに、杏奈に対する恨みを募らせ、彼女の動向を監視。最初は、具体的にどうこうしようというつもりはなかったのだろうが、通り魔事件でその考えは一変したようだった。正体不明の犯人を隠れ蓑にして……そして間違った相手を殺してしまった。それでも諦め切れず、杏奈に対する再度の襲撃を実行した。

「動機も分かった。殺人も認めた。この時点では、そこまでで十分だろう。殺人での再逮捕もできるから、調べる時間が増えた。礼を言うよ」福良が大袈裟に頭を下げて見せた。

「いえ……」

「で、本当に動機について――あの女との関係がどうだったのか、調べる気なのか？」

「そのつもりです。裁判員の印象にも影響しますから」

「そうか」福良が顎を撫でる。一瞬唇を引き結んで一之瀬の顔を凝視してから、「俺ならやらないけどね」とぽつりと言った。

「どうしてですか？　もしかしたら、大西の方こそ被害者かもしれないじゃないですか」

「心情的には、な。だけどやっぱり、俺はやらないよ。お前さんがやるのは停めないけど」

「意味が分からないんですけど」

「だったら考えるんだな。とにかく今日は、お手柄だった」

福良が一之瀬の肩をぽんと叩いて、廊下を歩き出した。その背中を見送りながら、一之瀬は、自分は何か間違ったことをしようとしているのだろうか、と訝った。

〈28〉

「事務所が間に入って別れさせた？　それはないですよ」溝内ははっきりと否定した。

「大西本人がそう言ってるんですけど」

「人殺しの言うことなんか、信用できるんですか？」

溝内が煙草を灰皿に押しつけた。都内のレコーディングスタジオ——一之瀬にとっては何となく懐かしい場所だったが、気分が和むことはなかった。溝内は担当するバンドのミックスダウンにつき合っているので、話を聴くならここでと言われたのだが、やはりややこしい話をするのには相応しくない。スタジオの外の喫煙場所にいても、ひっきりなしに人が出入りし、落ち着いて会話ができないのだ。しかし、このチャンスを逃すわけにはいかない。

「嘘だと疑う材料もないんです」

「とにかく、事務所が間に入った事実はないですから」

「あなたが知らないだけじゃないんですか？　そんな風に揉め始めた時には、あなたはもう、担当を外れていたでしょう」

「まあ、確かにそんな時期だったかな」溝内がすっと目を伏せた。

「スキャンダルを避けるために事務所が間に入ったというのは、いかにもありそうな話なんですけど」

「その話を聞いてると、杏奈が一方的に悪いように聞こえるんだけど。まるで、あいつの方が犯罪者みたいじゃないですか」溝内がいきり立って反論した。

「そうは言ってませんよ」原因はモラハラ——まず立件できないであろう、態度による暴力。

「とにかく、そういう事実はないんです」

「大西と春木さんがつき合っていたのは間違いないんでしょう？」

「それは、ね」

「あなた、前に知らないって言ってましたよね」

溝内は答えなかった。矛盾を突かれても、だんまりで逃げ切るつもりのようだ。一之瀬は質問を変えた。

「トラブルになっていたことも、知らなかったんですか」

「だって、大西という男とは話したこともないんだから」溝内が肩をすくめた。「杏奈から話は聞いていたけど、だからと言って相手の男にわざわざ事情聴取する必要はないでしょう？」

「恋愛においては、完全にフリーということですか」

「男と女のことだから、止めようと思って止められるものじゃないし」溝内が新しい煙草に火を点けた。「それに変に抑圧されると、むしろおかしな方向へ突っ走ったりするでしょう？　人間、自然が一番ですよ」

「でもあなたは、大西と春木さんがどんな交際をしていたかは、実際には知らない」

「知りませんね」

「だったら、二人のことについては何も言えないですよね。実際に大西がモラハラを受けていた可能性は否定できないし」

「しかし、そんなことでショックを受けるような男がいるのかね」溝内が首を傾げた。

「何となく、ピンとこないけど」

「珍しくはないと思いますよ、今時は」

「何か、変な方向に走ってませんか、刑事さん？」

そうかもしれない。しかし、一度「調べよう」と決めたら、自分でもブレーキをかけられないのだ。

杏奈を摑まえるのは至難の業になった。それは、芸新社のメディア戦略の変化にもよる。

杏奈は最後に襲撃された日以降、メディアへの露出を避け始めた。取材は完全拒否、夜のランニングも控えている。四六時中一緒にいるはずの由貴は、電話に出ない。杏奈に直当たりする前に、由貴に確認しておきたいのだが……仕方なく、一之瀬は「出待ち」をすることにした。

しばらく前に、杏奈の一週間の予定を押さえておいたのだが、必ず摑まえられる場所が一つだけある――ラジオ局だ。週一回、三十分番組の収録のために、杏奈は千代田署に近いラジオ局を訪れる。時間は決まって午後四時。避けられる可能性もあるので、一之瀬は裏の手を使った。以前、番組をＣＤ‐ＲＯＭに焼いてくれたディレクターに頼みこみ、杏奈の出入りのタイミングを教えてもらったのだ。

この局へ出入りする場所は三つある。一階のエントランスホールと裏口、それに地階の駐車場だ。襲撃事件から四日、さすがにマスコミも杏奈を追いかけ回すのはやめていたが、用心して地階から直接タクシーに乗るのでは、と一之瀬は予想していた。局の近くで待機して、ディレクターからの電話を待つ。夕暮れが近く、陽の当たらない道路で待ち続けると、寒さが体に染みこむようだったが、それでも我慢できた――こういう感覚は初めてだった。何かを追いかけるのに熱中するあまり、他のことが気にならなくなってしまう。

電話が鳴った。

「地階にタクシーを回しました」

「ありがとうございます」

短い会話で電話を切って、一之瀬は走り出した。コートの裾が風をとらえてはためく。これからは常に短いコートにしよう、と決めた。走る時に、裾が邪魔になって仕方がない。

予め打ち合わせしていた通り、受付でバッジを示すと、すぐに中へ通された。エレベーターホールの隣にある階段室へ飛びこみ、二段飛ばしで地下一階へ降りる。金属製の重い扉を開けた先が、すぐに駐車場の管理室になっていた。ブースに入っている係員に会釈してバッジを示し、エレベーターの前に立って待つ。一分もしないうちに、エレベーターの下向きボタンが点灯し、そのままノンストップで地下一階まで降りてくる。よし。気合いを入れ直し、扉が開くタイミングで正面に進み出た。

杏奈が先に、由貴が後から出て来る。杏奈はすぐに一之瀬に気づき、笑みを浮かべて一礼した。襲撃前と変わった様子はない。

「どうしたんですか、こんなところで」

「ちょっと話がしたかったんですけどね……小池さんと」

一之瀬は、杏奈の肩越しに由貴の顔を見た。由貴が顔を伏せ、杏奈は困ったような表情を浮かべる。杏奈に話を聴くのはまだ早いのだが、彼女だけ先に帰すのも不自然になる。

「できたら、少し時間をいただけませんか？」

「私は構いませんけど……今日はこの後、何もないし」

「私は忙しいので……」由貴がうつむいたまま、ぼそぼそと言った。

「それは分かります。十分でも、いや、五分でもいいんです」

「由貴さん、一之瀬さんが言ってるんだから」

意外なことに、杏奈が助け舟を出してくれた。由貴がのろのろと顔を上げる。

「あ、そうだ、改めてお礼を言わないと」杏奈が両手を腿に当て、丁寧に頭を下げた。顔を上げた時には、また穏やかな笑みを浮かべていた。「あの時、ちゃんとお礼も言えなくて、ごめんなさい」

「いえ」

相槌を打ちながら、一之瀬は由貴の様子を凝視し続けた。目を合わせまいと必死になっている。

「何か、ひどい話だったんですね。まさか、加納さんが人違いで襲われたなんて」杏奈の目が潤み始めた。

「そうですね。加納さんが、あなたのファンだったことが裏目に出ました」

「残念です」唇を噛み締める。今日は化粧をしていない――ノーメイク風のメイクだろうか――ので、唇が不健康に白くなった。「あんなことをする人だとは思いませんでした」

「そうですか？　あなた、つき合っていた頃、彼からモラハラを受けていたそうですね」

「え？」杏奈が首を傾げた。

「以前、ラジオの番組でそんな話をしたでしょう。大西は、それをたまたま聴いて、切れたんです」

「そんなこと、喋ったかな」杏奈が髪をかき上げる。恍《とぼ》けているのか、本当に覚えていないのか、一之瀬には判断できなかった。

クラクションが鳴る。いつの間にかタクシーが到着して、杏奈を待っていたのだった。杏奈は一之瀬に一礼しただけで、さっさとタクシーの方に歩み寄って行く。由貴はその場に立ち止まったままだった。

「由貴さん、お願いしますね」

杏奈はすぐにタクシーに乗りこんでしまった。声をかける間もなく、タクシーが走り出す。何だか勢いに負けているな、と一之瀬は反省した——反省したうえで、由貴に近づく。ここでどうしても決定的な情報を摑みたい。彼女はその場で固まったまま、顔を上げようとしなかった。

「小池さん」

由貴がゆっくりと顔を上げる。疲れ切った感じで顔色が悪い。丸顔が少しシャープになったのは、短い間にストレスで痩せたからかもしれない。

「立ち話でいいんです。ちょっとだけ時間を下さい」

「でも……」

「お願いします。重要なことなんです」一之瀬は膝にくっつかんばかりの勢いで頭を下げた。

「……分かりました」溜息を一つついて、由貴がうなずく。

「じゃあ、そこでもいいですか」

一之瀬は、ブースから少し離れたところにあるベンチを指さした。由貴が眉根を寄せる。何もこんなところで……と思っているのかもしれないが、署へ呼ぶと大袈裟になるし、すぐ近くにあるペニンシュラ・ホテルでお茶を飲んだら、精算を拒否されるような気がする。

由貴はベンチに向かったが、座ろうとしない。一之瀬は自動販売機があるのに気づいて、缶コーヒーを二本買った。地階の一部は一般用の駐車場として開放されており、料金を払う人が小銭を確保するために、自動販売機が置かれているのだろう。缶コーヒーは手で持てないほど熱い。五メートルほどの距離をお手玉しながら持って行くのも難しいので、すぐにコートのポケットに突っこんだ。

まだ立ったままの由貴を促してベンチに座らせ、自分は少し距離を置いて腰を下ろす。これはよくない、と前に藤島が言っていたのを思い出した。そう——確か車の中での事情聴取は避けるべきだ、という話だ。向き合って話さないと、相手は平気で嘘をつける……しかし今は、この状況で我慢するしかなかった。前に立ったまま、強い圧力をかけるのもまずい。

缶コーヒーを一本渡した。一之瀬には持てないほどの熱さだったのだが、由貴は全く平気なようで、両手で包みこむように持っている。

「さっきのラジオ番組の話なんですけどね」

「ええ」

「あなたは、収録につき合っていませんでしたか」

「いたと思いますけど、一之瀬さんが言ったような内容は覚えてないですね」

「現場のことは、一々覚えていないものですか?」

「毎日、いろいろありますから。よほど特別なことでもない限り……」

「でも春木さんが、番組でモラハラを受けていたと話していたのは事実です。録音を聴いて確認しました」

「そうですか」

由貴が溜息をつく。ちらりとそちらを見ると、前屈《まえかが》みになって駐車場の床を見下ろしていた。

「小池さん?」

由貴がちらりと顔を上げる。だがそれも一瞬で、すぐに視線を逸らしてしまった。コートの襟が、右側が立って左側が寝ている。その適当さが、一之瀬には気になった。彼女にとっては、そういうこともどうでもよくなっているのかもしれない。

「辞める直前になると、いろいろ大変でしょう」一之瀬は話題を変えた。

「大変というか……気持ちを切らないようにするのに苦労しますね。ぎりぎりまでこっちの仕事もあるので。でも、そうですね……たぶんもう、切れてます。だからあなたと話したくないんです」

「どういうことですか」

「ちょっと前……辞めることが決まる前だったら、私は杏奈を百パーセント守っていたと思います。彼女を守るためなら、嘘もついたと思う」

「今は？」

「どうでもいいっていうか……杏奈みたいな子は、この世界にはよくいるんです。本音を晒さないで、外向けの顔を作る子が。でも、マネージャーと一緒にいる時は、やっぱり素の顔が出ますね」

「あなたは、それにだいぶ苦労させられていたはずですよ」杏奈が由貴に対して時々投げかけた冷たい視線。ぞんざいな態度。今思えば、あの冷たさ——そしておそらく自己愛が、杏奈の全てなのだ。

「そうですけど、それももう終わりですから。終わりだと思うと、全部ぶちまけてしまいそうで怖いんです」

「話してもらわないと、こちらは困るんです」一之瀬は迫った。「自分が以前かかわった仕事について、後から話すのはルール違反かもしれません。でも、これは捜査なんです。一人の人間の人生がかかっているんです」

由貴が溜息をついた。缶コーヒーを握り締める手が強張っている。

「杏奈は、危ないです」

「危ない？」

「モラハラ、ですよね——私も被害者かもしれません」

やはりそうか……一之瀬は一人納得した。時折、杏奈が由貴に対して見せた態度。あれは間違いなく、大西に向けられた冷たい仕打ちと同じ種類のものに違いない。

「別れ話が出た後に、杏奈さんがストーカーのようになって、事務所が間に入ったと聞いています」

「それは事実です」

由貴が認める。結局溝内が嘘をついていたのか……だが何故か、怒りは感じなかった。ただ疲れる。嘘と本当を見極めるのが刑事の仕事かもしれないが、こんなことをしていては疑念のループに入りこむだけだ。そして最後は——近い将来には人間不信に陥《おちい》る。

「春木さんを納得させたんですね」

「そういうことです」

「彼女、何で半同棲までしていた相手にモラハラなんかしたんですかね」

「元々そういう性癖――自分が一番大事で、自分のやることは全て正しいと思いがちな娘《こ》なんです。だから仕事が上手くいかないと、他人のせいにする……例えば事務所が悪いとか、私が悪いとか」

「あるいはつき合っている男が悪いとか、ですか？　だったら彼女の方から別れを言い出せばいいはずですよね」

「身近に責める相手がいなくなったら、彼女自身が壊れちゃうでしょう」

「じゃあ、自分のために、近くにサンドバッグを置いていたというか……」

「大西さん、元々気の弱い人なんですよ」

「知ってるんですか？」一之瀬は目を剝いた。

「結局後始末したのは、私ですから」由貴が溜息をついた。「だから大西さんとも話をしたんですけど、本当におどおどして、涙目になってましたから。だから、あの人がこんなことをしたなんて、まだ信じられないんです」

「ラジオがきっかけだったみたいですね。春木さんが、自分が加害者なのに、被害者のような話し方をしたから……完全に茶化されたと思ったんでしょう」

「杏奈は単に、話を盛り上げようとしただけなんでしょうけどね。悪意はないんです」

　まだ庇うのか、と一之瀬は啞然とした。由貴も、杏奈からはモラハラを受けていたはずなのに……仕事だから我慢できるのか？　タレントとマネージャーの関係は、一之瀬にはやはり理解できないものだった。

「不幸な偶然かもしれませんけど、大西にとっては重要なポイントなんですよ。動機が……一種の虐待を受けて、トラウマになっていたとしたら、裁判員も考慮すると思います」

「そうかもしれないけど、彼は人を殺しているんですよ」由貴が眉を吊り上げた。「同情なんて……」

「加害者が常に非難されるべきかどうか、俺には分からないんです。彼は最初、被害者だった。それがあるきっかけで加害者に変わった。春木さんは加害者から被害者へ……もちろん、人を殺したという事実はあります。大西もそれを認めました。だけど、何故そうなったかを解き明かすのも、俺たちの仕事だと思います」

由貴は、ぽつぽつと当時の事情を話してくれた。「全部ぶちまけてしまいそうで怖い」。その恐怖を乗り越えたのか、大西が杏奈に受けていた——杏奈は当時の様子を由貴に話していた——モラハラの様子を事細かに語った。やがては、自分の話になっていく。

「杏奈が、荷物を会社に忘れたことがあって。トレーニングウエアだったんですけど、次の日に渡したら、『洗ってないんだ』って言われました。すごく冷たく」

「洗うべきものだったんですか？」

「未使用です」由貴が肩をすくめる。「あと、約束の時間に私が一分遅れたら、その日は一日口を利いてくれなかったとか」

「この前、ラジオ局で会った時……電話があった後で泣いてましたよね。あの時も、彼女からの電話だったんじゃないですか」由貴がうなずくのを見て続ける。「何があったんですか？」

「それはちょっと……でも、いきなり電話してくるのは、杏奈にとっては普通ですよ」

「よく我慢できましたね」他にもいくらでもありそうだ。事実、一之瀬も杏奈の黒い部分を目にしている。「もしかしたら、転職するのも……」

「事務所の中では、勝手なことは言えないんです。私はただのスタッフですから」

「担当を替えてもらうことはできないんですか？」

「一之瀬さん、普段一緒に仕事をしている人が気に食わないからって、替えてくれって言えますか？」

言えない。単に「我がまま言うな」と怒られて終わりだろう。実際、気の合わない若杉とだって耐えるしかなかったわけだし。由貴が、一之瀬の目を一瞬凝視してから続ける。

「だから私が、事務所から逃げ出すしかないんですよ。もちろん、他にやりたい仕事があるから、杏奈のことだけが理由じゃないんですけどね」自分を納得させようとするような口調だった。

「今回の事件について、春木さんとは話していますか？」

「話してません」由貴が首を振った。

「彼女が怖がっているから？」

「いえ」

「怖がっていないんですか？　三度も襲われて、殺されかけたんですよ」

「死んでないですから」

訳が分からない。今度は一之瀬が首を振る番だった。

「今回の事件で、杏奈は損はしてないですよ」

「十分損害を受けていると思いますけど。仕事だってキャンセルしなくちゃいけなかったでしょう」

「重要な仕事は全部こなしています。その辺はやっぱり、プロなんです。それに結局、名前が売れちゃったでしょう。アップワイルドの広告も映画の件も予定通りですから、何も問題はないんです。スポンサーがＯＫだと言っているんだから、堂々としていられます」

「スキャンダラスな扱いを受けるのは、これからかもしれませんよ」

「そうであっても、彼女の名前は、たくさんの人が知ることになるでしょうね」

「それは悪いイメージで、ですよ」

「それはどうでしょう」由貴が疑義を呈した。「悪いイメージがつくには、大西さんが言ったことが全部本当だと証明される必要がありますよね？　でも、それは無理なんじゃないですか」

「どうして」

「モラハラって、全部密室の中の出来事じゃないですか。私もちょっと調べたんですけど、モラハラするような人って、とにかく外面《そとづら》はいいんです。だから、当事者の二人以外は何も知らない、というのが普通みたいですね」

「つまり、春木さんが認めない限り、事実としてのモラハラは存在しないと？」

「そうです」由貴がうなずく。「そして、事実だと確認できない限り、警察だって発表できないでしょう？　完全に裏が取れたことしか言えませんよね？　裁判だって同じだと思います。ということは、杏奈はあくまで、『元恋人に切りつけられた可哀相な女』になるんです。もちろん、ネットなんかでは邪推した噂も流れるでしょうけど、そんなものは無視できます。芸能界って、基本的にネットの情報なんか無視しますから。テレビ関係者、映画関係者……そういう人たちは、一々気にしないんです。特に男関係なんか、よくある話ですから」

「事務所的には、それでいいんですか」

「何とかするでしょう。でももう、私には関係ない話ですから」

「ほっとしてますか？」

由貴が口を閉じた。間違いなく気持ちに余裕は出ているはずだが、それを認めたくない様子だった。

「半分だけ」

「半分？」

「杏奈には間違いなく魅力があるんですよ。魅力があるから、タレントとして仕事も入ってくるわけですしね。私もそこに惚れこんでいるんです。だから、彼女と仕事ができなくなるのは寂しいですね」

それこそ、モラハラの特徴の一つではないか。相手を魅了する魅力。相手が完全に自分に参ったと感じた瞬間から始まるモラハラ——完全なる支配の方法。

それでいいのか？

答えはない。


〈29〉


「別に、無理しなくてもいいと思うけどね」藤島は乗り気ではなかった。

「ここをはっきりさせないと、大西の供述の裏が取れません」

「しかし、被害者に厳しく突っこむのはどうかと思うな」納得していない様子で、藤島が顎を掻いた。

「刈谷管理官には許可を取りました」

「おやおや」藤島が目を見開く。「お前さん、どうしたんだ？　急に刑事として開眼したのか」

「この事情聴取が上手くいったら、開眼したって言って下さい。まだ分かりません」

「そうだな」藤島がうなずく。「ま、それにしてもお前さんはまだ頼りないからな。俺がつき合ってやるよ」

「ありがとうございます」一之瀬は素直に頭を下げた。

「変な期待はするなよ」

「期待はしてません。頑張るだけです」

「そうか」

藤島が箸を置いた。一緒の昼食。久しぶりに気合いを入れようと、有楽町ビルにあるトンカツ屋に入ったのだが、藤島はやはりキャベツには手をつけずじまいだった。野菜嫌いもここまで徹底していれば大したものである。奥さんは大変ではないだろうか——途中で頓挫した宴席のことを思い出しながら一之瀬は考えた。

「まあ、構わないけど、頑張り過ぎは怪我の元だぞ」

「言ってることが普段と逆じゃないですか……それに、被害者への事情聴取ですよ？　怪我するなんて考えられないんですけど」

「やめるなら今のうちだぞ」藤島がテーブルの上に身を乗り出した。「お前さん、大西に加納亜佐美殺しを自供させたことで、今、評価が上がってるんだ。総監賞がもらえるかもしれないぞ」

「そうなんですか？」思わず胸が弾む。消去法で始めた刑事という仕事だが、きちんと評価されるならもちろんありがたい。これで一人前だとみなされるかもしれない。しかし一之瀬としては、もう一歩先に進まないと満足できなかった。

「やります」

「これで失敗したら、総監賞が取れてもプラスマイナスゼロになるかもしれないぞ」

「一足す一で二になるかもしれませんよ」

「そうか……やる気がないよりはましだけどな。だけどこれでやっと、若杉の十分の一ぐらいか？」藤島が笑ったが、それも一瞬のことで、不自然に声が途切れた。彼も、若杉のことは鬱陶しく思っているのかもしれない。

「若杉のやる気は、過剰過ぎるでしょう。あいつ、いつか潰れますよ」

「そうかもな」

「俺は違います。やる必要があるからやるべきだと思っているだけなので」

「分かった」藤島が腿を叩いた。「だったらやってみろ。骨は拾ってやる」

骨？　どうして自分が死ぬような話になっているのだ？　急に気合いを削がれた感じになり、一之瀬はゆっくりと不安が押し寄せてくるのを意識していた。


「お忙しいところ、どうもありがとうございます」一之瀬は深く一礼した。

半蔵門署の取調室。本来、被害者に話を聴く時は、普通の会議室を使うものだが、一之瀬は敢えて取調室を選んだ。少しでもプレッシャーをかけるために。一之瀬と杏奈、そして藤島と三人が占める狭い空間の中では、嫌でも緊張感が高まってくる。

「今日は、大西の供述について、あなたに話を聴きたいと思っています」

「はい」

杏奈がぴしりと背筋を伸ばした。この姿勢の良さには、毎回目を見開かされる。警察官の中でも、剣道が得意な人間は、よくこんな姿勢になるのだが。いつものようにラフな服装——濃紺のカットソーに、アップワイルドの薄手のダウンジャケットという格好だった。今日は化粧っ気はほとんどない。事件の後、さらに痩せた感じがする……やはり精神的な疲労のせいだろうか。

「少し痩せました？」

「そうですね、順調に」

自分で意識してダイエットしているのか……これ以上痩せる必要など、まったくなさそうなのに。

「走ってないのに、上手くダイエットできるものなんですか？」

「今は、食事中心でやっています」杏奈がうなずく。

「役作りですか？」確かに、マラソン選手の伝記映画に出るとしたら、もっと絞りこまなければならないだろう。

「そう、ですね」

映画の話を出していいのか分からず、一之瀬は話題を変えた。

「大西さんは、あなたに精神的に傷つけられたと言っています」

「ああ……」杏奈が耳にかかった髪をかき上げた。「それはそうかもしれません」

「何かあったんですか？」

「何かっていうか、つき合ってたら、お互いに嫌なことはあるでしょう。人間同士なんだから、いつでも仲良くっていうわけにはいきませんよね」

「それはそうかもしれませんけど……」

「一之瀬さん、彼女、いるんですか」

「ええ、まあ」自分のことに話を振られたらどうするか――これは難しい選択だ。容疑者の心を開かせるために、個人的な事情を話す刑事もいる。だが彼女は容疑者ではないのだし……しかし、心を開いていないという意味では同じだ。ここは、多少プライバシーを晒すのも仕方ないだろう。

「いつも仲良くしてます？」

「だいたい、そうですね」

「でも、相手を傷つけたりすることもあるでしょう。傷つけられたりも」

「そうかもしれませんけど……どうでしょうね」つい口調が曖昧になる。

「私はそうでしたよ。私があの人に傷つけられたこともあるし、逆にあの人が傷ついたこともあると思います」

「あの人」扱いなのか……今の杏奈にとって、大西との距離は限りなく遠いのだろう。

「大西は、あなたにモラハラを受けたと言っています」

「モラハラ？」

「モラル・ハラスメント。物理的な暴力ではなく、態度や言葉で相手を傷つけるものです。最近、問題になっているんですよ」

「確かにあの人は、少しデリケートだったけど……」

「だったら、些細《ささい》な問題で傷ついて、恨みを持つようになるのも分かりますよね」

「仮定の話としては」杏奈がうなずく。

「あなたが傷つけたんじゃないんですか？」

「私が？」杏奈が大きく目を見開く。「どうして私が、そんなことをしなくちゃいけないんですか」

「ストレスの捌け口に」

「まさか」杏奈が不審そうな表情を浮かべて一之瀬を睨む。「それじゃまるで、子どもじゃないですか」

「辛い時、身内に当たるのはよくあることでしょう」

「あの人は、身内じゃない――なかったですよ。つき合ってただけですから」

「身近にいる人、という意味です」今のところはこちらが押され気味だ――一之瀬は、背筋を汗が伝うのを感じた。負けるな。もっと攻めろ。彼女の穴を探して失言を誘え。

「でも、そんなことをした記憶はないですよ」杏奈が右手を頰に当てた。

「ラジオで、昔の恋愛話を喋りましたよね。あれはどうなんですか？　あなたが大西にしていたことを、立場をひっくり返して喋っただけじゃないんですか」

「どうしてそんなややこしいことをしなくちゃいけないんですか？」杏奈が不思議そうな表情を浮かべて口を尖らせた。「ただのラジオでしょう？　思いついたことを適当に喋っているだけですよ」

「だったらあれは、嘘だったんですか？」

「嘘とか本当とか……一々覚えてません。生放送だったとしたら流れて消えて終わりですから」

「録音したものがあります」

一之瀬は、MP3プレーヤーをテーブルの上に置いた。スピーカーも。大西は、これを聴いて完全に落ちた。杏奈は……再生が始まると、一瞬顔をしかめる。だがすぐに、ぱっと顔が明るくなった。

「ああ、これですか。覚えてますよ。嘘です」あっさり言い切った。

「嘘？」一之瀬は再生を停めた。「ラジオで嘘を話したんですか？」

「ニュースとかドキュメンタリーだったら問題かもしれないけど、ただのトーク番組ですよ？　受ければいいんです」

「そんなに適当なんですか？」

「今は、少しぐらいぶっちゃけた……風に喋らないと、受けませんから。ラジオは古いメディアだけど、聴いている人は刺激に慣れてますからね」

「こんなことを喋ったら、イメージがガタ落ちじゃないんですか」

杏奈が声を上げて笑った。顎から喉のラインが全てあからさまになるほど大げさな笑いだったが、痛みには影響しないようである。傷はほとんど癒えたのだろう。

「私、別にアイドルでも何でもないですから」

「じゃあ、何なんですか」

ふと杏奈が黙りこんだ。髪をかき上げ、両手を組み合わせてテーブルに置く。

「一之瀬さんは、何だと思います？」

タレントだ、と思った。女優でもアイドルでも歌手でもなく、しかしメディアには顔を出して笑顔を振りまく人たち。そういうのは、ひとくくりにして「タレント」と呼ぶべきではないだろうか。

「私もまだ、自分を摑みかねているんですよ」杏奈が打ち明けた。

「そうなんですか？」

「映像作品の代表作があるわけじゃないし……アップワイルドの広告は大事だし、大きな仕事ですけど、一つの企業の広告塔で終わる気はないですから」

いつもの強気。だが一之瀬はそこに、焦っている本音を読み取った。上げ潮に乗ってはいるが頂点に達してはいない……彼女は、どこまで行けば満足するのか。かすかにぞっとした。自分たち——多くの勤め人は、まず目の前の仕事に集中する。短期ならそれこそ一日、長期でも一年か二年。その目標を達成できれば満足感が得られるし、終われば次の仕事が待っている。そうやって転がりながら、定年までの毎日を過ごしていくのだろう。

しかし、タレントの場合はどうなのか。映画に主演する？　その映画がヒットする？　そのうちハリウッドに目をつけられてアメリカに上陸する？　そこまで実現したら、後は何を目標にしていくのだろう。現状維持？　あまりにも縁遠い世界であるが故に、一之瀬には想像もつかなかった。ミュージシャンに関しては、何となく分かるのだが……結局は、ジジイになっても世界をツアーして回っているのが、最高の勝ち組ではないだろうか。六十になろうが七十になろうが、声援を受けてステージに上がるのは快感だろう。そのためには演奏技術が衰《おとろ》えてはいけないし、二時間のステージをこなすだけの体力も必要である。同じことをやり続けるためだけに準備することこそ、大変なのではないか。

頭を振り、今も現役で活躍するジイサンたち——ストーンズやエアロスミスの姿を脳裏から追い出した。杏奈の夢を、世界的なロックバンドと同列に並べてはいけないだろう。

「じゃあ、何が目標なんですか」

「今の自分じゃない何かになること、ですかね」杏奈が薄い笑みを浮かべた。

「それじゃ高校生ですよ……いや、今時中学生でもこんなことは言わないかな」

指摘すると、杏奈が声を上げて笑った。

「そうかもしれないですけど、今の自分はまだ本当の自分じゃないと思っているから。だから、色々なことに手を出すんです。どこかに可能性があると思って」

「デビューした頃から、そうだったんですよね。貪欲《どんよく》に、色々な仕事をしようとしていた、と聞いています」

「この世界にいる人間なら普通ですよ」

「やりたいことがあってもできない……仕事が回ってこない……ストレスが溜まりますよ

ね」

「それはそうです。でもそんなの、どの仕事でも同じでしょう。サラリーマンだって、公務員だって……何かで読んだけど、サラリーマンの一番のストレスは、やりたくない仕事を無理にやらされることらしいですね」

「あなたも、やりたくない仕事ばかりやらされていたんですか？」

「それだけっていうこともないですけど」杏奈が組んでいた手を解き、腿の上に揃えて置いた。

「いずれにせよストレスが溜まる――そういう時に、大西を標的にしたんじゃないですか」

「いいえ」

否定する杏奈の口調に変化はない。一之瀬は次第に焦り始めた。

「別れ話が出た時――大西の方が、家を出て行ったそうですね。彼が借りていた部屋だったのに」

「びっくりしました」

「びっくりって……」

「だって、何も言わずに出て行ったらびっくりするでしょう。電話してもメールしても返信がないし」

「それで会社へ押しかけたんですか」

「押しかける？　それは大袈裟ですよ。私がそんなことするわけ、ないでしょう？　どこで誰に見られているか分からないんだから」

強烈な自意識……しかし分からないでもない。ツイッターの「情報垂れ流し」などが問題だ。有名人を見た、という情報がよく流れているが、それが適切な場所でないことが問題になる。いや、そもそもその頃——杏奈と大西が揉めていたのは四年前で、ツイッターはまだ日本に上陸したばかりだったのではないか。使っている人は少なく、今のように「一億総監視時代」にはなっていなかったはずだ。

「だいたい、会社へ押しかけたなんて話……確認は取ったんですか？」

一之瀬は言葉に詰まった。大西の供述をそのまま信じてぶつけたが、確かに裏は取っていない。大西の会社の人間に確認すれば分かることだったのに……詰めの甘さを悔いて、思わず唇を嚙み締める。

「そんなことしたら、大騒ぎになるでしょう？　私のタレント生命はおしまいですよ」

「じゃあ、そういうことはなかったんですか？」彼女の言い分には一理ある。

「ないです」

「あなたには、大西が必要だったんじゃないですか」

「というより、何の説明もなくいきなり出て行かれたら、気になるじゃないですか。どういうことか知りたくなるのは、当然だと思いますよ」

「ストレス解消の材料として、当たる相手の存在が……」

「私、ちょうどランニングを始めた頃でした」杏奈が柔らかい笑みを浮かべた。「役作りでダイエットしなくちゃいけなくて」

「それは聞いています」

「あれで、人生が開けたんですよね」杏奈の表情が穏やかになった。「走ってる人って、どういう印象がありますか？」

「ストイックな感じはありますね」

「走ってる姿を見るとそう思うかもしれませんけど、実際は楽しくて仕方ないんですよ。ランナーズ・ハイって、聞いたことがあるでしょう？」

「ええ」

「あれ、ある程度科学的な根拠がある話なんです。長時間走り続けるとエンドルフィンが出てきて、気分が高揚してくるんですよ。だから、走ってる時の充実感っていうのは、たまらないですよね。どんなストレスがあっても、走れば解決します。逆に、ずっと走っているから、ちょっとやそっとのことではストレスが溜まらなくなりましたよ」

つまり、牙《きば》をむく標的が必要なくなったということか……大西も、自分の代役がランニングだと知ったら、がっかりするのではないだろうか。

「別れる時に、事務所が間に入ったと聴きましたけど」これには自信がある。大西が証言し、由貴も認めたのだから。

「間に入った？」驚いたように杏奈が目を見開いた。「うちの事務所、そんな面倒なことはしませんよ。だいたい、恋愛に関してはあまりうるさくないですし」

「いや、大西の方から『助けてくれ』と言ってきたから……それであなたを説得したんじゃないですか」

「それじゃ、私が怪物みたいじゃないですか」呆気に取られたのか、杏奈がぽかんと口を開ける。

「違うんですか？」

「それはちょっと……」杏奈の表情が歪む。「私、ここまでずいぶん我慢して話を聴いてきましたけど、限界はありますよ」

「でも、小池さんもあなたに対しては恐怖を感じています。だから彼女は、事務所を辞めるんじゃないんですか」

「他の事務所に移籍するからですよ」杏奈がさらりと言った。「うちの業界としては、あまり褒められたものじゃないですね」

「そうなんですか？」

「事務所の秘密もあるし……」

杏奈がうつむき、指先を弄る。釣られて見ると、ちゃんと透明のマニキュアをしているのが分かった。爪の手入れはしていないと思っていたのだが……今までもこうだったのだろう。手をかけていない――カジュアルで気さくなタイプだとみせかけて、実はそれこそ爪の先まできちんとしているのだと、改めて気づいた。当たり前か……タレントなのだから。自分たちとは住む世界が違う。

「それだけ、あなたとつき合うためにストレスが溜まっていたんじゃないんですか」

「でも、移籍の話を事務所に通したの、私ですよ」困ったような表情を浮かべて、杏奈が言った。

「口添えしたんですか？」由貴は、事務所に言った時点では、まだ杏奈に打ち明けていないと言っていたのだが。

「そうです。しばらく前からずいぶん悩んでいたんで、話を聴いたら、昔から音楽関係の仕事がやりたかったって言い出して……私、色々なところへ顔を出すから、彼女の仕事も中途半端になって悩んでいたんでしょうね。それは私も悪かったなって思って。社長に直談判したんです」

「それが通ったんですか？」

「円満退社ですから、そういうことですよね」杏奈が一瞬だけ、小馬鹿にしたような表情を浮かべる。そんなことも分からないのか、とでも言いたげだった。

「小池さんに対するあなたの態度を見ていると、力関係が分かるような気がするんですけど」

「どういう意味です？」

「あなたが彼女を支配しているような」

「支配……っていうのとは違うんじゃないですか？　私、一応タレントなので」杏奈が右手を胸に当てた。「色々考えています。若い頃の私は、事務所が何とかしてくれるのを待っているだけで、本当に子どもでした。今は違います。自分で考えて仕事をしているし、少しずつ人脈も増えてきたから、それがきっかけになって受けさせていただいた仕事も多いんですよ。そもそも、アップワイルドの仕事もそうです」

「そうなんですか？」

「私、あそこのウエアが好きで、ずっと前から、上から下まで揃えてました。そういうことを、フォトブックやトークショーなんかでもアピールしましたから。その関係で、アップワイルドの人と知り合って、今回のＣＭにもつながったんです。これ、私が自分で取ってきた仕事って言えませんか？」

「まあ……そうでしょうね」一之瀬は彼女の勢い、強烈な自尊心に明らかに押されていた。「由貴さんも、辞める直前で精神的に不安定になってるから。色々言うのも仕方ないですよ」同情するような口調で言って杏奈がうなずいた。

攻め手がない。

一之瀬は腿の上で、拳を握り締めた。複数の証言で彼女を追いこめると思っていたのだが、想像していたよりもずっと、杏奈の前にある壁は高く強固だった。自分の甘さをつくづく感じる。

「私のことで何か誤解されていると思うんですけど、誤解を解くためなら、いくらでもお話ししますよ」

「いやあ、いつまでもお引止めしても申し訳ないですから」藤島が急に立ち上がり、愛想よく言った。「ご協力、ありがとうございました。お忙しいところ、申し訳ありませんでしたね」

「とんでもないです」杏奈も立ち上がる。穏やかな笑みを浮かべていた。「あの人……どうなるんですか？」

「まだ分かりませんね」藤島が髪を撫でつけた。「何しろ人を一人殺していますから。どういう事情があるにしろ、この事実は重いですよ」

「そうですよね……」杏奈が拳を口に当てた。目が潤んでいる。「本当に、加納さんは可哀相でした。私のせいじゃないかって思うことがあるんです」

「そういうことで自分を責めるのは、筋違いですよ」諭すように藤島が言った。「とにかく、お疲れ様でした。また連絡することがあるかもしれませんが」

「いつでもどうぞ」鼻をすすってから、杏奈がまた笑みを浮かべた。「本番中じゃない限り、大丈夫ですから」

「下までお送りしましょう」

藤島が取調室のドアを開けたが、一之瀬は立ち上がれなかった。まるで腰が抜けてしまったようだった。

取調室を出る瞬間、杏奈が振り返って一之瀬に軽く一礼した。その顔に浮かぶのは余裕の笑み——お前は私の心に入れない、と無言で宣言しているようだった。そうだ、俺は負けたのだ、と一之瀬は事実を噛み締めた。気負って走り始めたものの、泥沼に足を取られ、もう一歩も進めなくなってしまっている。

一度閉まったドアがまた開いた。隙間《すきま》から藤島が顔を突っこみ、「お前さんの負けだ」とぼそりとつぶやく。

そんなことは、指摘されなくても分かっている。刑事になって最大の失敗だ。総監賞がプラスマイナスで相殺《そうさい》どころか、むしろ大きな失点になってしまうかもしれない。彼女に対して、暴言と言っていい言葉をぶつけたのだから、訴えられても仕方がない。そうでなくても、事務所から抗議を受けるとか。

黙って受け止めるしかない。今の自分は敗者なのだ。だったらせめて、良き敗者になるべきではないだろうか。

〈30〉

一之瀬は「失業」した。

ランナーに対する襲撃事件は、計五件。二人の犯人が逮捕され、取り調べも順調に進んでいる。その結果、合同の特捜本部は縮小され、千代田署から半蔵門署に通っていた刑事たちは、一部を除いて千代田署に引き上げた。一之瀬もその一人だった。

「まあ、呑みに行くか」ぶすっとしている一之瀬に気を遣ったのか、藤島が急に切り出した。

「はあ」何となく気分が乗らないが、せっかくの誘いだ。ようやく暇になったのだから深雪に会いたいとも思ったが、この事件に関しては、自分なりの決着をつける必要もある。だいたい、こんな精神状態のまま深雪に会ったら、彼女にも嫌な思いをさせるだろう。暴言を吐き、それこそモラハラの対象にしてしまうかもしれない。そんなことは、絶対にあってはいけない。「行きますか」

「よし」藤島が笑みを浮かべて立ちあがる。まだ六時前なのだが……事件がない時の刑事は、本当に暇だ。

二人は、有楽町のガード下の居酒屋に落ち着いた。山手線と京浜東北線が行き来する度にがたがたと振動がくるのだが、慣れてくるとそれもいいBGMになる。

杯を重ねるごとに、藤島は無口になっていった。その態度は、言いたいことがあることの裏返しだろうと一之瀬は察した。そのうち口を開くだろう。説教は大嫌いなのだが、今回ばかりは仕方ない、と諦める。

「あれだな……今回のお前さんは、途中から道を間違えたな」

「そうですか?」一之瀬はビールを呷った。

「この事件の本筋は何だったか……お前さんはどう思う?」

「それは——大西の犯行をきっちり固めることですよね」

「そのためにやらなくちゃいけないことは、何だったのかね」

「……普通の捜査です。犯行当日の行動を洗う、凶器の出どころを確認する」一之瀬は指を折った。「三回も襲ってるんだから、それぞれの現場での実況見分《けんぶん》も大切です」

「そうなんだ。特捜本部としては、やることが山積みだったわけだよ。それなのにお前さんは、大西の動機にこだわり過ぎた」

「だって、この動機は重要なことじゃないですか」一之瀬はグラスを置いて反論した。「大西は被害者みたいなものですよ。あんな扱いを受けなければ、今回みたいな事件は起こさなかったでしょう」

「まあな」

「加害者が実は被害者、被害者が実は加害者——違いますか？」

「その通りだ」

「だからこそ、動機をはっきりさせるのは大事でしょう」

「無理だ」藤島があっさり否定した。

「やれないことはないですよ。俺たちは刑事なんだから」

「いや、無理だ」

「どうしてですか？」

「そんなことも分からないのか、お前さんは」

「分かりません」むっとして、一之瀬はぶっきらぼうに答えた。

「モラハラは証拠が残らない。本人たちの証言だけが頼りだし、密室の中で起きたことは、絶対に外へは漏れない。しかも何年も前の話だ」

「それは分かりますけど……」杏奈の言い分と同じだ。

「Aが『黒』だと言っても、Bは『白』だと言い張るかもしれない。そうなったら、話はずっと平行線だ。証言は大事だけど、それを裏づける物証があってこそ、生きてくるんだからな」

「はあ……」

「だから今回の件は、最初から判定不能だと予想すべきだった。証明できないことに力を注ぐのは馬鹿馬鹿しいだろう？」

一之瀬は唇を噛んだ。藤島の言葉はきついが、真実を突いてもいる。

「確かに刑事は、対象者の人生を丸裸にすべきだと思うよ。特に容疑者に関しては。犯行に至るまでに、人生のあらゆる要素が影響しているんだからな。過剰過ぎるほど情報を集める――でも最後に必要なのは、それを選り分けて、不必要な情報を切り捨てることだ」

藤島が右手を手刀にして、上から下へと振り下ろした。

「今回のモラハラも、不必要な情報なんですか」

「不必要じゃないけど、証明不可能だ。仕事では、無駄な部分をどうやって切り捨てるかも考えなくちゃいけない。不可能なことに取り組んで時間を潰すよりも、できる範囲で頑張るようにしないとな……以上、説教終わりだ」藤島がにやりと笑った。

一之瀬は言葉を失っていた。どういうやり方が正しいのか、分からなくなってしまっている。もちろん、事件の背景を全て知ることができないのは分かっている。逮捕から起訴までの時間は限られており、その中であらゆる情報を摑むなど、絶対に無理だ。分かってはいるが……自分のやったことが完全に無駄だったかと思うと、急に疲れを意識する。要するに、単なる空回りだったのではないか。

「ああ、それと、例の企業恐喝事件だけどな」藤島が声を潜めた。

「はい」

「どうやら、やっぱり悪質な悪戯だったみたいだぞ」

「本部の情報ですか？」

「総合的に判断してだが……俺にとっては外部のネタ元が決め手だった」

「もしかしたら『Q』ですか？」一之瀬が正体を知らない、藤島のネタ元である。企業情報などにやけに詳しく、中央官庁の人間ではないかと一之瀬は疑っているのだが、確証はなかった。

「そういうことだ。あの会社に、脅迫されるネタになるような材料はないそうだ。もちろん、多少は法令違反もあるんだろうが、それをネタに強請《ゆす》られるほどのレベルじゃないようだな。それにあの後、犯人側の動きもまったくない」

「変な事件でしたね」一之瀬は密かに胸を撫で下ろしていた。やはり父親は関係ない……しかし、犯人の意図がまったく分からないのが気味悪い。あんなことをして、金を奪ったわけでもなく……もちろん、人が右往左往するのを見て、面白がる人間もいるだろうが。

「どうした？」藤島が怪訝そうな表情を浮かべる。

「いえ……変な事件が増えてますよね。面白がってやってる悪戯が、大袈裟になってしまうような」

「そういう時代なのかもしれないな」藤島が日本酒の杯を干した。「自分がやったことが、どれぐらいの影響を持つか想像できない……何なんだろうな。日本人っていうのは、想像力を失っちまったのかね？」

「そうかもしれませんね」何となく、自分たち若い世代が責められている気分になり、一之瀬はビールを喉の奥に放りこんだ。いつにも増して苦い。

そう……ついつい、裸の情報をそのまま信じこんでしまうこともある。本人発信であってさえ、その情報が嘘だったり間違いだったりすることは珍しくないのに。だからこそ、裏を取る作業が大事になる。

安堵感半分、苦い思い半分。アルコールが素直に体に入っていかない感じだった。もっと明るく酔っ払って、区切りにしたかったのだが……仕事は、常にすっぱり終わるわけではないと思い知る。こんな風にもやもやを残したままの捜査も少なくないのだろう。

それこそストレスが溜まる仕事で——自分は人に当たらず、ギターで解消しよう、と決めた。指が痛くなるまで弾きまくり、嫌な出来事を綺麗さっぱり忘れる。なかなか弾けないフレーズを必死に練習し、弾けるようになった時の爽快感は、嫌な気分を打ち消してくれるはずだ。

「おい、彼女だぜ」

藤島に肘を突かれて顔を上げると、頭の上に設置されたテレビに杏奈が出ていた。カメラのフラッシュが瞬き、緊張した中にも、興奮を隠しきれずに顔が赤らんでいる。一之瀬はカウンターに置いてあったリモコンを勝手に摑み、音量を上げた。

「――オリンピックの銅メダリストで、若くして交通事故死したマラソンランナー、若生佳澄さんの人生が映画化されることになり、自身も市民ランナーとしてマラソンに出場経験がある女優の春木杏奈さんが、主演を務めることになりました。会見で春木さんは、『若生さんが走った時の気持ちを考えながら演じていきたい』と語っています」

アナウンサーの説明に続き、杏奈が話し始めた。ストロボが眩しい。

「今回、こういう役をいただき、大変光栄です。若生さんは、私たち走る女性にとって憧れの的です。もちろん、タイム的にはとても及びませんが、少しでも若生さんの走りを感じてもらえるように頑張ります」

藤島が苦笑しながら杯に日本酒を注ぎ、一気に呑み干した。

「参ったね」

「参りましたね」

「事件の影響もまったくなし、か。こりゃ、俺たちが勝てる相手じゃないな」

「ええ……」

「しかしな」藤島が杯を静かにカウンターに置き、右の人差し指をテレビに向けた。引き金を引くように、そのまま人差し指を勢いよく上に動かす。「二度目はない」

「え？」

「彼女、いつか何かやらかすような気がするんだよな。その時は、逃がさない……さ、帰るぞ」

「もう、ですか？」一之瀬は腕時計を見た。店に入ってからまだ一時間も経っていない。

「刑事はさっさと呑んでさっさと引き上げるんだ……今日は奢ってやるよ」

藤島が尻ポケットから財布を引き抜く。それを見て、一之瀬はグラスに残ったビールを呑み干した。テレビのニュースは次の話題に移っている。杏奈の会見を観た人は、日本にどれぐらいいたのだろう。その中に、怪しさを感じた人がどれだけいたか……被害者で加害者。しかし藤島が言うように、自己愛が強過ぎる彼女は、いつか大きな過《あやま》ちを犯すかもしれない。

見逃さない。いつか、触れることもできなかった彼女の心に触れてやる。一之瀬は密かに決意を固めた。

本書の執筆にあたり、石名坂 公規氏（株式会社 AOI Pro.）にご協力いただきました。

この場を借りて御礼申し上げます。

この作品はフィクションで、実在する個人、
団体等とは一切関係ありません。
本書は書き下ろしです。

中公文庫

見《み》えざる貌《かお》
——刑事《けいじ》の挑戦《ちょうせん》・一之瀬《いちの》拓真《せたくま》

2014年9月25日　初版発行

著　者　堂場《どうば》瞬一《しゅんいち》

発行者　大橋 善光

発行所　中央公論新社
〒104-8320　東京都中央区京橋2-8-7
電話　販売 03-3563-1431　編集 03-3563-2039
URL http://www.chuko.co.jp/

ＤＴＰ　ハンズ・ミケ
印　刷　三晃印刷
製　本　小泉製本

Published by CHUOKORON-SHINSHA, INC.
Printed in Japan　ISBN978-4-12-206004-3 C1193
定価はカバーに表示してあります。落丁本・乱丁本はお手数ですが小社販売部宛お送り下さい。送料小社負担にてお取り替えいたします。